HISTOIRES
A NE PAS FERMER
L'ŒIL DE LA NUIT

RECUEILS
D'ALFRED HITCHCOCK

DANS PRESSES POCKET :

ALFRED HITCHCOCK

présente

HISTOIRES
A NE PAS FERMER
L'ŒIL DE LA NUIT

PRESSES POCKET

Le titre original de cet ouvrage est :

STORIES TO STAY AWAKE BY

© 1971, *Random House*.

ISBN 2-266-00965-6

Ménagements

par

CHARLOTTE ARMSTRONG

Dans la chambre d'amis, Mme Sarah Brady s'éveilla.
Elle était chez Jeff, son neveu. Pendant un instant, elle
fut simplement heureuse de tourner la page vierge
d'un nouveau jour. Puis elle retrouva sa marque entre
le passé et l'avenir. Elle se souvint. Sa sœur était
morte lundi. On l'avait enterrée mercredi. Pauvre Alice,
songea Mme Brady. Aujourd'hui, nous sommes samedi
et, ce soir, ma fille Del vient me chercher. Demain,
elle me ramène à la maison.

Ayant fait le point, Mme Brady lança une courte
prière dans le temps et l'espace, puis posa par terre
ses vieux pieds maigres.

La maison était très calme. Depuis des jours maintenant, tout y paraissait étouffé. Les occupants évo-
luaient dans une pénombre feutrée, prenaient grand
soin de se ménager les uns les autres. Mme Brady
avait le sentiment que son départ allait donner le
signal d'une certaine détente dans l'atmosphère et, à
vrai dire, cette impression ne lui était pas très agréable.

Elle passa rapidement dans la salle de bains voisine
et commença sa toilette tout en faisant expertement
le bilan de son état de santé. Mme Brady avait le
cœur fragile mais, depuis le temps qu'elle vivait ainsi,
elle savait très bien s'en arranger. Tout de même, dans
la mesure du possible, elle essayait de s'accommoder

5

de quelques médicaments. Elle ouvrit l'armoire à pharmacie, prit son flacon de pilules mais, tout bien réfléchi, ne l'ouvrit pas.

— Non, décida-t-elle. Dans le fond, il vaut mieux essayer de tenir sans pilule jusqu'à midi. Au moins pour voir comment cela se passera.

Elle s'habilla vivement et sortit dans le couloir.

Le temps laissait prévoir une magnifique journée d'été.

En face, la porte était béante sur l'immense chambre à coucher. Le lit, soigneusement fait, soulignait cruellement l'absence de cette pauvre Alice. Mme Brady éprouva le petit choc émotionnel qui lui était maintenant familier, et l'analysa. Il ne diminuait pas vraiment d'intensité, mais semblait changer de nature. Sensation spontanée à l'origine, il évoluait maintenant vers une forme plus rationnelle. C'était avec son esprit qu'elle percevait aujourd'hui le maillon manquant, la présence perdue, la force éteinte.

Mais, en descendant l'escalier, puis en traversant le rez-de-chaussée pour gagner la pièce où l'on prenait le petit déjeuner, Mme Brady se surprit à plisser le front, en proie à une vague préoccupation. C'était la dernière journée qu'elle passait là. Etait-ce aussi sa dernière chance? Avait-elle réellement des *raisons* de se sentir froissée? Ce malaise indéfinissable avait-il un fondement ailleurs que dans son imagination?

Henny, la cuisinière, femme de chambre et intendante de la maison s'empressa de lui servir un jus d'orange. C'était une grande femme efflanquée, entre deux âges. Une croix en or s'agitait à son cou. Aujourd'hui encore, ses grands yeux avaient ce regard sombre et réservé. Henny était effacée, beaucoup trop effacée depuis la mort d'Alice.

Voilà qu'elle se montrait prévenante et s'occupait de Mme Brady comme si, elle aussi, avait été invalide. Pourtant, pendant de nombreuses années, Mme Brady et Henny avait été bonnes amies. Des relations de badinage familier s'étaient nouées entre elles, Henny prétendant sans cesse que Mme Brady était un fléau dans la maison et que, chaque fois qu'elle venait en visite, son plus cher désir était de voir la vieille dame repartir au plus vite.

Les circonstances n'étaient peut-être pas à ce genre de plaisanterie. Pas aujourd'hui, pas encore. En tout cas, ces cajoleries persistantes gênaient quelque peu Mme Brady qui, d'une part ne les avait pas réclamées, ensuite ne les goûtait guère.

— Ce doit être difficile de se faire à cette chambre sans Alice, dit Mme Brady lorsque Henny lui apporta ses œufs. Elle y était installée depuis si longtemps... A propos, quand était-elle sortie pour la dernière fois?

— Je ne me rappelle plus, madame Sarah.

De toute évidence, Henny cherchait à se dérober.

— Dites-moi... Lundi, lorsque vous l'avez vue pour la dernière fois, elle venait de prendre son déjeuner, n'est-ce pas?

— Oui, madame, répondit Henny, l'air malheureux.

— Moi aussi. Et je ne lui ai même pas parlé. Karen pensait qu'il valait mieux ne pas lui dire que nous sortions.

— Allons, allons, vous n'allez pas vous tourmenter à cause de cela : vous aviez passé toute la matinée avec elle! (Henny donnait l'impression de roucouler, ce qui ne lui ressemblait guère.) Vous ne pouviez pas prévoir. Mais, au fait, madame Del arrive ce soir pour le dîner, n'est-ce pas?

— En effet. Dites-moi, Henny...

— Vos œufs vont être froids, madame Sarah.

— Henny, insista Mme Brady, s'est-il passé quelque chose qu'on ne m'aurait pas dit?

Henny sembla accuser le coup. Riboulant des yeux, elle agrippa sa croix d'une main nerveuse.

— Je ne sais pas... je ne vois pas ce que vous voulez dire. Je ne veux pas en parler. D'ailleurs, je pense que nous ne devrions plus parler de cela.

— Grand Dieu! Mais pourquoi?

— Je veux dire... enfin, la vie continue, bredouilla

Henny. Alors, à quoi bon ressasser? La malheureuse... enfin, je m'entends; elle est probablement dans un monde meilleur.

Sur ces mots, Henny se ramassa sur elle-même; tête baissée elle franchit la porte du salon et disparut dans la cuisine.

Mme Brady se mit à manger ses œufs. Elle réfléchissait à la contradiction apparente entre la croix que Henny arborait et cette horreur de la mort qu'elle manifestait... si, toutefois, c'était bien cela que la cuisinière cherchait à exorciser en parlant d'un « monde meilleur ».

Certes, Mme Brady, non plus, ne trouvait pas la perspective de la mort particulièrement engageante, mais elle l'acceptait comme un fait inéluctable. A son avis, c'était faire preuve de présomption que d'affirmer qu'Alice était dans un monde meilleur : peut-être était-ce le cas, peut-être ne l'était-ce pas...

Sans doute Henny éprouvait-elle de la culpabilité parce que, lors de cet après-midi apparemment normal, elle était elle-même montée au second étage pour « faire la sieste », comme à l'accoutumée et parce que, ne l'attendant pas de sitôt, elle avait laissé sans méfiance entrer l'ange de la mort. Personne ne s'était attendu au trépas d'Alice. Tout au moins, pas ce lundi-là.

Le choc? Oui, songea-t-elle, il se peut que je me monte la tête sous l'effet du choc. Mais non. Cela n'avait pas l'accent de la vérité.

Bobby Conley entra en traînant les pieds.

— Bonjour, dit sa grand-tante, pas de cours aujourd'hui?

— Non, répondit le jeune Bobby, mais vaut mieux quand même que je potasse un peu.

Il s'installa en déployant une méthode qui tenait plus de la prouesse physique que des mouvements que l'on exécute d'ordinaire pour prendre place sur une chaise. Bobby avait vingt ans. L'hiver, il habitait à l'université et l'été, il suivait des cours dans la région.

— Del vient me chercher ce soir, annonça Mme Brady.

Bobby grommela qu'il était au courant. Henry entra avec un jus d'orange et une montagne de toasts. Mme Brady se servit une tasse de café.

— Tes parents vont partir pour l'Allemagne et la France, qu'en penses-tu? demanda-t-elle.

— C'est parfait, fit Bobby. Moi, de toute façon, j'ai ma chambre à la cité universitaire.

— Et Suzanne retourne en pension. Tu pourras la surveiller un peu.

Bobby lui adressa un regard vide qui semblait dire : « Charger quelqu'un de surveiller quelqu'un d'autre! Quelle idée vieux jeu! »

— Bien sûr, répondit-il avec tolérance.

C'est alors que, telle une apparition de science-fiction, une tête menue couverte d'énormes bigoudis fit irruption dans la pièce.

— Henny! déclara Suzanne en entrant. Je ne veux rien à manger. Régime.

Mme Brady lorgna la taille nue, exposée aux regards entre deux morceaux d'étoffe qui, estima-t-elle, étaient assez insignifiants pour être emportées au premier souffle de vent. Mais elle se garda de tout commentaire, n'étant pas en contact étroit avec les jeunes. Naguère, ils l'aimaient bien; mais âgée de quinze ans maintenant, même Suzie se détachait d'elle. Ils menaient leur barque de leur côté, et c'était bien ainsi. Mme Brady se dit qu'ils avaient certainement eu un meilleur départ dans la vie que leur père.

Sarah Brady s'était toujours sentie plus ou moins responsable de son neveu Jeffrey car elle savait, peut-être mieux que quiconque, le fardeau qu'il avait porté au long de son existence. Cette pauvre Alice était convaincue que l'unique chose que le créateur lui eût demandée dans la vie était d'être femme et belle. Aussi, lorsqu'à la trentaine commençante, elle se trouva veuve, estima-t-elle qu'il s'agissait d'une erreur incompréhensible, d'une inconséquence. Pareille chose ne

pouvait lui arriver! Pas à elle! Infortunée Alice, largement pourvue en richesses matérielles, mais sans aucune
ressource de caractère! N'ayant rien d'autre pour
l'occuper, elle s'était persuadée que sa santé était chan-
celante.

Sarah comprenait les choses dans toute leur pro-
fondeur. Alice avait été la poupée aux cheveux d'or,
la chérie dorlotée. Elle, Sarah, plus jeune de trois ans,
était la « maligne ». Et la plus chanceuse, aussi, pen-
sait-elle à présent. Mieux valait être née chanceuse
que belle fille. Elle sourit intérieurement et soupira.

Fils unique d'Alice, Jeffrey avait été, toute sa vie
durant, à la discrétion de sa mère.

En revanche, vivante ou morte, cette pauvre Alice
ne semblait guère être une source de préoccupation
pour les enfants de Jeffrey.

— Susie, dit Mme Brady d'un air pensif, lundi, tu
es restée à la plage toute la journée. Mais toi, Bobby,
tu es rentré déjeuner, puis tu es monté travailler dans
ta chambre, à côté de celle de ta grand-mère. Il n'y
avait que le mur entre elle et toi.

— Je ne la dérangeais pas, fit Bobby, la bouche
pleine.

C'était Henny qui, après sa sieste quotidienne, avait
découvert Alice et appelé le médecin.

— Et elle ne vous embêtait pas non plus, hein? fit
Mme Brady.

Suzanne la regarda avec des yeux ronds.

— Non... Fallait simplement éviter de lui dire qu'on
sortait.

Dans le mille! se dit Mme Brady. A moins que la
jeune fille ne songeât à son père.

Mais non, c'était à elle-même qu'elle pensait.

— Quand j'allais à la plage, je ne le lui disais
jamais. Elle en aurait été malade, en pensant aux
requins. (Elle haussa l'une de ses épaules bronzées.)
Ou parce que je n'étais pas accompagnée!

— Elle ne savait même pas que je suivais des cours

10

d'été pour bûcher mes examens, ajouta Bobby. Ça aussi, ça l'aurait rendue malade.

— Effectivement, admit Mme Brady, il n'était pas facile de lui dire quoi que ce soit. Jamais. Mais moi je ne suis pas comme cela. Ce qui me rendrait vraiment malade, c'est d'apprendre que l'on me cache quelque chose.

Ils l'observaient. Etait-ce avec septicisme? Amusement? Pitié? Un soupçon d'étonnement? Ah, se dit Mme Brady, la mort ne les laisse pas aussi indifférents qu'ils le prétendent.

— Alors, reprit-elle, elle n'a pas appelé? Pas sonné? Tu n'as rien entendu?

— Non, reprit Bobby, elle n'a pas pipé.

Brusquement, il tourna la tête vers sa grand-tante.

— Oh, pardon, je ne voulais pas le dire comme ça!

Un court instant, Mme Brady vit un jeune garçon gêné, honteux, un garçon qui ne s'était encore jamais trouvé à côté d'une chambre où quelqu'un était mort.

Karen entra en disant! «Bonjour tout le monde!» Sa main effleura l'épaule de la jeune fille, puis les cheveux de son beau-fils. Suzanne resta de marbre. Bobby ne sourcilla pas.

Ils ne se trahiront pas, pensa Mme Brady.

Avec son habituelle dévotion, Henny vint servir Karen, qui était maintenant la maîtresse de maison. La trentaine, menue, soignée, c'était une jolie jeune femme. Elle avait des manières et des gestes pleins de grâce. Cela faisait presque six ans qu'elle avait été engagée comme infirmière pour s'occuper de cette pauvre Alice durant une crise particulièrement mouvementée. Karen et sa malade s'étaient attachées l'une à l'autre et, lorsque le fils veuf avait épousé l'infirmière, personne n'avait songé à y voir autre chose qu'un arrangement pratique.

La douceur pondérée de Karen, certainement accentuée par sa formation d'infirmière, avait exercé une influence apaisante et salutaire sur tout le monde. Elle était la seule, se dit Mme Brady, qui eût toujours administré à cette pauvre Alice la dose de compassion dont elle avait tant besoin. Jamais, à la connaissance de Mme Brady, une seule protestation de la part de Karen. Jamais une admonestation du genre : « Allons, que diable, secouez-vous! »

Après le départ des enfants, Mme Brady se servit une autre tasse de café, qui ne lui faisait nullement envie et n'était pas très indiquée pour sa santé, puis elle dit à Karen :

— J'ai une drôle d'impression... Je ne saurais préciser quoi au juste, mais je ne voudrais pas repartir sans en avoir le cœur net. Quelle qu'en soit la cause, je veux savoir ce qui me donne cette impression qu'on me traite comme cette pauvre Alice, en cherchant à me ménager?

— Mais, tante Sarah, répondit Karen avec un sourire, c'est normal il me semble! Nous vous aimons tous bien et vous venez de perdre votre unique sœur, croyez-vous que nous ne comprenions pas ce que vous éprouvez? Ah! pourquoi a-t-il fallu que cela arrive justement pendant votre séjour ici? Quand je pense que cette pauvre Alice attendait toujours vos visites avec une telle impatience...

Vraiment? s'interrogea Mme Brady. Elle sentit, sous la table, ses pieds qui glissaient sur le sol dans un mouvement nerveux de crispation de ses orteils. D'ordinaire, elle appréciait les façons apaisantes de Karen mais, aujourd'hui, quelque chose la chiffonnait.

— J'espère que vous ne vous sentez pas coupable à cause de notre petite fugue de lundi, poursuivit la voix douce de Karen. Il y avait du monde à la maison, nous n'avions aucune raison de ne pas sortir. Il ne faut surtout pas se mettre des idées en tête.

Mais, se dit Mme Brady, jamais le moindre sentiment de culpabilité ne m'a effleurée!

— Vous allez retrouver votre maison, votre monde familier, continua Karen tout sucre et tout miel. Avec toutes les occupations qui vous y attendent, je sais que vous reprendrez le dessus, comme vous l'avez toujours fait. Pour passer à autre chose, dites-moi donc s'il y a un plat que Del aime particulièrement et que je pourrais faire servir au dîner?

— Rien de spécial, elle mange ce qu'on lui donne, répliqua assez sèchement Mme Brady. (Elle est soudain consciente du plaisir qu'elle aurait à revoir sa fille.) Moi aussi... d'ordinaire.

— Ma petite tante Sarah, reprit affectueusement Karen, tout le monde sait bien que vous ne nous avez jamais causé le moindre problème. Mais, pour revenir à ce malheureux événement, vous savez que c'est certainement Jeffrey qui a été le plus durement touché. Ne croyez-vous pas que nous devrions essayer de... comment dire?... continuer, tout simplement? Laisser faire le temps? Il va accepter ce travail en Europe. Je l'ai encouragé à le faire. Vous ne pensez pas que c'est une bonne chose? Cela lui fera du bien de s'éloigner de cette maison. Le changement de lieu, d'habitudes, l'aideront à oublier.

— Sans aucun doute, acquiesça Mme Brady. Je pense qu'il a raison d'accepter cette proposition. Je le pensais déjà avant. Et je le lui ai dit.

— Il fait grand cas de votre opinion, assura Karen, et moi aussi. Mais le choc, vous savez... Je pense que nous devons poursuivre nos projets comme prévu. Enfin, nous verrons! A propos, dites-moi, vous allez être très occupée aujourd'hui, avec vos bagages à faire?

— Oui, répondit Mme Brady, tout en pensant. « J'en aurai bien pour vingt minutes! » Elle ne parvenait pas à comprendre pourquoi elle se sentait aussi irritée.

Karen s'excusa et prit congé, expliquant qu'elle allait préparer sa liste de courses, et Mme Brady remonta dans sa chambre. En traversant la grande maison agréablement meublée, elle eut une vision très nette de la désertion qui s'annonçait. Cette maison allait bientôt être fermée. Jeffrey et Karen partaient pour l'étranger, les enfants allaient regagner leur milieu scolaire. Et Henny? Qu'allait-elle devenir? Oh, pas de souci à se faire de ce côté-là : par les temps qui couraient, une perle pareille n'était pas en peine de trouver une place.

Puis Mme Brady se remit à penser à ce fameux lundi. C'était plus fort qu'elle.

Lundi... Juste après le déjeuner, Karen l'avait invitée à aller en ville pendant qu'Alice se reposait. Mme Brady, qui adorait courir les rues lorsqu'elle se sentait suffisamment en train, avait accepté avec joie.

Elle était montée chercher ses affaires, s'était aperçue qu'elle avait une petite course personnelle à faire, ce qui donnait un but officiel à la sortie, puis s'était dirigée vers la chambre de sa sœur. Sur le seuil, Karen, un plateau à la main, lui avait imposé le silence d'un mouvement significatif de la bouche. Il ne fallait pas dire à Alice qu'elles sortaient. A ce moment, Mme Brady avait pensé — et pensait toujours — qu'aller voir Alice aurait impliqué au moins cinq minutes d'écoute patiente des lamentations de sa sœur sur le fait qu'elle ne pouvait pas les accompagner, ou qu'on l'abandonnait.

Sarah s'était donc contentée d'un coup d'œil dans la pièce. Elle avait aperçu la tête de sa sœur, toujours dorée — merveilles de la teinture —, le profil régulier du nez (qui avait toujours fait paraître son propre nez encore plus protubérant, ce dont il n'avait vraiment pas besoin), en un mot, elle s'était imprégnée de l'atmosphère de cette retraite parfumée et regorgeant des mille choses dont sa sœur avait besoin pour son bien-être corporel. Puis elle avait entendu Alice dire, de son ton tout à la fois impérieux et geignard : « A présent, je veux me reposer. » Il faut me laisser faire tout ce que je veux, semblait dire le ton d'Alice, vous savez, je suis *si* malade!

Mme Brady se rappelait avoir entendu Karen dire à Henny de ne pas s'inquiéter, qu'elle descendrait le plateau elle-même. Elle se rappelait Henny, grimpant l'escalier menant à sa chambre, et Bobby, à plat ventre sur son lit, la tête pendante au-dessus d'un livre posé sur le sol. Elle se rappelait aussi le friselis des pneus dans l'allée, puis le petit sourire triste et malicieux de Karen lorsqu'elles furent enfin sur la route qui menait vers la ville.

Toute joyeuse, Mme Brady avait réfléchi à ce qu'elle pouvait s'offrir sans remords. (Elle vivait très simplement, dans un petit appartement, non loin de chez sa fille Del.) Karen avait parlé d'un couvre-lit neuf pour Suzanne et de chaussettes pour Bobby, et d'un rendez-vous chez son dentiste.

— Cela ne vous ennuiera pas trop de m'attendre, tante Sarah?

— Je crois que j'aime mieux me débrouiller seule et rentrer par le bus, avait répondu Mme Brady.

— Mais il y a plus de cinq cents mètres de l'arrêt du bus à la maison.

— Cela ne me fait pas peur. De plus, j'ai ma petite course personnelle à faire.

— Je ne peux pas la faire pour vous?

— Inutile, merci. Vous savez, une promenade à pied ne me gêne pas lorsqu'un bon fauteuil m'attend à l'arrivée.

— Bien, si vous y tenez...

Et, c'est ainsi que Mme Brady avait passé un très bon moment dans le grand magasin, à passer les couvre-lits en revue et discuter chaussettes. Ensuite, lorsque Karen l'avait déposée près de chez le dentiste, elle était repartie seule, à pied. Pas très loin. Ni très longtemps. Elle avait fait la petite course qui avait, en quelque sorte, justifié sa sortie de l'après-midi puis, tout en léchant les vitrines, s'était dirigée vers l'arrêt d'autobus. Celui-ci était arrivé à point nommé, avant qu'elle ne fût trop fatiguée.

En regagnant la maison de Jeff, Mme Brady y avait trouvé le Dr Clarke et Henny en larmes. Bobby était dans le salon, hagard, muet, l'œil sec. Jeffrey avait été prévenu. Alice était morte.

Mme Brady n'était pas plutôt entrée dans sa salle de bains personnelle pour y prendre une pilule afin de surmonter l'émotion et la fatigue, qu'elle avait entendu Karen gravir l'escalier en toute hâte. Mais Karen n'avait pas besoin d'elle. Ensuite, elle avait entendu la voix de Jeffrey en bas; alors, seulement, elle s'était pressée de descendre. On lui avait confié la mission d'attendre Suzanne et de lui annoncer avec ménagement la mauvaise nouvelle, en ce lundi qui avait brusquement cessé d'être un lundi comme les autres.

Mme Brady secoua la tête à l'évocation de ce souvenir. Mais cela ne chassa par pour autant la pensée qui revenait sans cesse lui aiguillonner l'esprit. C'était plus fort qu'elle ce sentiment qu'on lui avait dissimulé *quelque chose*...

Elle alla dans sa salle de bains et absorba une pilule pour se remonter. Elle était décidée à aller de l'avant. Il lui fallait voir son neveu en tête-à-tête, ce qu'elle n'avait pas encore fait.

Il était près d'onze heures lorsqu'elle arriva, par l'autobus, au bureau de Jeffrey. Elle se présenta à la réception et ne put s'empêcher d'éprouver un sentiment de victoire lorsque Jeffrey sortit de son antre comme un diable de sa boîte.

— Mais, bon sang, tante Sarah, qu'est-ce qui t'amène ici?

Jeffrey était un homme grand, qui, depuis quelque temps, s'empâtait un peu au niveau de la ceinture. Il avait le cheveu grisonnant. Son visage allongé avait, au fil des ans, acquis une expression permanente de légère inquiétude. C'était un homme paisible, accommodant, ne recherchant que le calme et la paix.

— Je n'avais pas d'autre possibilité de te voir seul, Jeff.

— Tu veux entrer? (L'inquiétude, sur son visage, s'accentua.) Ou si nous descendions plutôt au drugstore faire une petite pause-café?

— D'accord, dit Mme Brady.

Allait-elle encore prendre le risque de s'offrir une autre tasse de café... Enfin, là n'était pas l'important. Elle suivit Jeff dans l'ascenseur. Ils prirent place sur

16

la banquette en similicuir d'un petit box cloisonné. L'endroit était familier à Mme Brady qui, dix ans auparavant, avait habité cette ville. Le patron la connaissant, la jeune fille qui servait au comptoir du snack se montra amicale. Mme Brady se sentit à son aise et commanda une part de gâteau danois.

Puis, passant aux affaires sérieuses, elle dit, les yeux braqués sur son neveu :

— C'est vrai, Jeff, ça ne plaisait pas à Alice, et je suis vraiment navrée de penser que ta dernière conversation avec elle, lundi matin, ait pu être désagréable, à cause de cela. Moi, je demeure persuadée que tu as eu raison de décider de partir pour l'Europe, et raison aussi de le lui dire.

— Bien sûr, tante Sarah, répondit Jeff sans lever les yeux. Je le sais, moi aussi. Il ne faut absolument pas te tracasser pour ça.

— Avec les dispositions que tu avais prises, Alice aurait été en parfaite sécurité et, pour autant que nous puissions en juger, pas plus malheureuse que d'habitude.

— Je suis d'accord et, je t'en prie, tante Sarah, ne va surtout pas te mettre en tête que quelqu'un te donne tort. Pour tes conseils ou quoi que ce soit.

— Oh! voyons, Jeff! fit-elle avec un rien d'impatience. Bien sûr que tu ne me donnes pas tort! Je me demande qui pourrait d'ailleurs être à blâmer! C'est le Seigneur qui gouverne ce monde et, jusqu'à nouvel ordre, il ne m'a pas délégué le pouvoir de le remplacer. Ni à toi, non plus.

Jeff la regarda en souriant.

— Rassure-toi à mon sujet, tante Sarah, dit-il affectueusement. Cela demande un peu de temps, c'est tout.

— Je pars demain.

— Je suis bien content..., commença Jeff, avant de s'interrompre brusquement.

Oui, il était bien content de la voir partir. Cela ne faisait que confirmer l'impression de Mme Brady. Mais pour quelle raison? Peut-être que la tante Sarah était un peu gênante, finit-elle par admettre. Après tout,

Jeff était un homme, maintenant. Il n'avait plus besoin de sa tantine pour le réconforter. Du moins, en théorie. Le temps allait passer, effacer... Effacer quoi? La vérité était que son départ soulageait d'un grand poids Jeffrey et son entourage. Plus besoin de peser continuellement ce que l'on disait. Un vent vivifiant allait souffler après son départ.

Mais, pour le moment, il ne soufflait pas encore. La maisonnée se sentait-elle coupable d'éprouver un peu trop de soulagement? Et un peu trop vite?

Non. Sarah Brady continuait d'avoir le sentiment que, d'une certaine manière, on lui témoignait trop d'égards et de gentillesse. Elle n'était pas en mesure de mettre le doigt sur quoi que ce soit de précis mais, au plus profond d'elle-même, elle avait la conviction d'être « ménagée ».

En était-elle vraiment rendue là? Cette idée ne lui plaisait guère. Car c'était Alice qui avait toujours eu besoin d'être ménagée. A vrai dire, c'était plutôt le stratagème qu'elle employait pour régenter le reste du monde. Si tout ne se passait pas comme elle le souhaitait, il fallait au moins lui donner l'impression qu'il en allait ainsi dans son tout petit univers.

Mais pas moi, se disait Sarah. Ah non, pas moi!

— Il m'a semblé comprendre que tu étais content de me voir partir, lança-t-elle tout de go.

— Grand Dieu, non! protesta Jeff d'une façon un peu trop précipitée. Mais j'ai hâte que tu sois occupée, afin que tu oublies. Il faut vivre ta vie, tante Sarah.

Il lui souriait, mais pas plus ce sourire que ses paroles ne semblaient de bon aloi à Mme Brady.

— Tu m'as toujours dit de vivre la mienne.

Oublier? pensa Sarah Brady en proie à un bouillonnement intérieur. Même cette pauvre Alice mérite mieux que d'être oubliée au plus vite. D'ailleurs, ce n'était pas possible. Alice était ce qu'elle était et, tant qu'ils vivraient, elle aura sa place dans leur vie.

— Je dis beaucoup de choses, admit-elle. A tort

ou à raison, je suis de ceux que ne peuvent garder pour eux ce qu'ils ont sur le cœur. En ce moment même, j'ai le sentiment agaçant qu'il y a quelque chose que je *devrais* dire. Ou faire. Ou savoir.

— Tout ce que tu as à faire, c'est être toi-même, rétorqua Jeff un peu stupidement en lui tapotant la main. Je suis heureux de revoir Del. Dis-moi, cela ne l'effraie pas de devoir faire près de cinq cents kilomètres en un seul jour pour venir, et la même chose demain pour te ramener?

— Ça n'est vraiment pas ça qui peut faire hésiter Del! laissa tomber Mme Brady, consciente que son neveu l'aiguillait sur une voie de garage.

Elle refusa le taxi que Jeff lui proposait d'appeler, prétendant que le retour en autobus l'amusait beaucoup. Ce qui aurait sans doute été la vérité si elle avait été dans un de ses bons jours. Mais, aujourd'hui, elle était loin de se sentir au mieux de sa forme.

Lorsque, lui posant un baiser sur le front, Jeff dit : « Au revoir et, surtout, ne te fais pas de souci! », Mme Brady fut, encore plus, persuadée qu'elle devait s'inquiéter de quelque chose.

Elle resta un moment immobile, debout sur le trottoir, attentive à des mots qui couraient et se chevauchaient dans sa tête. « Ménagée? » Non, en fait, elle était « tenue à l'écart ». Oui. Eh bien, ça, Sarah Brady n'était pas femme à le supporter! Ni maintenant, ni jamais. Pas tant qu'elle serait capable de faire quelque chose.

Elle revint dans le drugstore pour consulter l'annuaire des téléphones, mais il y avait plusieurs docteurs Clarke. Comment savoir lequel était le bon? C'est alors que le patron l'interpella :

— Puis-je vous être utile, madame Brady? »

— Vous êtes bien aimable, monsieur Fredericks. Peut-être savez-vous, parmi tous ces docteurs Clarke, lequel soignait ma sœur.

— Certainement, c'est le Dr Josephus Clarke. Est-ce que vous voulez son numéro?

— Non, plutôt son adresse, répondit-elle après réflexion.

— C'est très simple, il habite le même immeuble que votre ancien médecin, le Dr Crane.

— Ah bon? Je vous remercie, dit Mme Brady ravie de ces renseignements.

Puis M. Fredericks ajouta :

— J'ai été sincèrement touché lorsque j'ai appris... pour votre sœur. La fin d'une longue maladie, n'est-ce pas?

Est-ce que lui aussi laissait poliment entendre qu'il y avait plutôt lieu de se réjouir d'une telle issue?

En entrant dans la salle d'attente du cabinet médical, Mme Brady se fit l'effet d'une sale espionne. La jeune fille qui lui demanda son nom fut ahurie de s'entendre répondre qu'elle ne venait pas en consultation. Mme Brady dut attendre presque deux heures pour que le médecin en ait terminé avec ses rendez-vous.

M. Brady patienta, feuilletant de vieux magazines, observant les allées et venues, se demandant comment poser sa question alors que c'était, précisément, le sujet de cette question qu'elle cherchait. Si, toutefois, il y avait sujet à question.

Enfin, on lui accorda cinq minutes.

— Je suis Sarah Brady, annonça-t-elle, la sœur de Mme Conley.

— Nous nous sommes déjà rencontrés, dans de malheureuses circonstances, dit le médecin. Que puis-je pour vous, madame Brady?

Il paraissait bienveillant.

— Je ne sais pas. Vous pourriez peut-être me dire pourquoi ma sœur est morte lundi.

— Pourquoi? Mais..., vraiment, je ne comprends pas?

— Je veux dire... était-ce prévisible?

— Ah non, certainement pas, affirma le médecin.

Je vois, je vois... Vous pensez que vous auriez dû rester à son chevet? C'est une réaction très naturelle, madame Brady, mais déraisonnable. Je suis sûr que vous voyez ce que je veux dire. Il lui témoignait une compréhensive indulgence.

— On m'a dit que vous la soigniez depuis long-temps, risqua-t-elle en progressant à tâtons.

— J'ai fait tout mon possible, madame Brady, répondit le médecin avec un sourire triste.

— Je n'en doute pas, protesta-t-elle. Je ne suis pas venue insinuer le contraire. Mais de quoi est-elle morte? Voilà, c'est sans doute ce que j'aurais dû vous demander dès le début.

— Comment vous dire?

Il la regardait, l'air inquiet. On aurait dit qu'il cherchait une parade.

— De ce que les profanes appellent un arrêt du cœur... Je ne saisis pas très bien ce qui vous tracasse, madame Brady. Mais, si vous y tenez, je puis vous assurer que vous n'avez aucune raison de vous tourmenter. Absolument aucune. Ce sont là des choses que nous devons accepter, voilà tout.

— Docteur Clarke, je ne suis pas ma sœur!

Il ne répondit pas de façon directe.

— Quand on a du chagrin, on s'imagine facilement des choses, reprit-il. Mais lorsque, comme vous, on a quelques problèmes d'ordre cardiaque, il est bon d'apprendre la sérénité.

— J'ai un très bon médecin, lâcha-t-elle. Il m'a enseigné à m'occuper de mon cœur.

— Je n'en doute pas.

— Vous le connaissez peut-être, c'est le Dr Crane?

— Oui, de réputation. Un homme remarquable, ajouta-t-il, flatteur. Vous êtes dans de bonnes mains.

Mme Brady essaya de se reprendre. Elle avait l'impression de s'enferrer dans son propre jeu. Ce qui n'était pas le cas du médecin, qui la « manipulait » habilement. Il la dirigeait sur une voie de garage. Comme Jeff.

Mme Brady se retrouva à l'arrêt de l'autobus qu'elle commençait à bien connaître. J'aurais dû le « cuisiner », comme l'on dit, réfléchissait-elle. Vraiment, je suis une bien piètre détective.

Ce n'était pas son genre de fouiner dans les coins et derrière le dos des gens. Elle ne l'avait jamais fait et ne savait comment s'y prendre. Elle aussi était ce qu'elle était — une petite vieille imbuvable — et rien, dans sa vie passée, ne lui avait permis de devenir autre chose.

Et elle n'avait rien découvert.

Ah! mais si... Le Dr Clarke lui avait bien dit qu'elle, Sarah Brady, avait des problèmes cardiaques? Comment le savait-il?

Ah, maintenant, elle était sûre qu'on l'avait « ménagée » et « tenue à l'écart ». Cela la rendit tout à la fois aise et furieuse.

Electrisée par la colère, c'est presque en courant qu'elle parcourut les cinq cents mètres qui séparaient la maison de l'arrêt du bus. Et il lui restait encore de l'énergie à revendre pour faire ses bagages. L'affaire fut expédiée en un tournemain. Dans l'allée du jardin, un rugissement de moteur annonça l'arrivée de Del. Lorsque celle-ci entra, marchant de cette longue foulée qui la rattachait encore à l'adolescence, l'atmosphère se détendit sur-le-champ. Del, c'était maintenant une jeune maman, avec une maison à diriger, mais cela n'altérait pas sa bonne humeur. Del n'avait pas besoin d'user de ménagements car il était impossible de se sentir froissé par elle. Del était limpide, ouverte, sans équivoque.

— Désolée de ne pas avoir pu être là pour l'enterrement de tante Alice, dit-elle, mais Georgie était au lit avec la varicelle. Pour Sally, en principe, cela ne devrait pas se déclarer avant mardi. Une chance que j'aie pu venir! Salut, les enfants!

Bobby et Suzanne considérèrent Del avec une sorte de ravissement mêlé de suspicion. L'ambiance du dîner fut presque décontractée.

A la fin du repas, Del commença de bâiller. Elle expliqua qu'elle avait depuis quelque temps l'habitude de se coucher avec les poules, car ses gosses la réveillaient dès l'aurore.

Mais Mme Brady ne voulait pas que Del s'en aille avant qu'elle eût terminé ce qu'elle avait à dire. Il lui restait encore quelques voiles à lever. Et sa colère persistait, la stimulant.

— Je n'aurai pas d'autre occasion, dit-elle d'un ton un peu abrupt devant l'assemblée qui avait gagné le salon. Aussi, je tiens à vous demander maintenant de me dire ce qui se passe dans cette maison. Depuis ce matin, je me démène pour essayer de découvrir ce qui se manigance derrière mon dos. Mais je ne suis pas détective. Aussi, je pose la question : Pourquoi me tenez-vous à l'écart de vos secrets? Qu'ai-je donc fait pour mériter l'affront que vous me cachiez la vérité?

— Mais, maman! s'exclama Del, proprement stupéfaite.

Rougissant, Jeff leva les yeux vers Mme Brady. Les autres paraissaient retenir leur souffle.

— Tante Sarah, commença Jeff d'un ton guindé, si tu considères que nous te faisons un affront, j'en suis désolé. C'est certainement la dernière chose que nous souhaitions.

— Allons, tante Sarah, fit Karen avec un air de douce compassion, pouvez-vous considérer comme un affront que nous essayions de ne plus parler de choses tristes?

— Ce n'est pas parce qu'elles sont *tristes* que je tiens à parler de ces choses, dit Sarah. Je sais très bien qu'Alice vous a habitués à lui épargner tout ce qui risquait de lui causer quelque peine. Mais moi, je ne veux pas qu'on me dissimule les choses — quelles qu'elles soient! Et, pour autant que je sache, je ne mérite pas d'être traitée de cette manière.

Jeff parut ébranlé et Karen lui posa une main sur le genou.

— Voyons, tante Sarah, dit-elle d'une voix douce,

il ne faut pas vous mettre dans des états pareils. Je suis vraiment navrée de vous voir prendre les choses de cette manière. Il ne faut pas. N'est-ce pas, Del?

Son regard se tourna vers Del pour lui demander du secours.

Mais Del dit simplement :

— Je ne vois pas de quoi maman veut parler.

— Moi non plus, déclara Suzanne, pelotonnée par terre sur un coussin.

Mais Mme Brady ne se laissa pas démonter.

— Je veux savoir pourquoi vous essayez de me donner le change avec des gâteries. A vrai dire, ce que je veux savoir exactement, c'est ce qui s'est passé ici lundi.

— Les enfants, commença Karen, elle a eu un choc, elle...

Mais Bobby, jusque-là avachi sur sa chaise, se redressa brusquement et déclara :

— Je sais ce qu'elle veut dire.

Mme Brady adressa un signe de tête à son allié inattendu. Les mains de Karen s'agitèrent pour tenter d'imposer silence, mais déjà Jeffrey disait :

— En fait, nous ne sommes pas complètement sûrs de ce qui s'est passé... Si nous avons choisi de te cacher une certaine possibilité, c'est parce qu'elle est affligeante et, très probablement, sans fondement.

— Voilà, conclut Karen. Inutile de voir un affront là-dedans. Est-ce faire un affront aux gens que de leur témoigner de la délicatesse? Dites-moi, Del, désirez-vous prendre autre chose avant de monter vous coucher?

— Vous ne vous débarrasserez pas d'elle aussi facilement! lança Del avec son entrain habituel.

— Je crains que non, opina Jeffrey d'un air navré.

— Oh Jeff, tout de même! fit Karen. Et vous autres aussi! Je vous en prie, laissons cela. C'est fini. De toute façon, il n'y a rien qu'on puisse faire ou savoir...

— Papa, insista Bobby, je crois que tu devrais tout nous dire.

— Nous crois-tu incapables d'encaisser le coup? demanda Suzanne avec colère.

Mme Brady hochait la tête, pour mieux approuver. Ces enfants étaient vraiment selon son cœur.

Alors Jeffrey releva la tête et dit gauchement :

— Bon. Eh bien, il n'est pas exclu que ma mère ait volontairement mis fin à ses jours.

Dans le silence pétrifié, Del s'enquit avec intelligence :

— Le docteur ne peut-il se prononcer à cet égard?

— Non, répondit Karen. Il pense qu'elle a peut-être abusé de ses médicaments. Par accident. Ou simplement par ignorance. Mais il ignore que, justement, ce jour-là, elle se sentait particulièrement déprimée et ébranlée.

— Oh, enfin, papa! s'exclama Bobby qui, maintenant, était debout. Tu sais parfaitement bien que grand-mère ne serait jamais allée jusque-là. Tu lui as dit que tu partais pour l'Europe... Bon, et alors? Elle se voyait déjà s'en donnant à cœur joie, avec tout un tas d'infirmières à ses ordres et la possibilité de raconter à tout un chacun que tu l'avais « abandonnée ». C'est ça, la vérité! conclut-il en promenant autour de lui un regard belliqueux.

— Nous savons tous qu'elle était gâtée à l'excès, dit Suzanne. Mais rien ne pouvait l'abattre à ce point. Rien!

— Oh, mes chéris, intervint Karen. Ce n'est vraiment pas très gentil... Vous êtes en train de tourmenter votre père et personne ici, sûrement, ne veut ajouter à son chagrin...

— Je ne vois vraiment pas ce qui vous bouleverse tous à ce point, déclara Del.

— Enfin, une parole sensée! approuva Karen.

— En effet, coupa Mme Brady. Rien de ce que vous venez de dire ne méritait d'être tenu secret. Vous pensez que, peut-être, suite à une de ses lubies, elle aurait pris volontairement une quantité un peu trop forte de médicaments? Mais le docteur ne partage pas ce sentiment? Je ne vois vraiment rien là qui pût vous inciter à me mentir.

— Puisqu'il n'y a pas moyen de savoir, nous ne voulions pas vous inquiéter... dit Karen.

— Pourquoi pas? répliqua Mme Brady d'une voix tonnante. Je ne suis pas ma sœur, *moi*!

Son neveu la regarda et dit :

— Je te demande pardon, tante Sarah, nous aurions dû te le dire. Tu n'ignores pas, je pense, que ses médicaments pour le cœur étaient les mêmes que ceux que tu prends. Tu sais également que ses pilules étaient beaucoup moins fortes que les tiennes, en fait presque des placebos. Karen t'en avait parlé, n'est-ce pas, le jour de ton arrivée?

— Oui.

— Eh bien, de toute évidence, lundi, ma mère est allée jusqu'à ta chambre. Elle a pris ton flacon de pilules et en a avalé une quantité vraisemblablement trop importante pour elle. Elle est allée les prendre elle-même, sur ce point aucun doute. Alors, il nous a semblé... après le départ du docteur...

Jeff commençait à s'embrouiller.

— Enfin, quand nous nous sommes rendu compte, nous ne voulions pas que... nous avons pensé... A cause de Bobby, qui ne l'avait pas vue traverser le palier, et aussi à cause de toi, qui m'avait encouragé à lui dire que je partais... Enfin, puisque nous ne pouvions pas être sûrs de la vérité, nous avons jugé qu'il n'y avait aucune raison de te torturer en te faisant part de nos soupçons.

— Des soupçons qui te torturent toi-même, rétorqua Mme Brady.

Puis elle ferma la bouche, s'employant à apaiser son cœur défaillant.

— Il est très possible, reprit Jeff, essayant de se convaincre lui-même, et, en fait, fort probable, qu'elle ait oublié, ou même qu'elle n'ait jamais su que tes pilules étaient beaucoup plus fortes. C'est peut-être simplement parce qu'elle en manquait...

— Maman? s'exclama Del, soudain alarmée.

Sarah Brady était recroquevillée sur sa chaise,

comme un vieux petit singe. Maintenant, son malaise cardiaque était visible de tous.

— Maman? répéta sa fille en s'approchant d'elle.

— Vite, mes pilules, dans mon sac à main, murmura Mme Brady à travers ses lèvres engourdies.

— Oh! tante Sarah! s'écria Karen. Henny! Un verre d'eau, vite, ordonna-t-elle en frappant dans ses mains.

Elle s'approcha de Mme Brady et ses doigts d'infirmière cherchèrent le pouls. Sarah s'efforçait de respirer aussi lentement et profondément que possible.

— Ecoutez-moi bien tous! lança Bobby. Je ne l'ai pas vue, mais même si je l'avais vue, comment j'aurais su que je devais faire quelque chose? Pourquoi que j'étais pas au courant?

— Si grand-mère avait voulu se suicider, dit Suzanne, elle l'aurait certainement fait, peu importe comment. Mais je ne croirais jamais qu'elle s'est tuée!

Del et Henny arrivaient, l'une avec le sac à main, l'autre avec un verre d'eau. Del saisit le verre en écartant Karen. Mme Brady avala une pilule, un peu d'eau, puis poussa un soupir.

Au bout de quelques instants, elle dit :

— Vous savez comment elle a fait pour prendre mes pilules?

— Oh, madame Sarah, gémit Henny, pourquoi a-t-il fallu que vous appreniez tout ça? C'est moi qui ai trouvé votre flacon sous son lit, après le départ du docteur.

— Et qui, demanda Mme Brady en haussant légèrement le ton, mais sans lever les yeux, l'a remis dans ma chambre?

— Moi, répondit Henny. Madame Karen l'avait reconnu. Et elle m'a dit... M. Conley était tellement atterré... alors, ils m'ont dit tous les deux : « Bien, moins on en parlera, mieux cela vaudra. » Je ne voulais pas vous tourmenter aussi. (Henny était au bord des larmes.) Prions le Ciel que madame Alice n'ait pas commis ce péché, non pas celui-là!

Mme Brady secoua la tête :

— Jeff, s'enquit-elle, lundi, as-tu vu ce flacon, *mon* flacon?

— Oui, répondit son neveu en se penchant vers elle, inquiet. Allons, tante Sarah, ne te mets pas martel en tête, oublie cela. Nous n'aurions jamais dû te le dire.

Mme Brady sentait son sang qui recommençait à circuler de façon moins anarchique.

— Je ne peux pas oublier, dit-elle. Mon flacon était en ville avec moi quand Alice est morte. Je le sais.

— Mais non, tante Sarah, fit Jeff, ce n'est pas possible, il était sous le lit de ma mère.

— A midi, j'ai été étonnée de voir qu'il me manquait autant de pilules, dit Mme Brady d'une voix raffermie. Mais, je porte toujours sur moi l'ordonnance du Dr Crane. Aussi, lorsque Karen m'a déposée pour aller chez le dentiste, je me suis arrêtée au drugstore de M. Fredericks.

Un silence s'établit et elle braqua son regard sur Karen.

— Oh, mais à ce moment-là, dit Karen, elle devait... Cette pauvre Alice devait avoir...

Mme Brady poussa un autre soupir. Non. Impossible. Une fois morte, « cette pauvre Alice » ne pouvait avoir mis le flacon sous son lit.

— J'imagine, énonça-t-elle sans colère, que vous n'auriez pas insisté à ce point pour qu'on me « ménage » si vous n'aviez remarqué l'en-tête du drugstore Fredericks et la date de *lundi* sur l'étiquette du flacon. Oh! Karen, je vous avais dit que j'avais une petite course à faire lundi!

Personne ne pipa.

— Quand Henny l'a-t-elle trouvé où vous l'aviez mis? demanda Mme Brady d'un ton implacable. Après que je l'ai acheté chez Fredericks, évidemment. Mais à ce moment-là, Alice était déjà morte de ce que vous lui aviez fait prendre à midi, avant que nous ne partions, quand vous avez redescendu son plateau.

— Non, cria Jeff. Non. *Non*!

— S'il y a encore d'autres secrets, dit Sarah d'une voix triste, ayez l'obligeance de les exposer maintenant.

Au bout de quelques instants, Karen, d'un ton boudeur, dit :

— Elle est enterrée. Maintenant, nous pouvons partir pour l'Europe. Nous pouvons tous vivre, pas comme avant.

Tout à coup la peau de son visage s'était marbrée, ses yeux s'étaient embrumés.

— Elle s'apprêtait encore à faire un tas d'histoires. Jeff n'y aurait pas résisté et, comme d'habitude, il aurait laissé tomber. Elle faisait du tort à tout le monde, même à elle. Vous le savez bien, tous. C'est moi qui devais la supporter, tous les jours et à longueur de journée. On peut dire que c'est un bienfait pour tout le monde.

Mais personne ne semblait partager ce point de vue. Les deux enfants s'étaient rapprochés de leur père. Henny alla se placer derrière eux. Jeffrey Conley regardait sa seconde femme en ouvrant tout grands des yeux horrifiés.

— Faites ce que vous voudrez, susurra Karen, mais avant tout, prenez bien le temps de réfléchir. Quel bien peut-il résulter maintenant de laisser connaître la vérité?

De nouveau, le silence, total.

Mme Brady but une autre gorgée d'eau, bien que son cœur eût retrouvé un rythme plus régulier, à présent qu'elle était de nouveau en terrain connu et non plus à chercher ce qu'on lui cachait.

— La qualité de la vérité, déclara-t-elle, c'est justement d'être la vérité. Alice m'avait appris cela.

Ce fut Del qui dit :

— Je vais appeler la police... Il faut le faire... Je m'en charge.

Pauvre Karen.

The Splintering Monday
D'après la traduction de René Baldy

© 1966, Davis Publications.

Tribut floral

par

ROBERT BLOCH

Dans la maison de Grand-mère, il y avait toujours des fleurs fraîches sur la table. Et ce, parce que Grand-mère habitait juste derrière le cimetière.

— Rien ne vaut des fleurs pour égayer une pièce, aimait à dire Grand-mère. Ed, sois gentil, cours vite voir et rapporte-moi quelque chose de joli... Je crois qu'il y a eu des allées et venues hier du côté du caveau des Weaver... tu sais où je veux dire. Choisis-en quelques-unes mais, s'il te plaît, pas de lys!

Ed décampait aussitôt, escaladait la clôture au fond de la cour et sautait par-dessus la vieille tombe Putnam dont la croix donnait de la bande. Il courait dans les allées, prenant des raccourcis entre les buissons et derrière les statues. Ed n'avait pas sept ans qu'il connaissait les moindres recoins du cimetière, car c'était là que, après la tombée de la nuit, il jouait à cache-cache avec ses petits camarades.

Ed aimait le cimetière. Le cimetière, c'était mieux que la cour de derrière, mieux que la vieille maison délabrée où il vivait avec sa grand-mère; à quatre ans, il passait déjà le plus clair de son temps à jouer au milieu des tombes. Partout il y avait de grands arbres et des buissons, quantité de belle herbe verte et des sentiers qui formaient un véritable dédale parmi les tombes et les caveaux. Les oiseaux chantaient tout le temps ou voletaient au-dessus des fleurs. C'était beau, tranquille, sans personne pour vous surveiller, vous déranger ou vous gronder... à condition, bien sûr, de s'arranger pour ne pas être vu par Vieux Grincheux, le gardien. Mais Vieux Grincheux habitait une maison de pierre près de l'entrée, à l'autre bout du grand cimetière.

Grand-mère avait mis Ed en garde contre Vieux Grincheux, en lui recommandant de ne pas se laisser surprendre dans le cimetière par le gardien.

— Il n'aime pas que les petits garçons viennent jouer là. Et surtout quand il y a un enterrement. A le voir agir, on croirait vraiment que le cimetière lui appartient. Alors que, si l'on allait au fond des choses, nous sommes vraiment ceux qui ont le droit d'en user comme il leur plaît! Va donc y jouer autant que tu voudras, Ed. Fais seulement attention à ce que le gardien ne te voie pas. Après tout, comme je le dis toujours : on n'est jeune qu'une fois.

Grand-mère était chouette, vraiment chouette. Elle le laissait même veiller tard pour jouer à cache-cache parmi les tombes avec Susie et Joe. Il faut bien dire aussi qu'elle ne s'en souciait guère, car c'était le soir qu'elle avait du monde.

Durant la journée, Grand-mère ne recevait presque jamais de visites. Juste le livreur de glace, le garçon de l'épicerie et, de temps en temps, le facteur... en général, celui-ci ne venait qu'une fois par mois avec le mandat que la caisse de retraite envoyait à Grand-mère. La plupart du temps, dans la journée, il n'y avait à la maison que Grand-mère et Ed.

Par contre, le soir, elle recevait du monde. Ils ne venaient jamais avant le dîner, mais le plus souvent vers huit heures; quand la nuit était tombée, ils commençaient à arriver. Certains soirs, ils étaient toute une bande. M. Willis était presque toujours du nombre, ainsi que Mme Cassidy et Sam Gates. Il en venait également d'autres, mais c'était de ces trois-là que Ed se souvenait le mieux.

M. Willis était un drôle de bonhomme, toujours à

grommeler, se plaindre du froid et se disputer avec Grand-mère à propos de ce qu'il appelait « ma concession ».

— Vous n'avez pas idée comme il peut y faire froid, disait-il en s'asseyant au coin du feu et se frottant les mains. Ça me semble empirer chaque jour. Remarquez bien que je ne me plains pas trop, car ce n'est pas aussi pénible que les rhumatismes que j'avais. Mais ils auraient quand même pu se montrer moins pingres. Avec tout l'argent que je leur ai laissé, ils s'en sont allés choisir un truc en sapin, garni d'une sorte de coton brillant qui ne m'a pas duré plus d'un hiver...

Oh! oui, c'était un rouspéteur, ce M. Willis! Il faisait toujours la moue et son visage semblait n'être que rides. Ed n'avait jamais réussi à le détailler parce que aussitôt après le dîner, lorsqu'ils passaient dans le salon, Grand-mère éteignait toutes les lumières, se contentant de la clarté du feu qui brûlait dans la cheminée.

— Il nous faut économiser sur l'électricité, disait-elle à Ed. Ce petit denier de la veuve qu'on me verse, c'est déjà pas beaucoup pour moi toute seule, alors quand il y a aussi un orphelin...!

Ed était orphelin; il le savait, mais ça ne le tracassait pas. D'ailleurs, jamais rien ne semblait le tracasser, contrairement à ce qui arrivait à des gens comme le vieux M. Willis.

— Penser que j'en suis réduit là! soupirait M. Willis. Moi dont la famille était propriétaire de tout ça. Voilà cinquante ans, par ici, ce n'était que des prairies, des pâturages. Tu le sais, toi, Hannah.

Hannah, c'était le prénom de Grand-mère : Hannah Morse. Grand-père, lui, s'appelait Robert Morse. Il était mort voici bien longtemps, au cours d'une guerre, et Grand-mère n'avait même jamais su où il était enterré. Mais avant ça, il avait construit cette maison pour Grand-mère. Et Ed avait le sentiment que c'était ce qui rendait M. Willis si furieux.

— Lorsque Robert a bâti cette maison, je lui ai donné le terrain, se plaignait M. Willis. Ça s'est fait très légalement et il n'y a pas à revenir là-dessus. Mais lorsque la ville m'a exproprié pour une bouchée de pain, ça n'a pas été honnête du tout. Des avocats véreux qui s'en viennent vous priver de votre bien, avec je ne sais quelles histoires de vente forcée! De la façon dont je vois les choses, je conserve un droit moral. Pas seulement sur ce petit lopin de rien du tout où ils m'ont collé, mais sur le tout.

— Et que comptez-vous faire? s'enquérait alors Mme Cassidy. Nous expulser?

Sur quoi elle se mettait à rire doucement, car tous les amis de Grand-mère faisaient les choses doucement, qu'ils fussent joyeux ou en colère. Ed aimait à regarder rire Mme Cassidy, parce qu'elle était grosse et qu'elle riait de partout.

Mme Cassidy portait une très jolie robe noire, toujours la même, et elle était bien maquillée, avec du rouge et de la poudre. Elle parlait beaucoup à Grand-mère de quelque chose qu'elle appelait « l'entretien à perpétuité ».

— S'il y a quelque chose dont je ne cesse de me réjouir, se rappelait l'avoir entendue dire Ed, c'est bien de mon entretien à perpétuité. Les fleurs sont si jolies... Ils m'avaient donné à choisir celles que je préférais. Et ils s'en occupent même l'hiver. Par ailleurs, on n'a pas lésiné comme pour M. Willis : c'est de l'acajou et tout sculpté. Je voudrais que vous voyiez ça! Ils n'ont pas regardé à la dépense, je peux vous le dire, et je leur en suis extrêmement reconnaissante. Oui, extrêmement reconnaissante. Si, dans mon testament, je n'avais pas défendu qu'on le fasse, je suis certaine qu'ils auraient commandé un monument. Mais je trouve que le granit du Vermont, tout simple, ça fait plus réservé... plus digne.

Ed ne comprenait pas très bien Mme Cassidy, et puis il aimait mieux écouter Sam Grates. Sam était le seul à lui témoigner de l'attention.

— Hé fiston, disait-il, viens t'asseoir à côté de moi!
Tu veux que je te parle des batailles, fiston?

Sam Gates était un homme jeune et toujours souriant.
Quand il prenait place devant le feu, Ed s'asseyait
à ses pieds et l'écoutait raconter de merveilleuses histoires. Comme la fois où Sam Gates avait rencontré
Abraham Lincoln... A l'époque, on l'appelait tout
bonnement Abe, car il n'était pas président mais avocat à Springfield, dans l'Illinois. Et puis il y avait eu
une guerre de succession ou quelque chose comme ça...

— J'aurais bien voulu durer jusqu'à ce que ça soit
fini, soupirait Sam Gates. Bien sûr, en 64, d'un côté
comme de l'autre, tout le monde savait comment ça
finirait. Après Gettysburg, ils étaient cuits. Et dans le
fond, c'est peut-être aussi bien que je n'aie pas eu
à entrer dans toutes leurs complications pour la Recons-
truction, comme ils ont appelé ça. Oui, en un sens, j'ai
eu plutôt de la chance. Sans compter que je n'ai
jamais eu à vieillir, comme Willis, en me mariant et
élevant une famille pour finir dans un coin à essayer
de mâcher avec mes seules gencives. De toute façon,
on en arrive tous au même point... pas vrai, les amis?

Et Sam Gates promenait son regard autour de la
pièce, en clignant de l'œil. Parfois, Grand-mère se
mettait en colère après lui :

— J'aimerais bien que tu ne parles pas comme ça,
quand il y a des petites oreilles qui t'écoutent! Parce
que tu aimes la compagnie et viens ici pour la raison
que cette maison fait plus ou moins partie des lieux,
ça n'est pas une raison pour mettre des idées dans la
tête d'un gosse de six ans. C'est pas bien!

Lorsque Grand-mère ne prononçait plus tous les mots,
c'était signe qu'elle devenait colère. Quand ça se pro-
duisait, Ed se levait et s'en allait jouer avec Susie et
Joe.

En y repensant, des années plus tard, Ed n'arrivait
pas à se rappeler la première fois où il avait joué avec
Susie et Joe. Il gardait un souvenir précis des moments
passés avec eux, mais d'autres détails lui échappaient :

où ils habitaient, qui étaient leurs parents, pourquoi ils attendaient toujours la nuit pour venir sous la fenêtre de la cuisine l'appeler :

— Oo-ouh! Ed...! Viens jouer!

Joe était un petit garçon d'environ neuf ans, brun et tranquille. Susie était sensiblement du même âge que Ed, avec des cheveux blonds tout frisés; elle portait toujours une robe avec des ruches et de la dentelle, qu'elle veillait à ne pas tacher ni salir, quels que fussent leurs jeux.

Ed avait le béguin pour elle.

Nuit après nuit, ils jouaient à cache-cache dans la fraîcheur du grand cimetière obscur, en s'appelant à mi-voix et riant doucement entre eux. Encore maintenant, Ed se rappelait comme ils étaient tranquilles pour des enfants. Mais c'est en vain qu'il cherchait à se remémorer d'autres jeux, comme chat perché, où l'on se touche. Il était pourtant certain de les avoir touchés, mais sans pouvoir se rappeler une seule fois où cela s'était produit. Ce dont il se souvenait surtout, c'était du visage de Susie, de son sourire, et de sa voix de petite fille pour s'exclamer : « Oh! Ed-dy! »

Après, Ed ne raconta jamais à personne ce dont il se souvenait. Après, c'est-à-dire lorsque les ennuis commencèrent. Tout débuta avec les gens de l'école qui vinrent demander à Grand-mère pourquoi elle ne l'envoyait pas en classe.

Ils lui parlèrent très longuement, puis parlèrent ensuite à Ed, le tout dans une grande confusion. Ed se rappelait Grand-mère pleurant et un homme en complet bleu qui était venu lui montrer un tas de papiers.

Ed n'aimait pas repenser à ces choses, car elles marquèrent la fin de tout. Après la venue de cet homme, il n'y eut plus de soirées devant la cheminée, plus de jeux dans le cimetière, et Ed ne revit même plus Joe ou Suzie.

L'homme avait fait pleurer Grand-mère en parlant d'incompétence, de négligence, et aussi un truc qu'il appelait examen psychiatrique, simplement parce qu'Ed avait été assez bête pour lui dire qu'il jouait dans le cimetière et son plaisir à écouter les amis qui venaient voir Grand-mère.

— Si je comprends bien, vous avez tellement raconté d'histoires à ce pauvre enfant qu'il croit les voir lui aussi? avait reproché l'homme à Grand-mère. Ça ne peut pas continuer, madame Morse... Fourrer dans la tête d'un gosse d'aussi morbides stupidités concernant des morts.

— Ils sont pas morts! avait rétorqué Grand-mère qu'Ed n'avait jamais vue aussi en colère bien qu'elle pleurât. Pas pour moi, ni pour lui, ni pour aucun de leurs amis. J'ai passé presque toute ma vie dans cette maison, depuis que cette guerre des Philippines m'a pris mon Robert, et c'est la première fois que je reçois quelqu'un qui nous est étranger. Mais les autres, ils viennent régulièrement, vu que nous partageons la même propriété, pour ainsi dire. Ils ne sont pas morts, monsieur, et ils se conduisent en bons voisins. Pour Ed et moi, ils sont bougrement plus réels que ne le seront jamais les gens de votre sorte!

Mais bien qu'il eût cessé de lui poser des questions et la traitât avec une politesse empreinte de gentillesse, l'homme n'écoutait pas Grand-mère. D'ailleurs, à compter de ce moment, tout le monde se montra poli et aimable, même les autres hommes et la dame qui vint chercher Ed pour l'emmener, par le train, dans un orphelinat.

Ce fut la fin. A l'orphelinat, il n'y avait plus de fleurs fraîches tous les jours, et bien que Ed fût entouré de beaucoup d'enfants, aucun n'était comme Joe ou Susie.

Et pas plus que toutes les grandes personnes, tous ses camarades n'étaient pas gentils avec lui. Ils étaient juste comme-ci, comme-ça. Mme Ward, la directrice, avait dit à Ed qu'elle aimerait qu'il la considère comme sa propre mère, que c'était bien le moins qu'elle pût faire après la traumatisante expérience qu'il avait vécue.

Ed ne comprenait pas ce qu'elle voulait dire par

« traumatisante expérience » et elle ne lui avait pas donné d'explications à ce sujet. Elle n'avait pas voulu non plus lui dire ce qu'était devenue Grand-mère ni pourquoi elle ne venait jamais le voir. En fait, chaque fois qu'il lui posait une question concernant le passé, elle déclarait n'avoir rien à lui dire, que le mieux pour lui était d'essayer d'oublier tout ce qui était arrivé avant qu'il entre à l'orphelinat.

Et peu à peu, Ed oublia des choses. Au fil des ans, il en arriva à presque tout oublier et c'est pour cela qu'il avait maintenant tant de mal à raviver ses souvenirs. Il souhaitait pourtant beaucoup arriver à se remémorer le passé.

*
**

Durant ses deux années à l'hôpital d'Honolulu, Ed passa le plus clair de son temps à essayer de se rappeler des choses. Il n'avait rien d'autre à faire, étendu sur le dos comme il l'était, et puis il savait que s'il s'en sortait, il voudrait retourner là-bas.

Juste avant de partir pour le service militaire, après avoir quitté l'orphelinat, Ed avait reçu une lettre de Grand-mère. De toute sa vie, Ed n'avait reçu que quelques lettres et, tout d'abord, le nom « Mme Hannah Morse » comme l'adresse inscrite au dos de l'enveloppe n'avaient rien évoqué pour lui.

Mais le contenu de la lettre — juste quelques lignes gribouillées sur du papier quadrillé — avait provoqué un brusque afflux de souvenirs.

Grand-mère avait été absente, dans un « sénatorium » comme elle disait, mais à présent elle était de retour et avait découvert « toutes leurs manigances pour t'avoir dans leurs griffes ». Et si Ed voulait revenir à la maison...

Il n'y avait rien que Ed souhaitât davantage, au point d'en être désespéré. Mais il avait déjà revêtu l'uniforme et attendait son ordre de départ, lorsqu'il avait reçu cette lettre. Il avait écrit, bien sûr. Il avait écrit aussi lorsqu'il était au-delà des mers, en envoyant également une partie de sa solde. Quelquefois, les réponses de Grand-mère le rejoignaient. Elle attendait qu'il vienne en permission. Elle lisait les journaux. Sam Gates disait que c'était une chose horrible, cette guerre.

Sam Gates...

Ed était maintenant un homme, et il savait bien que Sam Gates était en quelque sorte un personnage imaginaire. Mais Grand-mère continuait à parler de ces personnages imaginaires : M. Willis, Mme Cassidy, et même de « quelques nouveaux amis » qui venaient à la maison.

« Et quantité de fleurs fraîches en ce moment, mon garçon », écrivait Grand-mère. « Il ne se passe pratiquement pas de jours qu'elles n'arrivent en masse. Évidemment, je ne suis plus aussi active, vu que je marche maintenant sur mes soixante-dix-sept ans, mais je n'en continue pas moins d'aller chercher des fleurs. »

Les lettres cessèrent d'arriver lorsque Ed fut blessé. Durant un très long temps, tout s'interrompit pour Ed : il n'existait plus pour lui que le lit, le docteur, les infirmières, les piqûres toutes les trois heures et la douleur. Voilà à quoi se bornait la vie de Ed... à ça et à essayer de se souvenir.

Un jour, Ed faillit tout raconter à un psychiatre, mais il se retint juste à temps. Ce n'était pas une chose à raconter avec l'espoir d'être compris, et Ed avait déjà suffisamment d'ennuis comme ça sans souhaiter se voir réformer pour troubles mentaux.

Quand il fut en état de le faire, il écrivit de nouveau. Près de deux ans avaient passé et la guerre était depuis longtemps terminée. Tant de choses étaient arrivées que Ed n'osait pas nourrir trop d'espoir. Car maintenant Hannah Morse devait « marcher sur ses quatre-vingts ans » si...

Il reçut réponse à sa lettre quelques jours seulement avant de se voir donner son exeat par les médecins.

« Mon cher Ed. » Toujours la même écriture griffonnée, sur une feuille quadrillée provenant peut-être du même bloc. Rien n'avait changé. Elle l'attendait toujours et se doutait bien qu'il n'avait pas renoncé à revenir. Mais elle avait une chose bien amusante à lui annoncer. Se souvenait-il de Vieux Grincheux, le gardien? Eh bien, Vieux Grincheux avait été renversé par un camion l'hiver dernier, et depuis il avait pris l'habitude de venir le soir avec les autres. Il était devenu gentil comme tout. Que de choses ils auraient à se raconter quand Ed rentrerait...

Alors Ed était rentré.

Au bout de vingt ans, après toute une nouvelle existence, Ed était rentré à la maison. Il avait passé un long mois à Honolulu avant de pouvoir s'embarquer. Un mois tout plein de gens et de choses sans grand lien avec la vie réelle. Des soirées passées dans un bar, une fille nommée Peggy, et une infirmière qui, elle, s'appelait Linda, un copain d'hôpital qui parlait de se lancer dans les affaires avec l'argent qu'ils avaient économisé sur leurs soldes.

Mais le bar avec son comptoir ne lui avait jamais semblé aussi réel que le salon de Grand-mère, Peggy et Linda ne ressemblaient pas du tout à Susie, et Ed savait qu'il ne se lancerait jamais dans les affaires.

Sur le bateau, tout le monde parlait de la Russie, de l'inflation, du mal qu'on avait à trouver un logement. Ed écoutait, hochait la tête et essayait de se remémorer quelques-unes des phrases de Sam Gates lorsqu'il parlait du Vieil Abe, avocat à Sprinfield dans l'Illinois.

A San Francisco, Ed prit l'avion, après avoir télégraphié à Mme Hannah Morse pour annoncer sa venue. Il atterrit sur un aérodrome militaire, vers le milieu de l'après-midi, mais ne put attraper un car qui lui aurait permis d'arriver juste à temps pour le dîner, au terme des soixante-dix derniers kilomètres lui restant à couvrir. Il cassa la croûte à la gare routière, puis marcha jusqu'à la ville proche, où il prit un taxi pour se faire conduire chez Grand-mère.

Ed se sentit tout tremblant quand il descendit de voiture devant la maison, à côté du cimetière. Il tendit un billet au chauffeur en lui disant de garder la monnaie. Il resta figé sur place jusqu'à ce que le taxi fût reparti, puis trouva enfin le courage d'aller frapper à la porte.

Il respira bien à fond, la porte s'ouvrit, et il fut de retour à la maison. Il se sentit tout de suite chez lui, car rien n'avait changé, absolument rien.

Grand-mère était toujours Grand-mère. Debout sur le seuil, elle était petite, ridée et merveilleuse. Une vieille, vieille femme s'efforçant de distinguer ses traits à la vague clarté provenant du feu et disant :

— Par exemple... Ed, mon garçon! C'est bien toi, n'est-ce pas? C'est drôle les tours que vous joue la mémoire... Je m'attendais à te voir encore tout gamin. Entre, mon garçon, entre... mais n'oublie pas de t'essuyer les pieds!

Ed s'essuya les pieds sur le paillasson, comme toujours, puis pénétra dans le salon. Le feu était allumé dans la cheminée, et Ed y ajouta une bûche avant de s'asseoir.

— C'est dur de veiller à tout pour une femme de mon âge, dit Grand-mère en souriant et s'asseyant en face de lui.

— Tu ne devrais pas rester seule comme ça...

— Seule? Mais je ne suis pas seule! Ne te souviens-tu pas de M. Willis et tous les autres? Eux ne t'ont pas oublié, je peux te le dire! Ils ne parlent que du jour où tu seras de retour. Ils vont venir tout à l'heure.

— Tu crois? fit doucement Ed en regardant le feu.

— Evidemment! Comme si tu ne le savais pas, Ed!

— Bien sûr. Seulement je pensais...

Grand-mère sourit :

— Je comprends, va. Tu t'es laissé abuser par les autres, les gens qui ne savent pas. J'en ai rencontré beaucoup au sénatorium, où ils m'ont gardée pendant près de dix ans avant que je comprenne comment en venir à bout. Ils me parlaient d'esprits, de fantômes, d'hallucinations. Finalement, j'ai renoncé à discuter et je leur ai dit qu'ils avaient raison. Alors, après quelque temps, ils m'ont laissé rentrer chez moi. Je suppose qu'il a dû t'arriver plus ou moins la même chose, si bien que maintenant tu ne sais que croire?

— Oui, Grand-mère, exactement.

— Eh bien, mon garçon, tu n'as pas à te tracasser pour ça. Ni pour tes poumons non plus.

— Mes poumons? Comment es-tu...

— Ils m'ont envoyé une lettre. Ce qu'ils y disent, ça peut être vrai comme ça peut n'être pas vrai. Mais, dans un sens comme dans l'autre, ça n'a pas d'importance. Je sais que tu n'as pas peur. Si tu avais eu peur, tu ne serais pas revenu, n'est-ce pas, Ed?

— C'est juste, Grand-mère. Je me suis dit que, même si je n'en avais pas pour longtemps, c'était ici ma place. Et puis je voulais savoir, une fois pour toutes si...

Il n'acheva pas, attendant qu'elle parle. Elle se borna à hocher la tête dans la pénombre, avant de dire enfin :

— Tu ne tarderas pas à être fixé.

Elle lui sourit, et Ed se rappela du coup une douzaine de gestes, d'attitudes ou d'intonations qui lui étaient familiers. De quelque façon que ça tourne, personne ne pourrait empêcher qu'il fût de retour chez lui, à la maison.

— Seigneur, je me demande ce qui les retiens! dit soudain Grand-mère en se levant pour aller regarder à la fenêtre de côté. Ils me semblent être bien en retard.

— Es-tu sûre qu'ils vont venir?

A peine eût-il posé la question, que Ed eût voulu s'être mordu la langue. Mais c'était trop tard.

Grand-mère se retourna avec raideur :

— J'en suis sûre. Mais peut-être que je me suis trompée à ton sujet. Peut-être que toi, t'es pas sûr...

— Ne te mets pas en colère, Grand-mère...

— J'suis pas en colère! Oh! Ed, serait-ce qu'ils ont réussi à t'avoir? Est-ce possible que tu ne te souviennes pas?

— Mais si que je me souviens! Je me souviens de tout, même de Joe et de Susie, et des fleurs fraîches tous les jours, mais...

— Les fleurs.

Grand-mère le regarda.

— Oui, je vois que tu te souviens, et j'en suis bien heureuse. Tu allais me chercher des fleurs fraîches tous les jours, hein?

Son regard se porta vers la table, dont un vase vide occupait le centre.

— Peut-être que ça aiderait, si tu allais chercher des fleurs, dit-elle. Maintenant. Avant qu'ils arrivent.

— Maintenant?

— Oui, s'il te plaît, Ed.

Sans un mot, il gagna la cuisine et sortit par la porte de derrière. La lune était levée et il y voyait suffisamment pour suivre l'allée jusqu'à la clôture, au-delà de laquelle le cimetière s'étendait dans une splendeur argentée.

Ed ne se sentait pas effrayé, il ne se sentait pas tout drôle; il n'éprouvait absolument rien. Il escalada la clôture, ignorant la douleur soudaine et pénétrante au-dessous de ses côtes. Il prit pied sur le gravier, entre deux tombes, et se mit à marcher, se laissant guider par sa mémoire.

Des fleurs. Des fleurs fraîches. Des fleurs fraîches sur des tombes fraîchement creusées. Non, c'étaient là des choses qui l'eussent fait envoyer dans un asile par le psychiatre de l'hôpital.. Mais, d'un autre côté, ça lui paraissait tout naturel, normal. Alors, ça devait l'être.

Il vit le monticule, près de l'extrémité de la clôture. La fosse commune. Mais il y avait quand même des fleurs, un unique bouquet appuyé contre une plaque de bois.

Ed se pencha, humant la fraîcheur des fleurs, sentant la fermeté des tiges coupées lorsqu'il prit le bouquet pour dégager la plaque de bois. La lune était pleine et éclairait bien. Il lut en grosses lettres sans fioritures :

HANNAH MORSE
1870-1949

Hannah Morse, c'était Grand-mère. Les fleurs étaient fraîches. La tombe ne devait pas dater de plus de vingt-quatre heures...

Ed rebroussa chemin très lentement. Il eut beaucoup de mal à escalader de nouveau la clôture sans lâcher le bouquet, mais il y parvint en dépit de la douleur. Il ouvrit la porte de la cuisine et gagna le salon où le feu était presque éteint.

Grand-mère n'était pas là. Ed mit néanmoins les fleurs dans le vase. Grand-mère n'était pas là, ni ses amis non plus. Mais cela ne tracassait plus Ed.

Elle reviendrait. Et aussi M. Willis, Mme Cassidy, Sam Gates, ils reviendraient tous. Dans un petit moment, Ed en était sûr, il entendrait même les voix ténues l'appeler sous la fenêtre de la cuisine :

— Oh! Ed-dy! Viens!

Etant donné cette douleur qu'il avait dans sa poitrine, il ne pourrait peut-être pas sortir ce soir. Mais tôt ou tard, il le ferait. En attendant, eux allaient bientôt arriver.

Ed sourit et s'abandonna contre le dossier du fauteuil devant le feu, s'installant confortablement pour attendre.

Floral tribute
Traduit par Maurice Bernard Endrèbe

In vino veritas

par

LAWRENCE G. BLOCHMAN

Le navire postal aux cheminées jaunes de la K.P.M.
fit entendre un sifflement rauque. Les promontoires
de la jungle renvoyèrent son écho et le bruit réveilla
Heer Koert, contrôleur civil, qui faisait sa sieste. Heer
Koert ne jura pas; il faisait trop chaud pour se livrer
à un tel effort. Il ouvrit un œil et regarda à travers
le flou de sa moustiquaire. Au-delà de sa véranda s'étendait un groupe de cahutes aux toits de tôle éclatants,
des boutiques chinoises blanchies à la chaux et des
cabanes *attap* accrochées au bord verdoyant de la berge
basse du fleuve.

A quelque distance de la côte, au-delà du tourbillon
boueux que faisait le fleuve en se mêlant au bleu sans
rides de la mer, le navire postal, unique lien entre
Tanjong Samar et la civilisation, fumait impatiemment.
Et, comme Heer Koert était le représentant officiel de
cette civilisation à Tanjong Samar, il ouvrit l'autre œil.

Il suivit du regard l'essaim de *praus* [1] qui se diri-
geaient vers le navire et calcula qu'il avait une demi-
heure avant d'être obligé de faire un autre mouvement.
Dans une demi-heure, il se lèverait, s'aspergerait d'eau
tiède dans un baquet javanais, boirait une tasse de café,
boutonnerait jusqu'au cou sa veste de toile blanche.
Il serait alors prêt à s'asseoir à son bureau et à recevoir

1. Petites embarcations.

les communications officielles et les quinze derniers numéros du journal *Batavia Nieewsblad,* que son contrôleur-adjoint, un métis, apporterait à terre.

L'habituelle nonchalance du contrôleur se transforma cependant en hâte lorsqu'il s'aperçut que de la première embarcation débarquait non pas son adjoint, dont l'allure manquait de vivacité, mais un homme blanc au pas pressé, qu'il n'avait encore jamais vu. L'inconnu monta si rapidement au bungalow du contrôleur que Heer Koert eut à peine le temps de prendre une attitude digne avant d'entendre frapper à l'écran de sa véranda. D'un pas lent, il alla ouvrir.

Un homme en costume de pongé et casque blanc était là, qui s'épongeait le front avec un mouchoir de soie. Il avait l'air d'un homme bien nourri, aux gestes simples et décidés. Son sourire franc marquait deux fossettes sur son visage, qui donnait une impression d'intelligence virile — une impression quelque peu renforcée par la paupière droite à demi fermée sur un œil un peu pâle. La vitalité alerte de l'autre œil était pénétrante pour deux.

— C'est bien vous, monsieur Koert ? demanda l'homme au costume de pongé. Permettez-moi de me présenter : Paul Vernier. Le gouverneur général m'a promis votre collaboration. Vous a-t-il écrit ?

— Vous arrivez avant le courrier, répondit le contrôleur. Mais vous pouvez en tout cas compter sur ma collaboration. Donnez-vous la peine de vous asseoir.

— J'irai droit au fait, fit Vernier, en se laissant tomber dans un haut fauteuil à dossier en forme d'éventail. Je suis à la recherche d'un meurtrier.

— Un Dayak, peut-être ? dit le contrôleur rondelet. Il faut aller très en amont du fleuve pour les trouver. Et ils ne tuent plus guère, de nos jours.

— Les Dayaks ne m'intéressent pas, précisa Vernier. Je cherche un Américain, un meurtrier américain du nom de Jérôme Steeks. J'ai suivi sa trace jusqu'à Tanjong Samar.

Koert frappa dans ses mains et cria quelque chose en

malais. Un grognement lui répondit d'une autre pièce.

— Je vais vous offrir le café, expliqua-t-il. C'est l'heure du café. Un peu plus tard, ce sera l'heure du gin. Où sont vos bagages?

— J'ai tous les bagages qu'il me faut dans ma poche intérieure : le décret d'extradition concernant Jérôme Steeks, contresigné du gouverneur général de Batavia. Je vais arrêter Steeks dès que vous me direz où il se trouve, et je l'emmènerai à bord avant le départ du vapeur.

— C'est impossible, dit le contrôleur simplement.

— Pourquoi? Je suis sûr que Jérôme Steeks se trouve à Tanjong Samar.

— Il n'existe personne de ce nom dans ma circonscription.

— Evidemment, il doit être ici sous un nom d'emprunt. Mais il ne doit pas être difficile de trouver un homme dans cette trépidante métropole. N'avez-vous pas d'Américain ici?

— Il y en a trois.

Les sourcils de Vernier se levèrent légèrement pendant que Koert parlait.

— Tous les trois travaillent à la plantation de caoutchouc de Kota Bharu, en amont du fleuve. Aller à la plantation et en revenir, sans compter le temps que vous passerez à chercher les Américains, vous prendra deux heures. Le vapeur part dans une demi-heure. Faut-il envoyer chercher vos bagages?

Vernier fixa un instant son regard sur Koert. Puis sa moue se transforma en un large sourire.

— Entendu, dit-il. Si cela ne vous dérange pas trop.

Koert frappa de nouveau dans ses mains et murmura encore quelques mots de malais. Un domestique parut avec un plateau.

— On va vous les chercher, dit le contrôleur. Et maintenant, buvons notre café.

Il n'y avait pas de café sur le plateau, mais seulement deux tasses, un sucrier, un pot de lait chaud et un autre petit pot. Vernier regarda Koert verser une cuillerée du liquide noir du petit pot dans chaque tasse, puis ajouter le lait fumant. La mixture obtenue ressemblait à du café et en avait un peu l'arôme.

— Et maintenant, demanda Koert en lui passant une tasse, parlez-moi de cet homme que vous voulez arrêter. Vous connaît-il?

— Non.

— Bon. Dans ce cas, il ne soupçonnera rien. Vous pourrez l'arrêter quelques heures avant l'arrivée du prochain bateau. Cela évitera des ennuis. Nous n'avons pas de prison, ici. Vous avez sa photographie?

— Jérôme Steeks est un homme très habile, dit Vernier. Il a réussi une évasion parfaite après un crime presque parfait. Il n'existe de lui ni photographie, ni empreintes digitales. Je ne connais de lui que le signalement qu'on m'en a donné. Taille moyenne, mince, teint clair, cheveux bruns et petite moustache brune.

Le contrôleur, les deux poings sur ses larges hanches, rejeta la tête en arrière, ouvrit la bouche toute grande et fit entendre quelques gloussements. Au bout d'un moment, Vernier en conclut que Heer Koert devait rire.

— Vous avez dû vous tromper de *dessa* [1], s'esclaffa le contrôleur. Ces hommes sont tous trois de taille moyenne, mais ce sont de forts gaillards proprement rasés; ils ont le teint bronzé par le soleil, et aucun des trois n'a les cheveux bruns.

— Je vous ait dit que Steeks était malin, répéta Vernier, un sourire pensif aux lèvres. Mais je suis sûr qu'il est ici. Il est venu de Batavia, il y a six mois.

— Ces hommes sont tous les trois venus de Batavia, il y a six mois, par le même bateau. La plantation changeait de mains, et le nouveau propriétaire voulait des Américains pour la diriger, parce que les planteurs américains savent greffer les arbres et doubler le rendement de caoutchouc. Quel genre d'homme est ce meurtrier?

1. District.

Vernier but une gorgée du café amer.

— Un homme qui ne craint ni Dieu ni diable, dit-il, et en même temps un homme du monde. Etrange combinaison. Il a beaucoup vécu en Europe, où il était connu comme expert en musique, en femmes, en bonne chère et en bons vins. J'ai entendu parler de lui pour la première fois quand je me trouvais en France.

— Ah, la France..., fit Heer Koert, et son regard pesa sur la paupière tombante de Vernier. Alors, c'est en France que vous...

Il eut un geste vague, comme s'il avait peur de toucher à un sujet délicat. Vernier vit le geste et sourit.

— Oui, dit-il. Un éclat de shrapnel. C'est ce qui m'a aiguillé vers ma carrière actuelle, sans doute. Un œil ne suffit pas pour l'infanterie; aussi m'a-t-on retiré du front pour me muter dans le service des renseignements. Je m'étais fait pas mal de relations en France, si bien qu'après l'armistice, grâce à elles, j'ai pu rester à Paris, pour y étudier la méthode Bertillon, à la Sûreté Nationale française. Juste avant de rentrer aux Etats-Unis, je me rappelle avoir entendu parler de Jérôme Steeks; il assistait au banquet annuel des négociants en vins de Paris, où il participait au concours habituel de dégustation des vins et identifiait par le goût autant de crus sans étiquette que les plus chevronnés dégustateurs de profession.

Heer Koert fit claquer plusieurs fois sa langue.

— Un gourmet, commenta-t-il.

— Il était riche. Personne ne s'enquerrait de la source de sa fortune, d'origine douteuse, très certainement. Il y a trois ans, il épousa une riche héritière de San Francisco, l'amena en Europe, la ramena en Californie. Peu après leur retour, le corps de Mrs. Steeks fut trouvé gisant au bout d'une jetée peu fréquentée, une balle dans la tête. On remarqua des traces de pneus sur la jetée et on retrouva la voiture de Steeks dans la baie. Steeks, crut-on, s'était noyé dans la chute. Une lettre parlait de double suicide concerté. Ils avaient dépensé la fortune de l'héritière, perdu des sommes

48

astronomiques à Monte-Carlo et choisi la mort plutôt que la pauvreté. On ne trouva jamais le corps de Steeks en raison des marées, mais la découverte de deux douilles vides dans un revolver et le fait que la fortune de Mrs. Steeks était effectivement dissipée, fit accepter à la police la théorie du double suicide.

— Et naturellement, c'était faux.

— Naturellement. Il s'agissait d'un cas de meurtre commis de sang-froid, par intérêt. Un an plus tard, un homme de loi véreux eut une histoire, fut arrêté, et dans son coffre la police trouva une lettre de Steeks écrite de Batavia. L'homme de loi avait apparemment placé la fortune disparue de la femme et devait faire savoir à Steeks quand il pourrait revenir sans danger. Alors, le ministère de la Justice a demandé aussitôt l'extradition, et je suis parti pour Batavia afin de suivre la piste. Une piste peut joliment s'éventer en un an, et on peut camoufler des preuves. Mais j'ai mon Steeks ici, maintenant. Pas de bateau avant quinze jours : il ne peut guère s'échapper.

Le contrôleur Koert secoua la tête, l'air perplexe.

— Je n'en suis pas si sûr, s'expliqua-t-il. Il n'y a ni gourmet ni homme du monde à la plantation de Kota Bharu. Il n'y a que des Américains.

— L'un d'entre eux est mon meurtrier. Quand pourrons-nous aller l'arrêter, monsieur Koert?

Le contrôleur se gratta derrière l'oreille.

— D'abord, il faut que je m'occupe du bateau. Ensuite, nous discuterons ensemble la meilleure méthode à employer.

— En attendant, je vais me promener un peu en ville, déclara Vernier qui se leva. Il fait plus frais. J'apprendrai peut-être quelque chose.

— Monsieur Vernier, je vous en prie, n'ouvrez pas encore cette porte, s'écria Koert, et il se précipita, pris de panique, aux trousses du détective. Attendez.

Il roula une feuille de journal, l'alluma et en agita la flamme contre l'écran, afin de brûler les moustiques qui avaient pu se poser à l'extérieur et y attendaient l'occasion d'entrer.

— Maintenant, dit-il, vous pouvez sortir. Et refermez vite la porte. Revenez dans une heure et demie. Nous prendrons tout à l'heure un verre de gin et nous examinerons ce qu'il y a lieu de faire.

***

Le contrôleur réussit à persuader Paul Vernier d'attendre le lendemain pour commencer sa chasse à l'homme. Le soleil dardait ses rayons impitoyables sur le fleuve couleur de café quand les deux hommes — Koert en blanc et Vernier en kaki — descendirent sur la berge. Ils se frayèrent un passage à travers les *praus* à haute proue sculptée, rangés sur la rive, avec des démons rouges et bleus grimaçant sur leurs mâts inclinés. Les deux Blancs se glissèrent sous un dais de feuilles de palmiers ombrageant le milieu d'un long *sampan* [1] étroit. Les pagaies plongèrent dans l'eau brune, brassèrent le courant. L'embarcation se mit à remonter le fleuve.

Au bout de quelques minutes sur l'eau, Vernier attira l'attention de Koert sur un autre *sampan* qui les suivait toujours à la même distance.

— Oui, dit Koert. Ce sont vos bagages. Je les ai fait transporter sur ce *sampan* parce que nous sommes déjà à l'étroit dans celui-ci.

— Mais je n'ai pas besoin de mes bagages, assura Vernier. Je n'aurai pas besoin de rester à la plantation. J'arrêterai mon homme et je reviendrai avec vous, si vous n'y voyez pas d'inconvénient.

— J'en serais enchanté, mais je crains que vous n'ayez à rester plus longtemps. Je connais les trois Américains. Aucun des trois ne répond à votre signalement. Il vous faudra les étudier de plus près. Le gouverneur général m'a demandé de vous aider, aussi ai-je envoyé quelqu'un prévenir que nous viendrions

1. *Sampan :* bateau chinois à fond plat.

50

déjeuner à midi aujourd'hui et que peut-être vous vou-
driez rester un peu pour voir comment l'on obtient le
caoutchouc.

Les fossettes apparurent sur les bonnes joues du
détective.

— Il me déplairait d'agir de la sorte : accepter
l'hospitalité d'un homme, et ensuite, lui passer les
menottes. Si je m'aperçois que je suis obligé de pro-
longer ma visite pour identifier mon homme, je le leur
dirai franchement. Il y a peu de chances qu'il m'échappe.
Comme cela nous jouerons au plus fin, et je n'en
serai que plus à l'aise pour rester.

— Oh, mais non! s'exclama le contrôleur. Impossible. J'ai déjà dit que vous étiez un des actionnaires
de la plantation et que, partant, vous désiriez y séjour-
ner. Vous ne pouvez pas donner le démenti au contrôleur. Et puis, de cette façon, il vous sera plus facile
de faire tranquillement votre petite besogne.

— Eh bien, entendu. Nous essayerons de cette formule quelque temps, acquiesça Vernier d'un air grave.

Une petite jetée branlante, deux bicoques à toit de
tôle, un terrain de jungle défriché pour faire place à
des rangées symétriques d'hévéas marquait l'endroit où
la plantation de Khota Bharu touchait le fleuve. De la
rive, il y avait cinq minutes de marche avant d'arriver
à un bungalow bâti sur pilotis, qui servait d'habitation
aux administrateurs blancs.

Les trois administrateurs, lorsqu'on les lui présenta,
piquèrent la curiosité de Vernier : Prale, Wilmerding
et Doran. Le contrôleur avait eu raison. Il n'y avait
rien du bon vivant cultivé chez ces trois Américains,
de rude apparence, et tous étaient blonds. Prale était
un homme à l'air aimable, aux cheveux d'un blond
ardent, avec une petite expression finaude et un nez
en trompette. Wilmerding était d'un blond un peu filasse
et avait une poignée de main vigoureuse. Doran, les
yeux vifs, ne tenant pas en place, avait des cheveux
tirant sur le roux. Lequel des trois était le brun Jérôme
Steeks? Aucun d'entre eux, eût affirmé Vernier, s'il

n'avait su de source certaine que le meurtrier se trouvait
là. Un des trois *devait* être Steeks.

— J'espère que le *rystaffel* ne vous déplaît pas,
avertit Doran, lorsqu'ils passsèrent pour déjeuner dans
une pièce aux volets clos. C'est tout ce que notre cuisinier nous donne à midi.

— Si c'est ce que j'ai mangé à Java, répondit Vernier,
j'aime assez ça.

— Pas moi, fit Wilmerding. Le *rystaffel* pourrait
donner des maux d'estomac à un troupeau de
buffles.

Quelles qu'aient pu être les réactions des buffles
devant le plat national des colons hollandais en Malai-
sie, Wilmerding, apparemment, ne craignait pas, lui,
les maux d'estomac. Il accumula une montagne de riz
dans son assiette, et se mit en devoir de la décorer
avec tous les ingrédients que deux domestiques apportèrent sur la table : œufs au curry, bananes grillées,
oignons, chutneys [1], noix de coco râpée, minuscules
poissons rouges frits, piments et diverses autres viandes
et légumes épicés. Vernier regarda Wilmerding mélan-
ger le tout selon la vraie mode des Indes néerlandaises.
Wilmerding surprit son regard, devina qu'il le jugeait
inconséquent avec soi-même et lança : « Quoi! Faut
bien manger quelque chose! »

— Le *rystaffel* n'est pas mauvais avec un verre de
bière, dit Vernier.

— Nous n'avons jamais ce qu'on peut appeler de la
bière fraîche ici, grommela Wilmerding. Pas de glace.
Et la bière chaude est imbuvable.

Vernier étudia Wilmerding un instant. Il attaquait
son *rystaffel* avec autant de vigueur que ses deux compagnons, mais l'espace d'un éclair, Vernier crut remarquer
de la distinction dans sa manière de porter la fourchette
à sa bouche. Peut-être s'était-il trompé, car il vit ensuite
Wilmerding s'essuyer les lèvres d'un revers de sa main
après avoir bu une gorgée de bière.

1. Chutneys : sauces épicées.

— J'ai bu du très bon vin à Batavia et à Sourabaya. Pourquoi ne vous en feriez-vous pas envoyer? suggéra Vernier.

— Je n'ai jamais eu pour habitude de boire du vin, fit Wilmerding. Nous avons des goûts plébéiens. De la bière seulement, et un peu de gin ou de scotch le soir. Prale, ici présent, parle beaucoup du vin qu'il a bu, mais si vous m'en croyez, il aimerait mille fois mieux une glace. Et il n'est pas le seul, j'en suis sûr.

Il passa sa main dans ses cheveux blonds, sirota sa bière d'un air pensif et attaqua son riz avec une ardeur nouvelle.

Ce fut seulement lorsqu'une énorme consommation eut été faite que Verdier entrevit un moyen de déceler lequel des trois pouvait bien être le meurtrier cultivé. Le détective dressa l'oreille quand Wilmerding suggéra à Doran de leur faire entendre un peu de musique.

— De la musique? répéta Vernier.

— Oui. Doran joue, dit Prale. Il joue d'un abominable phonographe.

Oui, le phonographe lui appartenait, Doran le reconnut. Qu'est-ce que Monsieur Vernier désirait entendre? Probablement rien de ce qu'il avait, parce qu'il était bougrement difficile de se monter un assortiment de disques intéressants, ici, à Bornéo. Comme il fallait se les faire envoyer par bateau, les disques arrivaient brisés, la moitié du temps.

— Puis-je jeter un coup d'œil? demanda Vernier.

Il regarda les disques les uns après les autres, s'attendant à trouver des enregistrements d'opéras, des symphonies et d'autres morceaux plus sérieux, avec, surtout, des compositeurs français. Il trouva des airs de jazz, des ballades sentimentales démodées, mais nulle part, trace de goût cultivé, cosmopolite.

— Jouez n'importe quoi, demanda-t-il.

Le phonographe se mit à grincer, puis démarra avec

1. Ne pas oublier qu'il s'agit d'Américains, lesquels boivent généralement du lait.

un son discordant. Wilmerding fumait sa pipe, assis près de Heer Koert. Prale alla au bout de la véranda regarder le fleuve à travers l'écran. Doran triait ses disques bien-aimés. Vernier arpenta lentement la pièce, en détaillant la scène de son œil vif. Il s'arrêta devant des rayons de livres et se mit à en lire les titres.

— Tiens, interrogea-t-il, à qui les livres français?

— Ils étaient déjà là à notre arrivée, fit Wilmerding. Il y avait ici avant nous un planteur français. C'est lui qui les a laissés.

— L'un de vous les lit-il? demanda Vernier en prenant un livre.

— Prale a pour ainsi dire inventé la langue française, indiqua Doran. Demandez-le-lui donc.

Vernier tenait le livre français à courte distance de son visage et en tournait lentement les pages.

— J'ai étudié le français, dit-il comme s'il se parlait tout haut. Puis, examinant la pièce par-dessus son livre, il fit mine de lire :

« *Il y a un meurtrier dans cette maison.* »

Il fit une pause dans l'attente d'une réaction. Il fut déçu. Prale prit l'air stupide et tout penaud sous le feu du persiflage des deux autres.

— De quoi s'agit-il, Prale? demanda Wilmerding.

— Traduis-nous ça, ordonna Doran.

— Eh bien, il est question de maisons, dit Prale. *Maison,* c'est le mot français pour *house.*

Les rires fusèrent. Le calme revenu, Heer Koert se leva.

— Vous allez m'excuser, mais il me faut retourner à la *dessa* pour affaire officielle importante.

Il s'exprimait avec sérénité, comme si les uns et les autres ignoraient que cette affaire importante était sa sieste quotidienne.

— Et vous, monsieur Vernier? Allez-vous rester quelques jours à la plantation?

— Si je ne suis pas de trop, répondit Vernier.

— Ce n'est pas la place qui manque, dit Wilmerding.

— Même s'il n'y en avait pas, nous en ferions en

envoyant Doran dormir dehors avec les moustiques, intervint Prale.

— Ce qui m'épargnerait d'écouter les astuces de Prale, contre-attaqua Doran.

— J'aimerais bien saisir l'occasion de voir comment vous tirez d'un arbre une douzaine de balles de golf et une série de pneus ballon, dit Vernier. Mais je vous préviens — il fit une pause et regarda Koert — je vous préviens que je vais fourrer mon nez partout, et poser des questions comme une femme à un match de football. Je suis curieux... curieux de toutes sortes de choses.

*
**

Il exerça sa curiosité tant et plus au cours des quelques jours qui suivirent. Il allait de droite et de gauche et posait des questions à toute heure. Il faisait avec Prale le tour de la plantation, dans l'aube brumeuse, au moment de la saignée des arbres, et écoutait, tout en faisant des suggestions profanes dans un jargon mi-anglais et mi-malais, aux Javanais qui faisaient des incisions diagonales aux troncs des hévéas; opération qui permettait au latex laiteux de couler le long des rigoles et d'être recueilli, au moyen d'une petite gouttière, dans des récipients de porcelaine. Une fois que le soleil trop ardent arrêtait la coulée du latex, il accompagnait Wilmerding, dans son inspection : il s'agissait de surveiller les Javanaises, vêtues de leurs *sarongs* aux couleurs vives, qui collectaient le latex dans des voitures-citernes tirées par des buffles. Puis il rejoignait Doran au laboratoire et le regardait recevoir le latex et le verser dans ces grandes cuves où, par coagulation, s'obtient le caoutchouc.

Mais au bout de trois jours, il n'était arrivé à rien. Il persistait à penser que l'un des planteurs était Jérôme Steeks. Il ne savait toujours pas si c'était Prale, Doran ou Wilmerding. Mais il y avait une chose dont il était sûr et certain : les cheveux de Steeks avait changé de couleur depuis dix-huit mois. Le meurtrier brun de

San Francisco était devenu blond. Il devait se servir d'eau oxygénée ou d'un autre produit. Et s'en servir continuellement, car, depuis trois jours Vernier avait regardé de près s'il trouvait un cheveu plus brun à la racine. Mais en vain. Les cheveux devaient être décolorés au fur et à mesure qu'ils poussaient. Il pourrait y avoir là un indice.

Le lendemain, lorsque les trois planteurs se furent éloignés dans la brume matinale, Vernier demeura au bungalow en prétextant un mal de tête. Il resta sur son lit colonial sans ressort, jusqu'au moment où il n'entendit plus bouger les domestiques. Il se leva, alors, alla tout droit à la chambre de Prale et se mit à en examiner systématiquement tous les coins et recoins. Il fouilla rapidement dans les tiroirs d'une commode et dans une cantine verdie par la moisissure envahissante des tropiques. Il n'imaginait pas qu'un homme aussi habile que Jérôme Steeks puisse laisser traîner des papiers compromettants, mais il espérait dénicher le décolorant. En réalité, il ne trouva que des vêtements, la photographie d'une vieille femme dans un cadre de cuir moisi et le catalogue d'un grand magasin de Chicago spécialisé dans la vente par correspondance.

Il opéra de même dans la chambre de Wilmerding. Au moment où il ouvrait une malle, il crut entendre des pas derrière la porte. Il se releva rapidement, écouta, regarda dehors, mais ne vit personne. La chambre de Doran ne lui apporta pas plus de renseignements.

Mais Doran passait la plus grande partie de la journée au laboratoire. C'était l'endroit rêvé pour cacher un décolorant ou du henné. Un flacon de plus ou de moins, parmi les autres produits chimiques, ne risquerait pas d'attirer l'attention. Aussi Vernier alla-t-il y fourrer son nez. Il posa des questions à Doran, lequel s'occupait du latex. Il toucha des flacons et sonda des bidons de fer-blanc. Doran lui donna des explications satisfaisantes à propos de chacun et de tous. Encore une autre piste qui ne menait à rien.

Prale? Wilmerding? Doran? Il s'enferma, cet après-midi-là pour réfléchir, afin de combiner un plan d'attaque. Il était tellement plongé dans ses pensées qu'il fut en retard pour le dîner. Son arrivée sur le seuil de la porte mit fin à une conversation animée. Il s'assit, et la conversation reprit sur des sujets d'ordre banal; les planteurs faisaient visiblement un effort pour cacher qu'ils avaient changé de conversation. Aussi Vernier comprit-il qu'on venait de parler de lui.

Après le dîner, ils firent un poker. Les quatre hommes étaient assis autour d'une table, dans la véranda. Des gouttes de sueur perlaient sur les visages et les bras nus que dorait la lumière de la lampe.

Vernier était plus silencieux qu'à l'ordinaire. Il étudiait ses trois adversaires.

Jérôme Steeks avait été quelque peu joueur. Il pourrait se trahir aux cartes. L'un des planteurs, c'est un fait, montrait un sens plus aigu du jeu que les autres : Prale. La chance, cependant, était contre lui, et les jetons s'amoncelaient devant Vernier. Aucun des trois ne faisait bonne figure à la déveine. Du moins était-ce à ses gains importants que Vernier attribua l'atmosphère légèrement tendue. La conversation s'avérait difficile, ce soir, et les quelques mots prononcés de temps à autre ne lui étaient pas adressés.

Finalement, lorsqu'il eut raflé le pot avec son carré de six contre le full aux as de Prale, Doran jeta ses cartes au milieu de la table et s'éclaircit la voix.

— Dites donc, Vernier, commença-t-il en regardant le détective bien en face. Qu'êtes-vous venu faire à Bornéo, exactement?

— Je pensais que Koert vous l'avait expliqué, rétorqua Vernier. Je suis...

— Nous voulons parler de vos véritables raisons, reprit Wilmerding. Naturellement, cette histoire d'actionnaire ne tient pas debout, parce que tout simplement la plantation de Kota Bharu n'appartient pas à une société anonyme. Elle est la propriété d'un seul homme. J'en suis sûr et certain.

Vernier se mit à rire, d'un rire naturel, car il avait

beau sentir la situation se gâter, il était capable d'apprécier le tour qu'il s'était joué à lui-même en acceptant l'idée du contrôleur de se présenter comme un actionnaire.

— Croyez-vous, les uns et les autres, que je sois ici pour vous vendre de l'or en barre, ou Dieu sait quoi? demanda-t-il avec bonhomie.

Il y eut un silence embarrassant de quelques secondes. Puis Prale demanda d'un ton traînant :

— Quel genre d'or en barre cherchiez-vous dans ma chambre, ce matin?

— Dans votre chambre?

— Oui, persista Wilmerding. Nous avons remarqué que vous avez fait certaines perquisitions... pour soigner votre mal de tête.

— Je n'aime pas ça, intervint Doran, votre venue ici, sous des prétextes inconsistants. Comment ne pas vous soupçonner d'être venu manigancer je ne sais quoi? Vous êtes sans doute un espion, d'un genre ou d'un autre.

— Ne soyez pas ridicule.

— Il n'est pas ridicule. C'était Wilderming qui parlait. Nous vivons ici, à la limite de la civilisation. Nous n'avons à compter que sur nous pour assurer notre sécurité. Nous avons tout à fait le droit de nous montrer soupçonneux, quand il s'agit d'inconnus. Il n'y a rien de ridicule à ce qu'un homme se protège contre des ennemis éventuels.

— Comment se fait-il que vous soyez venu à Tanjong Samar, dont la plupart des gens n'ont jamais entendu parler? demanda Prale. Pourquoi avez-vous choisi la plantation de Kota Bharu, entre les centaines de plantations des Indes néerlandaises?

Vernier s'appuya nonchalamment sur ses coudes.

— Je vais vous dire pourquoi je suis venu à Tanjong Samara. J'y suis venu pour arrêter un meurtrier.

Les trois planteurs tressaillirent. Surprise, peut-être? Ressentiment?

— Je serai franc avec vous, continua Vernier. J'ai

dit au contrôleur qu'il ferait mieux de me faire passer pour un actionnaire, tant que je n'aurais pas trouvé lequel de vous trois est l'homme que je recherche. Je sais de source certaine que le meurtrier se trouve sur la plantation de caoutchouc de Kota Bharu.

Vernier sourit de nouveau, et son œil unique reflétait une telle franchise que les trois planteurs se laissèrent aller contre le dossier de leur chaise. La tension se relâcha un moment.

— Je parierais que Doran est votre homme, fit Prale.

— Si vous prolongez votre séjour assez longtemps, vous pourrez m'arrêter comme meurtrier de Prale. Je sens venir la chose, dit Doran.

— Quel est le nom de ce meurtrier? demanda Wilmerding.

— Jérôme Steeks.

Le regard acéré de Vernier passa de l'un à l'autre, mais il ne vit pas une paupière ciller.

— Jamais entendu parler de lui.

— On dirait un nom de légume [1].

— Lequel de nous est-ce?

Vernier alluma tranquillement une cigarette au-dessus du verre de la lampe avant de répondre.

— Aucun d'entre vous, répondit-il. A peine arrivé j'ai compris que le renseignement qu'on m'avait donné était faux. Jérôme Steeks avait les cheveux bruns. Vous trois vous êtes d'un blond naturel... pas de truquage avec vos perruques! Aussi vais-je retourner à Java par le prochain vapeur. Puis aux Etats-Unis. Je m'en veux, cependant, de vous avoir tous soupçonnés à tort, mais ce n'est pas ma faute. Pour faire amende honorable et vous montrer qu'il n'y avait aucune mauvaise volonté de ma part, je veux donner un dîner en votre honneur, le jour de l'arrivée du vapeur. Vous pourrez vous octroyer un jour de congé, car je sais que le capitaine du *Van Laar* est un authentique gourmet. Il possède une belle cave à bord — c'est un spécialiste du cham-

1. *Steek* a en anglais la même consonance que *leek* (poireau).

bertin — et dispose d'un excellent chef cuisinier. Je lui demanderai de me le prêter, avec quelques bouteilles, pour l'occasion. Je vous invite à couper, pour une fois, au *rystaffel* et à faire bombance. Qu'en dites-vous?

Son invitation ne reçut pas immédiatement de réponse. Les planteurs semblaient un peu sur la réserve. Ce fut Wilmerding qui parla le premier.

— Bien sûr qu'on ira casser la croûte avec vous.

— Parfait, reprit Vernier. Je vous promets un festin que vous n'oublierez pas de si tôt. Que diriez-vous d'un morceau de sanglier au madère, comme plat de résistance? Je fournirai la sauce madère, si on peut trouver du sanglier par ici. J'en tuerai un moi-même si quelqu'un veut bien me prêter son fusil.

— Je vous en tuerai un, promit Doran. Je n'aime pas prêter mon fusil.

Le lendemain, Vernier descendit le fleuve et, arrivé à Tanjong Samar, alla rendre visite au contrôleur.

— Monsieur Koert, lui demanda-t-il, quand le vapeur pour Bornéo quitte-t-il Batavia?

Le contrôleur étudia des lignes rouges sur une carte murale et consulta des brochures.

— Y a-t-il possibilité d'envoyer un message au bateau avant qu'il quittte Java? s'enquit Vernier, pendant que Koert feuilletait ses horaires.

Le contrôleur caressa ses deux mentons avant de répondre.

— Il y a la radio à Balik Papan, dit-il. Pour vingt-cinq florins, je peux envoyer un *Orang-Laut* qui remontera la côte à la pagaie, jusqu'à la station de radio de Balik Papan. Pourquoi?

— Je voudrais que le consul des Etats-Unis à Batavia me fasse parvenir quelques objets par le prochain courrier. Le consul connaît une bonne cave à Batavia. Je voudrais qu'il me procure un chambertin du même cru que celui qu'il m'a fait boire, quand j'ai dîné chez lui. Et j'aurais besoin d'autres vins et d'un cuisinier. Il peut m'avoir un cuisinier à l'hôtel des Indes et me l'envoyer par ce bateau, avec les ingrédients pour un menu que je vais indiquer. Et de la glace... Il nous faut de la glace...

Il s'assit et commença à rédiger un message.

— Très bien, fit le contrôleur, si vous me donnez les vingt-cinq florins et le coût du message, je veillerai à ce qu'il parte tout de suite. Et, en attendant, je suis heureux que vous soyez de retour. Si vous n'étiez pas venu, je serais allé vous chercher cet après-midi. Il faut que vous restiez avec moi jusqu'au départ de votre bateau.

— Et pourquoi?

— Parce que votre vie n'est plus en sécurité sur la plantation.

— Qu'est-ce qui vous le fait croire?

— Je le sais. Les indigènes me renseignent. Les domestiques parlent. Les nouvelles circulent. Elles finissent toujours par arriver jusqu'à moi. Vous avez fait connaître aux planteurs le but de votre mission...

— Vous êtes à couvert. Le gouverneur général n'aura rien à vous reprocher.

— Mais votre homme vous tuera certainement avant l'arrivée du bateau.

— Que non, répondit Vernier en souriant. Nous sommes tous bons amis, maintenant. Je donne ce dîner pour sceller cette amitié. Et puis, il faut que je retourne à la plantation. Tout dépend de ma présence là-bas.

— Eh bien, à votre guise. Mais rappelez-vous que je vous avais averti.

— Je me considère comme tel. Et, en attendant, dépêchez-vous d'envoyer ce S.O.S. : il me faut à manger, à boire et de la glace. Vous êtes invité, cela va sans dire.

***

Les relations cordiales paraissaient rétablies quand Vernier fit sa rentrée à la plantation. Les trois planteurs ne manifestèrent en aucune sorte qu'ils n'avaient pas accepté de Vernier sa profession de bonne foi.

Pourtant, le détective sentit de la défiance derrière cette façade. Il avait idée qu'un des trois attisait les sentiments d'hostilité ou tout au moins les entretenait pour des fins personnelles. Et en conséquence, Vernier dormit d'un sommeil léger, avec son revolver chargé sous son traversin — ce pelochon cylindrique qu'on trouve sous chaque moustiquaire, aux Indes néerlandaises, et qui sert à faciliter l'aération du corps et à diminuer la transpiration pendant le sommeil [1].

Durant toute la semaine qui précéda l'arrivée du bateau, Vernier se fit le propre agent de publicité de son dîner d'adieu. Il énumérait avec enthousiasme divers plats du menu, vantait les vins qu'il servirait avec chaque plat et, particulièrement le chambertin, roi des bourgognes rouges, vin robuste, parfumé, capiteux, le vin favori de Napoléon...

— N'importe quel chambertin est bon, affirmait Vernier aux planteurs, mais le chambertin 1911 défie toute comparaison. C'est le *nec plus ultra* des vins! Vous verrez.

Trois jours avant l'arrivée du bateau, la question du sanglier revint sur le tapis. Les trois planteurs décidèrent d'aller à la chasse.

— Venez avec nous, demanda Prale à Vernier.

— Mais je n'ai pas de fusil, fut la réponse de Vernier.

— J'en ai deux, dit Wilmerding. Vous pouvez en prendre un.

A la dernière minute, cependant, Wilmerding s'aperçut que l'emballage du crêpe à embarquer sur le prochain bateau ne se faisait pas assez vite. Il décida de rester à la plantation pour faire activer les coolies.

Prale et Doran accompagnèrent Vernier dans la jungle, au-delà des limites de la plantation. Vernier remarqua incidemment qu'il était le seul à porter un casque blanc. Les deux autres portaient des casques coloniaux kakis.

---

1. Le traversin n'est pas en usage aux Etats-Unis.

— Nous n'aurons pas besoin d'aller loin, assura Prale. Quelquefois, ils viennent jusque sous les arbres. Continuez tout simplement à marcher de l'avant.

Il avait été décidé que Vernier continuerait tout droit devant lui, tandis que Prale et Doran devaient obliquer à droite et à gauche. Plusieurs Malais marchaient en tête.

Mais, aussitôt que les deux hommes eurent disparu dans l'épais fourré, Vernier s'arrêta de marcher. Il voulait avoir les deux Blancs devant lui et non derrière. Jérôme Steeks était un homme redoutable...

Le détective enleva son casque blanc et le percha en haut d'un buisson de *lantana*. Puis il s'éloigna de quelques pas et s'accroupit à l'ombre dans les fourrés humides, son fusil entre ses genoux. De la sorte, il était totalement invisible, mais l'on pouvait distinguer son casque qui faisait une tache blanche dans la verdure épaisse.

Il attendit vingt minutes, tout en pourchassant mouches et insectes. C'est alors qu'il entendit un coup de fusil, suivi de deux autres. Un quatrième coup de fusil, et son casque touché voltigea dans les airs, heurta un arbre et rebondit sur le sol, à ses pieds. Jérôme Steeks savait aussi viser. Lequel était-ce? Vernier ramassa le couvre-chef. Le coup venait-il de la gauche... de Prale? Ou de la droite... de Doran? Il mit le casque dans la position qu'il avait occupée au haut du buisson. Il considéra les trous. Puis il les regarda de plus près. La balle n'était venue ni de la gauche, ni de la droite, mais de derrière. Un des deux avait réussi à le tourner et à l'approcher par ses arrières, malgré ses précautions. Mais lequel?

Il remit son casque et reprit le chemin de la plantation. Il espérait trouver sur son chemin la trace de son agresseur. Mais son espoir fut déçu. Il arriva au bungalow sans avoir rencontré âme qui vive. Ce fut une demi-heure plus tard que Prale et Doran rentrèrent avec leurs Malais portant le sanglier mort.

Il n'y eut plus de balle égarée avant le jour de l'arrivée

du vapeur et, lorsque le navire aux cheminées jaunes vint jeter l'ancre à l'embouchure du fleuve, Vernier ignorait toujours qui avait tiré sur lui.

Le bateau arriva par un après-midi gris à la chaleur accablante, et le contrôleur demanda au capitaine de rester à l'ancre jusqu'à minuit au lieu de ne faire qu'un court arrêt, comme d'ordinaire. De toute façon, il parviendrait à l'aube à Balik Papan.

Le cuisinier importé de Batavia fut transbordé jusqu'à terre par un sampan chargé de bourriches, de caisses et d'un gros morceau de glace enveloppé dans de la toile de jute. Il se rendit aussitôt à la demeure de Heer Koert, où il relégua son prédécesseur chinois dans un coin, et commença à exercer son art. En raison de la cuisine si bien aménagée du contrôleur et du temps qu'il aurait fallu pour amener les vivres à la plantation, les trois planteurs avaient accepté de venir à la *dessa*.

Suivant la coutume coloniale hollandaise, le dîner fut précédé de quelques tournées de gin *nahits* dans la véranda. Vernier exhiba fièrement un menu écrit en français, qu'il passa à ses invités, et observa l'expression des trois Américains.

FOIE GRAS AU PORTO

HOMARD A L'ARMORICAINE

TRUFFES SOUS LA CENDRE

SANGLIER SAUCE MADÈRE

POMMES SOUFFLÉES

ZABAGLIONE

ROQUEFORT

PETITS FOURS

CAFÉ

MONTRACHET 1904

CHAMBERTIN-CRÉSIGNY 1911

CHAMPAGNE DE CASTELLANE 1919

Les yeux du contrôleur hollandais et du capitaine du bateau, qui était également invité, s'élargirent et s'éclairèrent à la lecture du menu. Ceux des Américains ne dénotèrent pas le moindre éclair de compréhension.

Les planteurs firent claquer leur langue en dégustant le foie d'oie à la gelée au porto, et firent à l'unisson, un « ah » bruyant, lorsque parut le homard fumant qui exhalait son arôme parfumé de vin blanc, de cognac et de coulis de tomates.

Paul Vernier présidait la table où brillaient les verres de cristal et l'argenterie venus de Batavia et semblait s'amuser énormément. Il lui arrivait parfois d'être aussi bruyant que les trois Américains. Mais, lorsqu'il parlait vins, c'était tout bas, d'un ton plein de révérence.

— Ce montrachet, dit-il en versant le vin doré et parfumé qui accompagnait le homard, ce montrachet bat tous les vins blancs du monde. Il ne peut, évidemment, rivaliser avec le chambertin. Mais en 1904, il était aussi bon que vin blanc de Bourgogne l'a été ou le sera jamais.

Les planteurs approuvèrent en profanes. Il y avait abondance de vin blanc, aussi en burent-ils abondamment. Et le montrachet est un vin capiteux... Ils n'apprécièrent sans doute pas les truffes à leur juste valeur. Elles avaient été enrobées dans des pommes de terre, et cuites sous la cendre. Il suffisait d'ouvrir la pomme de terre carbonisée pour trouver la truffe — et toute sa succulence...

Vint ensuite le sanglier, baignant dans sa sauce au vin mauve, garni de champignons, exhalant son arôme exquis.

— Et maintenant, annonça Vernier, le roi des vins. Il n'y a jamais eu de meilleur vin que le chambertin, et jamais de meilleure année pour le chambertin que 1911. Regardez!

Soigneusement enveloppée dans un panier spécial muni d'une anse, la bouteille passa de main en main. Vernier fit remarquer les toiles d'araignée sur la bouteille. Puis il versa un peu de vin dans son verre et le présenta à l'admiration de tous.

— Admirez cette couleur! dit-il. Du rubis. Une flamme claire sautillante. Le feu d'un millier de couchers de soleil. Et ce bouquet! Sentez-moi ça! C'est de la poésie pure! Voilà du vin, s'il en fut! Le chambertin!

Il fit passer le verre sous le nez de ses hôtes, tour à tour, et les regarda attentivement humer « l'âme du vin ».

— Et maintenant, passez-moi vos grands verres, s'il vous plaît.

Sans presque remuer la bouteille, il remplit chacun des verres aux trois quarts. Son œil vif faisait le tour de la table. Puis, soudain, il plongea une cuillère dans un plat de glace concassée, et commença à mettre des carrés de cristal dans tous les verres de vin.

Wilmerding, assis juste en face de lui, bondit à demi de sa chaise, la bouche ouverte, comme s'il venait d'assister à quelque horrible forfait.

— Grands dieux! Ne mettez pas de glace dans ce chambertin, fit-il, d'une voix basse, outrée.

Vernier laissa tomber la cuillère, glissa une main dans sa poche, et fut de l'autre côté de la table avant que Wilmerding ait eu le temps de se rasseoir. On entendit un bruit métallique, un grognement — et une paire de menottes brilla aux poignets de Wilmerding.

Vernier se redressa et annonça :

— Jérôme Steeks.

Une confusion bruyante régna aussitôt dans la pièce. Les convives se levèrent, crièrent, gesticulèrent. Le contrôleur hurlait du hollandais au capitaine du bateau, lequel hochait frénétiquement la tête. Prale donnait des coups de poing sur la table et lançait des injures à Vernier. Doran, un bras passé autour des épaules de Wilmerding, lui assurait que tout allait bien. Wilmerding, bouche bée, continuait à fixer Vernier.

— Jérôme Steeks, répéta Vernier.

— Menteur! hurla Doran.

— Ça ne se passera pas comme ça! Prale s'avançait sur Vernier, brandissant une chaise.

— Attendez!

Vernier eut un geste pacifique des deux mains. Prale s'immobilisa.

— Je vais vous dire comment je sais que cet homme est bien Jérôme Steeks.

Prale reposa la chaise.

— Seul, un sybarite, un épicurien comme Jérôme Steeks, pouvait être choqué de me voir mettre de la glace dans du chambertin. Seul, un véritable gourmet apprécie suffisamment les vins pour comprendre que le bouquet du chambertin serait annihilé, éteint par le froid. Steeks sait que le vin rouge doit toujours se boire à la température de la pièce. Je vous présente, messieurs, Jérôme Steeks, épicurien, recherché à San Francisco pour meurtre.

— Alors, Willy? Qu'est-ce qu'il y a de vrai là-dedans? demanda Prale.

Steeks, alias Wilmerding, ne tourna pas la tête. Il regardait d'un air morne une grosse tache violette qui s'élargissait sur la nappe. Dans le feu de l'action, quand il lui avait passé les menottes, Vernier avait renversé trois verres de vin.

— Ecoutez, Vernier, dit enfin l'homme aux menottes, vous m'accorderez bien une dernière et tout à fait raisonnable faveur?

— Bien sûr, fit Vernier, si vous m'en faites une aussi. Dites-moi comment vous avez réussi à devenir blond sans l'aide de décolorants?

Wilmerding-Steeks eut un faible sourire.

— *J'ai toujours été blond.* Quand j'ai commencé à vivre d'expédients, je me suis dit que j'aurais peut-être un jour besoin de me cacher. C'est alors que *j'ai pris l'habitude de me teindre les cheveux en noir,* sachant que je pourrais toujours redevenir blond quand je le voudrais. Et maintenant, m'accorderez-vous cette dernière faveur?

— Laquelle? demanda Vernier.

— Versez-moi un verre de votre chambertin... sans glace.

Red Wine
Traduction OPTA

Canavan et son terrain

par

JOSEPH PAYNE BRENNAN

J'ai rencontré Canavan pour la première fois il y a plus de vingt ans, peu après qu'il eut quitté Londres pour émigrer. C'était un libraire spécialisé, amateur passionné de livres anciens. Rien de surprenant, donc, à ce qu'une fois installé à New Haven il ait ouvert un commerce de livres rares et d'occasion.

Son capital réduit ne lui permettant pas de s'offrir un local au cœur de la cité, il avait décidé de faire son lieu de travail de son habitation, et pour cela, il avait élu domicile dans une vieille maison isolée à la lisière de la ville. Ce secteur était assez peu habité, mais une bonne part de son commerce s'effectuant par voie postale, cela n'avait guère d'importance.

Fort souvent, après avoir passé la matinée penché sur ma machine à écrire, je me rendais à la boutique de Canavan pour y rester le plus clair de l'après-midi à fureter parmi ses vieux bouquins. J'en retirais un vif plaisir, d'autant plus que Canavan s'abstenait toujours de faire pression sur le client; ce n'était pas son genre. Il connaissait par ailleurs ma situation financière, assez précaire, et jamais je ne l'ai vu se rembrunir quand je partais les mains vides.

En fait, il semblait rechercher ma compagnie plutôt que ma clientèle. Certains bibliophiles assidus venaient régulièrement le voir, mais ils étaient rares, et souvent, je crois, il se sentait seul. Parfois, quand les affaires se trouvaient presque au point mort, il préparait du thé anglais et nous restions tous les deux assis pendant des heures à parler bouquins entre deux gorgées.

Canavan était, poussé jusqu'à la caricature, le type même du bouquiniste versé dans les vieux livres, tel que le populaire peut se le représenter. Plutôt frêle, de petit gabarit, quelque peu voûté, il vous regardait fixement, ses yeux vifs et bleus clignotait derrière les verres carrés de ses lunettes archaïques à monture d'acier.

A mon avis, son revenu annuel n'égalait même pas celui d'un bon colleur d'affiches, mais il parvenait à « s'en sortir » et s'estimait satisfait. Satisfait, oui, jusqu'au jour où son arrière-cour, si on peut l'appeler ainsi, attira son attention.

Derrière la vieille maison passablement délabrée où il habitait et tenait boutique, s'étirait un long terrain désolé, envahi de ronces et de hautes herbes couleur de moisi. Plusieurs pommiers décharnés, rongés par une pourriture noirâtre, rendaient le décor encore plus lugubre. De part et d'autre, les palissades plus ou moins démantelées, semblaient sur le point d'être englouties par un fouillis d'herbes rêches. On eut dit des épaves sombrant lentement. L'effet produit par cet ensemble était déprimant à l'extrême, et il m'arrivait souvent de me demander pourquoi Canavan ne faisait rien pour y remédier. Mais après tout cela ne me regardait pas et je n'en parlais jamais.

Un après-midi, en entrant dans la boutique, je ne vis pas Canavan. Je gagnai donc par un étroit couloir une sorte de réserve, située à l'arrière, où Canavan travaillait parfois, déballant des arrivages ou empaquetant des commandes. Au moment où je pénétrais dans la pièce, Canavan se tenait debout à la fenêtre, en train d'observer son terrain.

Je m'apprêtais à parler, mais une impulsion mal définissable m'en empêcha. Ce qui me retint, je pense, ce fut l'expression de son visage. Il scrutait le terrain avec une intensité singulière, totalement absorbé, accaparé, par quelque chose qu'il voyait là, semblait-il. Un conflit d'émotions contradictoires se reflétait sur ses traits crispés. Il paraissait tout à la fois fasciné et effrayé, attiré et révulsé. Il finit par s'apercevoir que j'étais là et eut un léger sursaut. Il me considéra un instant, l'air égaré, comme si j'étais un parfait inconnu.

Je vis enfin revenir son habituel sourire engageant, décontracté, et les yeux bleus pétillèrent derrière les verres carrés. Il secoua la tête.

— Cette arrière-cour que j'ai là, vraiment, elle a l'air bizarre, parfois. Quand on la regarde suffisamment longtemps, on dirait qu'elle s'étend sur des kilomètres!

Il n'en dit pas plus cette fois-là, et j'eus vite fait d'oublier l'incident. Si seulement j'avais su! Je venais d'assister au tout début de cette horrible affaire.

A partir de ce jour, chaque fois que je lui rendais visite, je trouvais Canavan dans sa réserve, certes occupé de temps à autre à quelque tâche, mais le plus souvent à la fenêtre, immobile, contemplant son sinistre terrain.

Parfois, je le voyais rester là sans bouger pendant plusieurs minutes, ignorant complètement ma présence. Un mystérieux quelque chose polarisait toute son attention. Je retrouvais alors sur sa physionomie, encore accentuée, la même expression déroutante : de l'effroi mêlé à une vive attirance vers un je ne sais quoi de prometteur, d'exaltant. Je devais en général me résoudre à tousser bruyamment, ou à racler des pieds avec insistance, pour qu'il se détourne de la fenêtre.

Après quoi, tout semblait rentrer dans l'ordre. Nous reprenions nos entretiens sur les livres et il redevenait apparemment tout à fait lui-même, mais j'eus de plus en plus la désagréable impression qu'il jouait la comédie, et que, tandis qu'il dissertait aimablement sur les incunables, sa pensée était ailleurs, quelque part, là-bas, dans cette infernale « arrière-cour ».

A plusieurs reprises je fus tenté d'aborder la question pour dissiper le malaise, mais un sentiment de gêne me retenait toujours au moment de parler. Allez donc chapitrer quelqu'un parce qu'il se permet de contempler à la fenêtre son lopin de terre! Que dire? Et comment le dire?

Je gardais donc le silence. Plus tard, je l'ai amèrement regretté.

Le commerce de Canavan, guère florissant jusqu'alors, se mit à péricliter. Qui plus est, son physique et sa santé paraissaient s'altérer. Il devenait plus voûté, plus émacié, et si ses yeux scintillaient toujours, gardaient tout leur brillant, je commençais à croire que cet éclat était plutôt dû à la fièvre qu'à une saine ardeur ou une exaltation de bon aloi.

Un certain après-midi, je trouvai les lieux vides. Pas de Canavan nulle part. Pensant qu'il se livrait peut-être à quelque besogne ménagère à proximité de la porte de derrière, j'allai m'appuyer à la fenêtre de la réserve pour jeter un coup d'œil au-dehors.

Je n'aperçus pas Canavan, mais en parcourant le terrain du regard, je me sentis envahi soudain par un inexplicable sentiment de désespérance et de désolation, déferlant sur moi comme une vague glacée.

Ma réaction première fut de m'écarter de la fenêtre, mais quelque chose me retint. En contemplant ce lamentable enchevêtrement de bruyères et d'herbes folles, voici que j'étais la proie de... voyons, non, je ne trouve pas d'autre mot, de la *curiosité*. Peut-être la partie froidement analytique et objective de mon cerveau voulait-elle tout simplement découvrir ce qui avait pu déclencher en moi ce brusque et violent accès d'intense dépression. Ou peut-être cette navrante vision exerçait-elle sur moi, pour quelque obscure raison, une étrange attirance, en une zone de mon subconscient que d'instinct, dans mon état normal, j'avais constamment tenue à l'écart.

Toujours est-il que je restai à la fenêtre. Les hautes herbes sèches, brunâtres ou tavelées, oscillaient doucement sous le vent. Les arbres se dressaient immobiles, noirs et pourrissants. Pas un seul oiseau, pas même un papillon, pour voleter au-dessus de cette morne et sombre étendue. Il n'y avait rien à voir, rien que les longues tiges d'herbe folle, les arbres décharnés et, parsemés çà et là, des buissons de bruyère basse.

Pourtant, indiscutablement, il y avait là, dans cette tranche isolée de paysage, quelque chose de singulier, d'insolite, qui m'intriguait. Elle me posait une énigme et, je ne sais pourquoi, il me semblait que la solution m'apparaîtrait spontanément, évidente, si je l'examinais suffisamment longtemps.

Après quelques minutes de contemplation, j'éprouvai une sensation bizarre : la perspective, progressivement, subtilement, se modifiait. Ni les herbes ni les arbres n'avaient changé, mais le terrain lui-même semblait être en expansion. Tout d'abord je me dis simplement qu'il était plus long que je ne l'avais cru. Puis j'en vins à penser qu'il devait en réalité s'étendre sur quelques hectares. En fin de compte, j'avais acquis la ferme conviction qu'il se poursuivait au lointain sur une interminable distance et que si j'y pénétrais, il me faudrait parcourir des kilomètres et des kilomètres avant d'en voir le bout.

Et tout à coup je fus saisi d'une envie pour ainsi dire irrépressible de me ruer à la porte de derrière, de me précipiter au-dehors, de plonger dans cette ondulante mer d'herbes folles et de marcher sans relâche droit devant moi, déterminé à découvrir par moi-même quelles pouvaient bien être ses limites. Et c'est d'ailleurs ce que j'allais faire... lorsque je vis Canavan.

Il surgit brusquement du fouillis d'herbes hautes faisant face à la maison. Pendant une bonne minute, pour le moins, il parut complètement perdu, déboussolé. Hagard, il fixait l'arrière de sa demeure comme s'il ne l'avait jamais vu de sa vie. Il était échevelé et manifestement surexcité. Des fragments de bruyère parsemaient son pantalon et sa veste, des brins d'herbe restaient accrochés aux agrafes de ses bottines démodées. Je le vis lancer à la ronde des regards fous, désordonnés, éperdus, et sembler sur le point de faire demi-tour pour foncer à nouveau dans ce fouillis d'où il venait d'émerger.

Je me mis à tambouriner vigoureusement sur la vitre. Il s'arrêta en plein demi-tour, regarda par-dessus son épaule et me vit. Ses traits convulsés s'apaisèrent peu à peu, reprirent leur aspect normal. D'une démarche lasse, traînante et courbée, il s'approcha de la maison Je m'empressai d'ouvrir la porte pour le faire entrer. Il alla directement dans la boutique, sur le devant, et s'effondra dans un fauteuil.

Au moment où je pénétrais à mon tour dans la pièce, il leva les yeux.

— Frank, dit-il, presque dans un murmure, voulez-vous faire du thé?

Je m'exécutai. Il but son thé brûlant et resta muet. Il avait l'air absolument épuisé; je sentis qu'il était trop fatigué pour me raconter ce qui s'était passé.

— Vous feriez mieux de ne pas sortir pendant quelques jours, dis-je en partant.

Il hocha faiblement la tête, sans lever les yeux, et me souhaita bon retour.

Quand je revins le lendemain après-midi, il m'apparut reposé, assez bien rétabli, mais néanmoins plutôt sombre, songeur et déprimé. Il ne fit aucune allusion à l'épisode de la veille. Durant une semaine ou deux, je pus espérer qu'il oublierait ce satané terrain.

Mais un beau jour je le retrouvai à la fenêtre de la réserve et constatai qu'il s'en arrachait au prix d'un grand effort, visiblement à contrecœur. Après quoi, ce fut toujours, régulièrement, le même tableau : la morbide magie de ce funeste fouillis d'herbes folles à l'arrière de sa maison devenait, de toute évidence, une obsession.

L'état de ses affaires et de sa fragile santé m'inspirant de vives inquiétudes, je me résolus finalement à lui faire quelques remontrances. Je lui rappelai qu'il perdait des clients et n'avait pas publié de catalogue depuis des mois. Je fis valoir que le temps passé à contempler ce maudit arpent de sorcière qu'il appelait son arrière-cour serait certes mieux employé à dresser ses listes de livres et à expédier ses commandes. Je m'efforçai de lui faire comprendre qu'une obsession comme la sienne finirait certainement par nuire à sa santé. Enfin, j'insistai sur le côté absurde et ridicule de cette affaire. Si l'on venait à savoir qu'il passait des heures à sa fenêtre en contemplation devant rien d'autre qu'une jungle en miniature d'herbes et de bruyères, on ne manquerait pas de penser qu'il était fou!

Et puis, rejetant tout scrupule, je lui demandai par quelles épreuves, au juste, il avait passé, cet après-midi où je l'avais vu surgir d'entre les herbes avec une expression de total égarement et de frayeur hébétée sur le visage.

Il ôta ses lunettes carrées en soupirant.

— Frank, dit-il, je sais que vos intentions sont bonnes. Mais, voyez-vous, il y a quelque chose dans cette arrière-cour — un secret — et là-dessus je veux en avoir le cœur net. Je ne sais pas exactement de quoi il s'agit; j'imagine que cela concerne la distance, les dimensions, la perspective. Mais n'importe, j'en suis venu à considérer cela comme... oui, comme un défi. Je veux aller au fond des choses. Si vous pensez que j'ai l'esprit dérangé, j'en suis désolé. Mais je n'aurai de cesse que j'aie percé le mystère de ce morceau de terrain.

Il remit ses lunettes en plissant le front et poursuivit :

— Cet après-midi-là, alors que vous étiez à la fenêtre, j'ai vécu quelque chose d'étrange et d'effrayant. J'étais resté moi-même en observation à la fenêtre et finalement je me suis senti irrésistiblement attiré au-dehors. Je m'enfonçai dans les herbes avec une sorte de griserie, un sentiment d'aventure fascinante et pleine de promesses. Mais tandis que j'avançais, cette ivresse, cette exultation s'évanouit vite et, de but en blanc, je sombrai dans un abîme de désespoir et de dépression. Je voulus rebrousser chemin, sortir immédiatement de là... mais je n'ai pas pu. Vous ne le croirez pas, je présume, mais je m'étais proprement égaré! J'avais perdu tout sens de l'orientation et ne savais plus de quel côté me tourner. Elles sont plus hautes qu'elles n'en ont l'air, ces herbes! Une fois dedans, on ne voit rien au-delà.

« Je sais que cela semble incroyable, mais j'ai erré au hasard, à l'aveuglette, pendant une heure. Après avoir pénétré dans cette forêt d'herbes, le terrain m'a paru prendre des proportions fantastiques. Et même, j'ai eu l'impression que ses dimensions se modifiaient au fur et à mesure que je progressais, de sorte qu'une vaste étendue se trouvait toujours devant moi. J'ai dû tourner en rond. En tout cas, j'ai parcouru des kilomètres, je vous le jure!

Il secoua la tête.

— Je ne m'attends pas à ce que vous me croyiez, et je ne vous le demande pas. Mais c'est ce qui s'est passé. Si j'ai finalement réussi à sortir de là, ce fut purement accidentel. Et le plus étrange dans tout cela, c'est qu'une fois sorti j'ai soudain été pris de terreur en ne me sentant plus entouré de toutes ces hautes herbes et j'ai voulu m'y précipiter à nouveau! Oui, malgré l'horrible sentiment de désolation que j'avais éprouvé là-dedans.

« Mais il faut que j'y retourne. Il faut que je tire la chose au clair, que j'arrive à comprendre... Il le faut! Il y a là-bas quelque chose qui défie les lois de la nature telles que nous les connaissons. Je veux savoir ce que c'est. J'ai un plan, valable je crois, et j'entends le mettre à exécution.

Ses paroles me troublèrent étrangement, et me souvenant, non sans malaise, de ma propre expérience à la fenêtre cet après-midi-là, j'estimai difficile de rejeter son histoire en la tenant pour une pure et simple absurdité. Certes, je tentai, sans grande conviction, de le dissuader de s'aventurer à nouveau dans cette arrière-cour, mais ce faisant je savais que je gaspillais ma salive.

Je quittai la boutique fort déprimé, plein d'une appréhension dont je ne sus me défaire.

Dès mon arrivée, quelques jours plus tard, je pus constater, hélas, que mes craintes étaient fondées : Canavan avait disparu. La porte de devant, comme d'habitude, n'était pas fermée à clef, et l'on pouvait entrer librement dans la boutique, mais Canavan n'était pas dans la maison. Je jetai un coup d'œil dans chaque pièce. Enfin, le cœur oppressé, j'ouvris la porte de derrière pour regarder dans la cour, et au-delà.

Les longues tiges brunâtres, qu'agitait une brise légère, émettaient, en glissant l'une contre l'autre, une sorte de chuchotis continu, un petit sifflement persistant. Les arbres morts, rigides et noirs, se découpaient sur le ciel. Bien qu'on fût aux derniers jours de l'été, je n'entendais aucun pépiement d'oiseau, pas même un menu crissement d'insecte. Curieusement, le terrain lui-même semblait être à l'écoute.

Sentant mon pied heurter quelque chose, je baissai les yeux et vis une corde qui sortait par l'ouverture de la porte, traversait le modeste espace nu au voisinage immédiat de la maison et allait se perdre dans la masse onduleuse des herbes. Aussitôt je me souvins de cette allusion de Canavan à un « plan ». Son plan, à n'en pas douter, consistait à pénétrer dans la forêt d'herbes en traînant une forte corde derrière lui. Il aurait beau faire tours et détours, devait-il se dire, cela ne l'empêcherait point de retrouver son chemin en suivant la corde en sens inverse.

Cette mesure me parut raisonnable, sensée, tout à fait indiquée, et je me sentis soulagé. Canavan devait être encore en train d'explorer le terrain. Je décidai d'attendre tranquillement qu'il revienne. S'il lui était possible de le parcourir suffisamment longtemps, dans tous les sens et sans interruption, peut-être ce fichu terrain perdrait-il alors son funeste pouvoir de fascination. Peut-être Canavan parviendrait-il à l'oublier.

Je revins à la boutique et musardai parmi les livres. Au bout d'une heure je me sentis de nouveau mal à l'aise. Je me demandai depuis combien de temps Canavan était sorti. Songeant à son âge, à l'état précaire de sa santé, je me sentais quelque peu coupable.

Je retournai donc à la porte de derrière, constatai qu'il n'était nulle part en vue et me mis à l'appeler d'une voix forte. J'eus la pénible impression que ma voix ne portait pas, s'arrêtait à la lisière même des herbes, comme si le son était amorti, étouffé, neutralisé dès que ses vibrations atteignaient cette muraille d'herbes murmurantes en face de moi.

Je continuai d'appeler, encore et encore, mais n'obtins pas de réponse. Après ces vains efforts je pris la décision de partir à sa recherche. En suivant la corde, pensai-je, je parviendrai sûrement à le repérer. Je me dis que cette masse d'herbes avait effectivement étouffé mes appels et que, d'ailleurs, il se pouvait que Canavan fût devenu un peu sourd.

A l'intérieur, juste en deçà de la porte, la corde était solidement attachée au pied d'une lourde table. Empoignant la corde, je traversai la zone dénudée et m'engouffrai dans la bruissante forêt d'herbes.

Je marchai tout d'abord sans aucune gêne, avançant rapidement. Bientôt je m'aperçus que les tiges devenaient plus épaisses et de plus en plus rapprochées, je fus contraint, pour progresser, de les repousser et les écarter de la main.

A peine avais-je franchi quelques mètres dans ce fouillis que ce même sentiment d'insondable désolation, dont j'avais déjà fait l'expérience, m'envahit. Sans aucun doute un je ne sais quoi de sinistre et de pervers était à l'œuvre dans ce lieu. Il me semblait que j'avais subitement basculé dans un autre monde — un monde de bruyères et d'herbes folles dont les murmures lancinants et confus étaient ceux d'une puissance maléfique.

Tandis que je progressais en jouant des épaules, je constatai soudain que j'arrivais au bout de la corde. Baissant les yeux, je vis que, prise dans un buisson de ronces, elle s'était effilochée et puis rompue. Je me courbai et fourrageai pendant plusieurs minutes dans la zone environnante, mais ne pus repérer la portion qui s'était détachée. Canavan devait toujours être en train de la tirer sans savoir que la corde s'était cassée.

Je me redressai, mis les mains en porte-voix et criai. J'eus l'impression que ce cri, immédiatement amorti par les hautes parois d'herbe, était pour ainsi dire refoulé dans ma gorge; comme si je m'égosillais au fond d'un puits.

Le visage contracté, en proie à un malaise croissant, je poursuivis ma pénible progression. Les tiges s'épaississaient encore, se faisaient plus robustes et rêches, et finalement je dus me servir de mes deux mains pour me frayer un passage à travers ce réseau serré de végétation enchevêtrée.

Je commençais à transpirer abondamment; ma tête bourdonnait, ma vue semblait se brouiller. Je me sentais lourdement oppressé, à la limite du tolérable, comme cela vous arrive parfois, par un jour d'été étouffant, lorsqu'un gros orage se prépare et que l'atmosphère est toute chargée d'électricité statique.

Et puis, avec une pointe d'angoisse, je me rendis compte que j'avais tourné en rond. Je ne savais plus dans quelle partie du terrain je me trouvais. Par contre-coup, pendant une demi-minute à peine, dans un élan d'ironique objectivité, constatant que je me tracassais parce que je m'étais perdu dans une arrière-cour, j'eus presque envie de rire... *presque*. Mais quelque chose dans cet endroit dissuadait de rire. Sombre, maussade, obstiné, je continuai d'avancer.

A un moment donné, je sentis que je n'étais pas seul. Cela me vint brusquement, comme une effarante révélation qui me donna la chair de poule : là, derrière moi, dissimulé dans les herbes, quelqu'un — ou quelque chose — me suivait. Peut-être ai-je perçu un bruit, un friselis, ce n'est pas impossible, je ne puis le dire avec certitude, mais sur-le-champ j'eus l'absolue conviction qu'une quelconque créature rampait ou se faufilait entre les tiges, presque sur mes talons.

On m'épiait, on me guettait, à l'affût, je le sentais, et cet « on », je le savais, était intégralement malfaisant.

Dans un instant de total affolement j'envisageai une fuite éperdue, tête baissée, à la sauve-qui-peut. Et voilà que soudain, je ne sais trop pourquoi, la rage s'empara de moi. Je fus pris d'une colère noire contre Canavan, contre ce terrain de malheur, contre moi-même. Toute la tension accumulée en moi explosa dans un jaillissement de rage qui balaya toute peur. Plus question de me laisser déprimer et désespérer par je ne sais quelle magie, d'être mystifié par un indéfinissable mystère. J'allais faire front et crever l'abcès. Je saurais à quoi m'en tenir, coûte que coûte.

Inopinément, à l'improviste, je fis volte-face et fonçai furieusement vers l'endroit où, tapi dans les herbes, devait se trouver mon furtif poursuivant.

Je m'arrêtai pile; et ma colère fit instantanément place à l'horreur.

Dans la faible lumière cuivrée filtrant au travers des hautes et surplombantes tiges d'herbe, je vis Canavan accroupi à quatre pattes, telle une bête s'apprêtant à bondir. Il avait perdu ses lunettes, ses vêtements étaient en lambeaux et sa bouche se tordait en une grimace démente, un rictus hargneux et démoniaque.

Je le contemplai effaré, figé, pétrifié. Ses yeux, bizarrement décentrés, me lançaient un regard chargé d'une haine intense et je ne pouvais y discerner la moindre lueur indiquant qu'il m'avait reconnu. Ses cheveux gris, emmêlés, étaient truffés de brins d'herbe et de brindilles; d'ailleurs, son corps tout entier, y compris les quelques haillons d'étoffe qui restaient, en était couvert. On eût dit qu'il s'était vautré ou roulé sur le sol comme un animal sauvage.

Parvenant à surmonter le choc de cette vision qui m'avait cloué sur place et noué la gorge, je m'écriai :

— Canavan! Canavan, pour l'amour de Dieu, vous ne me reconnaissez donc pas?

Pour toute réponse, je n'eus droit qu'à une espèce de grondement rauque et sourd. Ses lèvres se retroussèrent sur ses dents jaunâtres et son corps accroupi se ramassa, se rétracta, tendant ses muscles pour bondir.

Je fus alors saisi d'une terreur panique. Je fis un saut de côté et m'engouffrai dans cet infernal fouillis d'herbes juste avant qu'il ne se jette sur moi.

Ma terreur était telle que cela me donna, je pense, un surcroît de force. Je m'enfonçai comme un bélier dans cette masse de tiges entortillées qu'il me fallait auparavant écarter avec peine. Je courais vraiment pour sauver ma peau, dans un fracas d'herbes et de bruyères brisées.

J'avançais comme dans un cauchemar. Les tiges d'herbe me cinglaient la face comme des fouets et des ronces me lacéraient comme des rasoirs, mais je ne sentais rien. Je concentrais frénétiquement toutes mes ressources mentales et physiques vers un seul objectif : sortir de là, de ce champ du diable, et me mettre hors d'atteinte de cette chose qui me poursuivait, presque dans mon sillage.

Mon souffle se faisait court, s'échappait par saccades en bouffées pareilles à des sanglots. Mes jambes faiblissaient et j'y voyais à peine; des disques de lumière dansaient devant mes yeux. Mais je continuais de courir.

Derrière moi, la chose gagnait du terrain. Je pouvais l'entendre gronder et marteler le sol à quelques centimètres seulement de mes pieds de fuyard. Et par-dessus le marché, j'avais l'affolante impression de courir en circuit fermé.

Enfin, au moment même où je sentais que d'une seconde à l'autre j'allais m'effondrer, plongeant au travers d'un dernier taillis de tiges, je débouchai dans une aire de clarté en plein soleil. Devant moi s'étendait la portion dénudée du terrain et au fond se dressait l'arrière de la demeure de Canavan.

Hors d'haleine, suffoquant presque, je me dirigeai en titubant vers la porte. Pour une raison que je ne m'explique toujours pas, j'eus alors la certitude que l'être monstrueux qui me talonnait n'allait pas s'aventurer dans cet espace à ciel ouvert. Je ne me retournai même pas pour m'en assurer.

Une fois à l'intérieur, je m'écroulai, pantelant, dans un fauteuil. Peu à peu, ma respiration redevint normale, mais mon esprit demeurait pris dans un tourbillon de visions d'horreur et d'affreuses conjectures.

Cependant, il fallait se rendre à l'évidence : Canavan était devenu complètement fou. Quelque effroyable choc en avait fait une créature démente, bestiale et vorace, vouée à la destruction de tout être vivant se trouvant sur son chemin. Me rappelant ces yeux étrangement décentrés qui me fixaient avec la sauvagerie d'une bête féroce, je ne pouvais avoir aucun doute : son esprit n'était pas seulement dérangé; il avait été radicalement détruit. Il n'y avait qu'une seule issue possible : la mort.

Mais après tout Canavan était encore l'enveloppe d'un être humain, et il avait été mon ami. Je ne pouvais faire moi-même justice, si tant est que ce terme convînt.

Non sans appréhension, j'appelai la police et demandai une ambulance.

Ce qui suivit fut dans son genre assez délirant, sans compter que je fus soumis à un mitraillage de questions qui m'amena au bord de la dépression nerveuse.

Une demi-douzaine de frustes et robustes policiers passèrent près d'une heure à piétiner le terrain en long et en travers, parmi les herbes folles, sans trouver trace de Canavan. Ils sortirent de là sacrant et jurant, se frottant les yeux, secouant la tête. Tous étaient furieux, congestionnés, mal embouchés... et mal à l'aise. Ils n'avaient rien vu, clamaient-ils, et rien entendu, à part un chien fureteur qui se tenait toujours à l'écart, hors de vue, les gratifiant de temps à autre de quelques grognements hargneux.

A cette mention d'un chien grondeur, j'ouvris la bouche pour parler, puis me ravisai et ne dis mot. Ils me considéraient déjà d'un œil soupçonneux, avec une méfiance manifeste, semblant croire que je n'étais moi-même pas loin d'avoir le cerveau fêlé.

Il me fallut répéter mon histoire au moins vingt fois, sans pour autant qu'ils se montrent satisfaits. Ils mirent la maison à sac du haut en bas, inspectèrent fiches, dossiers et papiers divers de Canavan, et allèrent même jusqu'à ôter quelques lattes disjointes dans l'une des pièces pour fouiller en dessous.

De guerre lasse, ils conclurent comme à regret que, à la suite de quelque choc, Canavan s'était trouvé affligé d'une totale perte de mémoire et, peu après que je l'eus rencontré dans l' « arrière-cour », en proie à cet état d'amnésie, avait disparu quelque part dans la nature. Ils n'accordèrent pas le moindre crédit à mes dires concernant son aspect et son comportement, n'y voyant guère que l'expression d'une tendance plutôt morbide, voire suspecte, à l'exagération. Après m'avoir averti que j'aurais probablement à subir un nouvel interrogatoire et qu'il se pouvait bien que l'on vînt aussi perquisitionner chez moi, ils m'autorisèrent d'assez mauvaise grâce à m'en aller.

Investigations et enquêtes subséquentes n'apportèrent rien de nouveau et Canavan fut classé parmi les personnes disparues vraisemblablement atteintes d'amnésie aiguë.

Mais je n'étais pas satisfait; je ne pouvais en rester là et demeurer en repos.

Après six mois de patientes, laborieuses et fastidieuses recherches dans les archives de la bibliothèque universitaire locale, je tombai enfin sur quelque chose. Je n'ose l'offrir comme une explication, pas même comme un indice valable, mais simplement comme une hypothèse fantastique aux frontières de l'impossible, et je ne saurais demander à personne d'y ajouter foi.

Un certain après-midi, alors que je commençais à me lasser de ce travail acharné de fouineur n'aboutissant à rien de tant soit peu révélateur, le Conservateur des Livres Rares vint me trouver dans le coin où je travaillais en exhibant triomphalement une minuscule brochure en assez mauvais état imprimée à New Haven en 1695. Il n'y avait pas de nom d'auteur, rien que ce titre lapidaire : *Mort de Goodie Larkins, Sorcière.*

On y révélait que, plusieurs années auparavant, une vieille commère ratatinée, une certaine Goodie Larkins, avait été accusée par ses voisins d'avoir transformé un enfant disparu en chien sauvage. L'hystérie de Salem faisait rage à l'époque et Goodie Larkins fut promptement condamnée à mort. Mais au lieu de la brûler, on l'avait conduite dans un endroit marécageux au fond des bois, et là sept chiens rendus féroces par un jeûne de quinze jours avaient été lâchés sur elle. Il semblerait que ses accusateurs aient estimé que ceci apportait une nuance de sombre mais authentique poésie à leur œuvre de justice.

Tandis que les chiens affamés et furieux convergeaient sur elle, ses voisins, commençant à battre en retraite, l'entendirent lancer cette impressionnante malédiction :

— *Que cette terre où je vais tomber devienne un lieu qui mène tout droit à l'Enfer!* avait-elle hurlé. *Et que tous ceux qui oseront s'attarder ici deviennent comme ces bêtes qui vont s'acharner sur moi jusqu'à la mort!*

Un scrupuleux examen de vieilles cartes, de documents cadastraux et autres actes municipaux, me permit d'établir que le marais, où Goodie Larkins avait été taillée en pièces par les chiens après avoir proféré son terrible anathème, se trouvait autrefois à l'emplacement même où se situait à présent la sinistre « arrière-cour » de Canavan!

Je n'ajouterai rien. Je ne suis retourné qu'une seule fois à cet endroit maudit. C'était par un jour d'automne triste et froid; sur le lugubre terrain, les foisonnantes hautes tiges s'entrechoquaient et cliquetaient sous un vent vif et glacé. Je ne puis dire ce qui m'a incité à ce retour... peut-être un reste de fidélité à la mémoire du Canavan que j'avais connu. Peut-être même étais-je animé par un frêle espoir imprécis. Mais, dès que j'eus mis le pied dans l'espace vierge derrière la demeure maintenant condamnée de Canavan, je sus que j'avais eu tort de venir.

Tandis que je fixais du regard l'oscillante masse

d'herbes rêches, les arbres nus et les sombres buissons de bruyère échevelée, j'eus l'impression que moi-même, à mon tour, j'étais épié. Il me semblait que quelque chose, une entité insolite, hors nature, absolument maléfique, était en train de m'observer, et bien que j'en fusse terrifié, je sentis naître en moi une impulsion perverse, un désir insane de me précipiter au sein de cette végétation revêche, bruissante et confuse. Une fois encore je croyais voir les dimensions et la perspective de ce paysage halluciné se modifier peu à peu, mystérieusement, si bien qu'à la longue je n'avais plus devant moi qu'une étendue démesurée de hautes herbes houleuses et d'arbres pourris se poursuivant jusqu'à l'horizon. Quelque chose, de plus en plus, me poussait à pénétrer là-dedans, à me perdre avec délice parmi les herbes folles, à me vautrer et me rouler sur le sol auprès de leurs racines, à me défaire de ces encombrantes et ridicules étoffes qui recouvraient mon corps pour foncer à ma guise, grondant, hurlant, tel un loup vorace, dans la forêt de tiges, sans retenue et sans relâche, encore et encore...

Mais, de quelque façon, je trouvai la force de faire demi-tour et de m'enfuir à toutes jambes. Je courus comme un fou à travers les rues envahies par le vent d'automne et parvins à bout de souffle à mon logis pour m'y enfermer à double tour.

Depuis, je ne suis jamais retourné là-bas. Et n'y retournerai jamais plus.

Canavan's Back Yard
Traduction de Philippe Kellerson

La nouvelle donne

par

CHARLES EINSTEIN

Rafferty n'était pas le seul à perdre à la table de blackjack, mais c'était lui qui jouait depuis le plus longtemps. Il était maintenant plus de trois heures et Rafferty était là depuis dix heures du matin. La serveuse du *Wanderlust,* le plus somptueux et le plus nouveau des hôtels de Las Vegas, lui avait déjà offert au moins une demi-douzaine de consommations sur le compte de la maison. L'hôtel pouvait bien se permettre de lui payer un verre pour qu'il ne s'en aille pas.

Mais il ne buvait pas, il se contentait de perdre. Les perdants sont, par définition, des gens qui doutent, et on était à Las Vegas, le *Wanderlust* était un hôtel tout nouveau, les visages des donneurs n'étaient pas familiers...

Rafferty reçut deux *cinq* du donneur, qui lui-même avait un *six* visible. Rafferty avait parié 40 dollars. Il poussa sur la ligne huit jetons supplémentaires de cinq dollars chacun afin de doubler sa mise puis il prit une carte, qu'il fit glisser, l'endroit face à la table. Il souleva prudemment un coin de la carte et jeta un coup d'œil rapide : une reine. Cela lui faisait 20 à son actif.

Le donneur retourna sa carte du dessous : un *sept.* Cela lui faisait 13. Puis un as. Quatorze. Il se resservit un *deux.* Seize. Il se servit pour la dernière fois. Un *cinq*. Vingt et un. D'un geste rapide et expérimenté, il rafla les jetons de Rafferty.

— Je veux un jeu neuf, demanda Rafferty.

— Quoi?

— J'ai dit que je voulais un jeu neuf.

— Il y a tout juste dix minutes que celui-ci a été mis en service.

— Et il me plume. Je veux un jeu neuf! — Rafferty s'humecta les lèvres. — Et un nouveau donneur.

Les deux autres joueurs de la table se trémoussaient, l'air mal à l'aise. Eux aussi perdaient, et sans doute partageaient-ils en secret l'opinion que Rafferty exprimait au grand jour. Mais ils ne voulaient pas se mêler de cette affaire.

Ils y furent contraints. Et par le donneur.

— Est-ce que l'un ou l'autre de vous a également l'intention de discuter, Messieurs?

Les deux hommes baissèrent les yeux vers le tapis vert, dont ils détaillèrent le quadrillage et l'inscription en arc de cercle : LES DONNEURS DOIVENT SERVIR 16 FOIS ET SE RETIRER A PARTIR DE 17.

— Allons, dit Rafferty, très calme, n'essayez pas d'entraîner d'autres personnes là-dedans. Une seule suffit pour émettre une protestation. Je le fais.

Le directeur du salon de jeu approcha, sorti on ne sait d'où, précision superflue, les directeurs de salon de jeu sortent toujours d'on ne sait où. Celui-ci était petit, avait le pied feutré, le visage tanné, les cheveux noirs. « Et alors? » demanda-t-il au donneur.

Le donneur indiqua Rafferty d'un signe de tête.

— Eh bien, monsieur Rafferty? questionne le directeur des jeux. (Il connaissait son nom, il avait encaissé trois chèques pas plus tard qu'aujourd'hui.)

— Les cartes ne me plaisent pas.

— Ce jeu a dix minutes, expliqua le donneur.

— Etalez-le, demanda le directeur.

Le donneur s'exécuta.

— Non, intervint Rafferty, c'est inutile. Si je savais

86

ce qu'il faut chercher, je serais de votre côté de la table.

— Très bien, admit le directeur. Jeu neuf.

— A quoi bon? fit Rafferty en poussant un soupir. Ils sortent tous de la même boîte, n'est-ce pas?

— Mais alors, que pouvons-nous faire? questionna le directeur des jeux.

Rafferty soupira de nouveau :

— Les histoires n'ont pas bon effet sur la réputation des nouveaux établissements comme le vôtre. Si on vous retire votre licence de jeu, vous êtes coulés. Vous le savez, non?

— Il a demandé un nouveau jeu, fit le donneur en regardant son directeur avec l'air de s'excuser. Maintenant que vous lui en proposez un, il dit « non ». C'est peut-être un cas de légère dépression, à force de perdre...

— Mais si! insista Rafferty. Je veux un jeu neuf. Mais pas un qui sorte de vos réserves. Si je vous disais que j'ai un jeu là-haut, dans ma chambre, est-ce que vous seriez d'accord pour jouer avec?

Le directeur éclata de rire. Puis il regarda Rafferty et cessa de s'esclaffer.

— Vous n'êtes pas ignorant à ce point, monsieur Rafferty? C'est la maison qui fournit les cartes.

— J'ai acheté mes cartes là-bas, au comptoir des tabacs, dit Rafferty. La maison utilise bien les mêmes, n'est-ce pas?

— Nous ne vous avons pas vu l'acheter, répliqua le donneur. Et personne ne peut savoir ce que vous avez fait dans votre chambre.

— Silence, lui intima le directeur des jeux.

— Et moi, je ne peux pas savoir ce que vous faites ici, rétorqua Rafferty. La seule chose que je sache, c'est qu'il y a beaucoup de *cinq* dans votre jeu.

— On ne vous oblige pas à jouer, lui objecta le donneur. Si le jeu ne vous convient pas, personne ne vous retient.

— J'ai dit silence, répéta le directeur. — Déjà, quatre ou cinq curieux s'étaient agglutinés autour de la table. — Puis-je vous parler une minute, monsieur Rafferty?

— Nous pouvons parler ici, dit Rafferty.

Mais, étant donné la façon dont le directeur le regardait, il finit par hausser les épaules et se lever.

— Bon, d'accord.

Il s'éloigna du carré de jeu, suivi du directeur qui se plia en deux pour passer sous la corde.

— Vous en êtes de combien? demanda le directeur à voix basse.

— Je ne sais pas exactement, répondit Rafferty. Deux ou trois mille dollars, peut-être. Qu'est-ce que ça change?

— Voilà, exposa le directeur des jeux. Nous tenons un établissement honnête, c'est une chose. Mais nous ne voulons pas d'histoires, c'en est une autre. Nous sommes prêts à tout faire, dans la limite de l'acceptable, pour prouver que nous sommes à la hauteur.

— Alors, jouons avec mes cartes.

— J'ai dit dans la limite de l'acceptable.

— Mais ce sont exactement les mêmes que les vôtres. Je les ai achetées ici.

D'un geste patient, l'autre secoua négativement la tête.

— Personne ne peut trouver cela acceptable, monsieur Rafferty. Votre donneur vous l'a bien dit. Personne ne sait si c'est ici que vous les avez achetées, ni quand vous les avez achetées. Par exemple, si vous alliez acheter un jeu neuf maintenant, et que nous jouions immédiatement avec, ce serait autre chose.

— D'accord.

— Pardon?

— J'ai dit d'accord. Si telles sont vos conditions, je les accepte.

— Je ne comprends pas.

— Je vais aller tout de suite, avec vous, à ce comptoir, j'achèterai un jeu neuf, nous retournerons à la table et nous jouerons au blackjack avec ces cartes.

— Allons, monsieur Rafferty, ne soyez pas stupide.

— Stupide? fit Rafferty en haussant le ton. — L'autre lança un regard inquiet à la ronde. — Je n'ai rien fait d'autre qu'accepter les conditions que vous venez de poser.

— Mais ça ne peut pas marcher comme ça, objecta le directeur. Supposez que chaque client veuille jouer avec ses propres cartes et ses propres dés. Vous imaginez le travail, s'il fallait contrôler tout un chacun?

— D'abord, je ne suis pas tout un chacun, ensuite, vous venez de me proposer une chose, je suis d'accord, et maintenant, vous changez d'avis. Vous avez bien dit que les cartes qui viennent d'ici sont les mêmes que celles avec lesquelles on joue là-bas. Donc, si je joue avec mes cartes, je joue avec les vôtres.

— Et qu'est-ce que ça change?

— Une petite chose : c'est vous qui avez dit que les cartes étaient les mêmes, pas moi. Je veux vérifier que les cartes que vous vendez au public à ce comptoir sont bien les mêmes que celles avec lesquelles vous jouez. Disons... que je veux me livrer à une expérience.

Avec un grand sourire sarcastique, Rafferty se dirigea paisiblement vers le comptoir des tabacs. Le directeur des jeux lui emboîta le pas en demandant :

— Qu'est-ce que vous allez faire?

— Acheter un jeu, tout simplement. — Rafferty adressa un signe de tête à la vendeuse. — Des cartes, s'il vous plaît.

— Un dollar, Monsieur, dit la fille en glissant un paquet de cartes sur le comptoir en verre.

Rafferty déposa un dollar d'argent sur le comptoir puis se retourna et tendit le jeu au directeur.

— Voilà, dit-il. Prenez-les. Comme ça, vous serez sûr que je ne triche pas.

L'homme prit le paquet et leva les yeux vers Rafferty.

— Vous pensez que nous avons peur du scandale, n'est-ce pas? fit-il. Alors, vous essayez de faire des histoires.

— Pas du tout; c'est vous qui cherchez les histoires, répliqua Rafferty. Vous allez peut-être trouver que je me répète, mais je ne fais pas autre chose qu'accepter votre proposition.

— Et supposons que, tout à coup, la chance tourne en votre faveur, dit le directeur des jeux en avalant sa salive.

— Eh bien, ce sera de la chance...

— Vous pourrez raconter à qui veut l'entendre que ça prouve que nous sommes des escrocs.

— Si ce n'est pas le cas, vous n'avez rien à craindre.

— Et si vous coninuez à perdre, hein? Vous allez mettre ça sur le compte du donneur?

— Il y aura des spectateurs, dit Rafferty. Je ne me fais aucun souci en ce qui concerne la donne. Pas de tricherie possible dans ces conditions.

— Et après? Vous pourrez très bien rester ici, continuer à discuter et nous faire des histoires.

— Pas question, affirma Rafferty. Un paquet de cartes reste à peu près une heure en jeu, n'est-ce pas? Si, au bout d'une heure, je retournais au comptoir acheter de nouvelles cartes, là ce serait dépasser les limites de l'acceptable. Vous ne trouvez pas? Non, je m'en tiens à ce que j'ai dit. Cela m'intéresse réellement de savoir si vous trouvez que j'en demande trop.

Le directeur des jeux considéra ses souliers.

— Cela ne prouvera rien du tout, dit-il. Si nous trichions, la solution la plus simple pour nous serait de nous arranger pour vous faire gagner.

— J'en serais ravi, mais vous auriez une drôle de mine en faisant ça.

— Alors, que voulez-vous?

— Jouer de nouveau. Avec un jeu neuf.

— Monsieur Rafferty, commença le diceteur des jeux, je...

Il s'interrompit puis dit :

— Bien, d'accord. Vous avez une heure.

90

— Merci, fit Rafferty en allant prendre place à la table de jeu.

On appela un nouveau donneur. Le directeur décacheta lui-même le paquet et étala les cartes sur la table.

Rafferty joua une heure sous les yeux du directeur et d'une foule de curieux sans cesse grossissante.

L'heure terminée, Rafferty se leva. Il avait gagné 18 000 dollars.

— Vous êtes satisfait? lui demanda le directeur des jeux.

— Pas tout à fait, lui répondit posément Rafferty. J'en suis encore d'un dollar.

— De quoi?

— D'un dollar. Pour les cartes.

— Je vois, fit l'autre, d'une voix qu'il avait du mal à maîtriser. Mais un dollar, c'est un peu cher. Vos cartes ne valent plus ça maintenant, elles sont usées. Tenez, Monsieur Rafferty, voici votre jeu. Allez donc le vendre pour ce que vous parviendrez à en tirer. Attendez, il y a une chose que je ne suis peut-être pas censé dire, mais je la dirai tout de même : ne remettez plus jamais les pieds ici, monsieur Rafferty. Cela nous coûte trop cher de faire la preuve de votre malhonnêteté, et je ne parle pas simplement de l'aspect financier de la question. Nous sommes des gens honnêtes et nous apprécions les clients qui le croient sur parole, qui nous accordent leur confiance. Car la seule manière de ne pas sombrer quand on exerce une activité comme la nôtre, est de rester honnête et d'asseoir solidement la réputation de sa maison. Est-ce que vous comprenez, monsieur Rafferty?

— Tout à fait. Ne vous inquiétez pas, je ne reviendrai pas. Il est trop peu probable que j'aie encore un autre coup de chance comme celui-ci.

Il salua d'un signe de tête, se fraya un chemin dans la foule de curieux, gagna l'ascenseur et monta dans sa chambre. Là, il trouva une jeune femme installée devant la table. Un stylo d'artiste extrêmement fin à la main, elle était occupée à marquer le verso d'un nouveau jeu de cartes. Le paquet contenant le jeu avait été ouvert de manière à ne pas endommager le cachet.

— Salut! dit-elle à Rafferty. Ça va?

C'était la vendeuse du comptoir d'en bas.

— Quinze mille net, annonça Rafferty. Combien de fois faudra-il te dire de ne pas te montrer ici? Laisse tomber ces cartes pour le moment. Attends que nous soyons à Reno.

The new deal
Traduction de René Baldy

Boomerang

par

GUY FLEMING

L'homme maigre, assis dans le fauteuil des témoins, tourmentait l'extrémité de sa cravate. Il avait été le secrétaire de Raynor et l'un des deux hommes à se trouver présents dans la maison du district attorney le soir où celui-ci avait été assassiné.

Je lui demandai :

— Le jour où Raynor a été assassiné, ne vous avait-il pas dit des choses accablantes pour le prévenu?

— Objection!

Sam Lubock, l'avocat de la défense, s'était levé d'un bond, cependant que se congestionnait son visage épais à la forte mâchoire.

— Objection valable, glapit le juge Martin sans même me regarder.

Ç'avait été la même chose pendant tout le procès : Lubock élevait des objections, le juge les déclarait valables, et nous étions censés nous trouver dans un palais de justice. A l'extérieur, la dame qui tenait la balance à la main, devait bien rire dans sa gorge de pierre. Mais ça n'avait vraiment rien de drôle.

Lubock eut un rictus et se rassit à côté de son client.

Comme je regardais ce dernier, une brûlante fureur me saisit. Je ne doutais pas un seul instant qu'il eût assassiné mon chef, le District Attorney Raynor, le seul être que j'eusse jamais admiré et aimé.

Si l'on en jugeait par certains critères, Frank Hauser était un homme ayant réussi. Il avait su garder la fortune fabuleuse qu'il s'était constituée et qui était faite de la sueur, du labeur et du sang d'une centaine de ses frères humains. Boîtes de nuit, tripots, machines à sous, loteries clandestines, chantage à la « protection »... tout ce qui rapportait gros.

C'était un homme élancé, à la parole mielleuse, mais aussi dangereux qu'un serpent à sonnette. Il trônait avec un sourire méprisant, sachant qu'il lui suffisait de tirer les ficelles pour faire danser quelques politiciens.

Et puis soudain, deux mois auparavant, la victoire d'un parti réformateur avait placé Dan Raynor au poste de district attorney. Dan Raynor n'était pas à vendre, personne n'était en mesure de l'acheter. Seul, il n'était pas redoutable. Mais avec Tom Gahagan, l'enquêteur qui était son bras droit, ils étaient devenus une menace pour l'organisation, l'existence même de Hauser.

Flic dans l'âme, péniblement, méticuleusement, Gahagan était parvenu à rassembler suffisamment de preuves pour envoyer Hauser à la chaise et une demi-douzaine de « caïds » avec lui.

On avait donc supprimé Raynor et fait disparaître l'accablant dossier. Quant à Gahagan... Eh bien, personne ne savait où il était passé; or c'était le seul homme capable de faire condamner Hauser pour ce meurtre.

Etait-il au fond de l'Hudson? Planqué? Avait-on réussi à l'acheter? Je n'en savais rien, et l'eussé-je su que je n'aurais probablement pas été plus avancé.

Car ce procès était couru d'avance. Tout avait été fait pour que Hauser bénéficie d'un non-lieu.

Les jurés avaient été achetés, j'en avais été informé dès le second jour des débats. Et qui mieux était, Martin devait sa nomination à Hauser. Alors le juge ne manquerait pas de le tirer de là, dût-il pour cela fausser tous les preuves et témoignages. Sans Gahagan, il n'y avait rien que je pusse faire.

Ce que je souhaitais désespérément, c'était avoir Gahagan sur l'estrade des témoins. Je voulais l'entendre clamer tout ce qu'il savait, jusqu'à ce que les huissiers l'arrachent du fauteuil. Certes, avec un pareil jury et un tel juge, ça ne ferait pas condamner Hauser, mais les spectateurs entendraient Gahagan, les journalistes l'entendraient aussi, et peut-être le monde apprendrait-il alors ce qui se passait dans notre belle ville.

En effet, Gahagan se trouvait au domicile du district attorney, le soir où Raynor avait été tué. Il était dans une autre pièce, mais alerté par la détonation, il avait eu le temps d'entrevoir une voiture démarrant dans la rue, et il avait reconnu celle de Hauser.

Mais Gahagan avait disparu...

Je serrai les poings. Cinquante mille dollars! Cent mille dollars! De telles sommes étaient des clopinettes pour Hauser, mais elles avaient de quoi tourner la tête même à un homme comme Gahagan.

Je le savais, car on avait voulu m'acheter pareillement, et j'en avais encore le vertige rien que d'y repenser. Mais si je m'étais laissé acheter par l'assassin de Raynor, je me demande si j'aurais encore trouvé quelque goût à l'existence.

L'arme qui avait servi à tuer Raynor avait été jetée par la fenêtre de son bureau. C'était un vieux Colt de l'armée, comme on en avait fabriqué des millions, et il était pratiquement impossible d'en retrouver la provenance. Il avait déjà été admis comme pièce à conviction. Je le pris et le présentai à l'homme maigre assis dans le fauteuil des témoins.

— Lorsque vous avez entendu la détonation et que vous vous êtes précipité dans le bureau du défunt, où avez-vous trouvé ce pistolet?

Le secrétaire de Raynor humecta ses lèvres et regarda ses pieds, puis il dit :

— M. Raynor le tenait dans sa main.

L'espace d'un très court instant, je demeurai pétrifié, à regarder fixement l'homme qui venait de parler ainsi. Un murmure courut par la salle.

Ça y était. Ils avaient acheté le secrétaire de Raynor. Ils voulaient donner à croire que le D.A. s'était suicidé. Mon témoin faisait boomerang. Et, moi, j'étais lié par sa déposition.

Ce qui se produisit alors fut, je crois, absolument sans précédent. Je vis rouge. Je fis un pas en avant et j'envoyai mon poing en plein dans le visage du secrétaire.

Le tumulte fut inimaginable. Le juge Martin frappait de son martelet à coups redoublés, Sam Lubock hurlait, dressé sur ses ergots, tandis que deux huissiers me tiraient en arrière. Et sur les lèvres de Hauser, se jouait un mince sourire. Si j'avais pu l'empoigner en cet instant, je suis convaincu que je l'aurais étranglé.

J'attendis que le juge eût fini de me dire ce qu'il pensait de ma conduite. Je ne présentai aucune excuse. Je ne dis rien. Je demeurai simplement immobile, conscient de ma défaite, à deux doigts de jeter l'éponge. Et puis, soudain, il se produisit du remue-ménage au fond de la salle d'audience.

Me retournant, je sentis s'accélérer les battements de mon cœur. Les mains plaquées de chaque côté de son buste, une haute silhouette s'avançait dans l'allée d'un pas raide et saccadé.

Tom Gahagan...

Il ne me jeta même pas un coup d'œil. Sans regarder personne, il alla droit au fauteuil des témoins et s'y assit, crispant les mains sur les accotoirs. Ses yeux étaient mi-clos, ses lèvres exsangues. Il semblait très fatigué, pour ne pas dire exténué. Quand son regard rencontra le mien, je vis luire le film de transpiration huileuse qui recouvrait son visage.

A cette entrée, Lubock avait émis une exclamation de stupeur, et les yeux d'Hauser semblaient devoir lui jaillir des orbites. Tous deux étaient visiblement abasourdis comme si, ayant payé Gahagan pour qu'il file en Afrique, ils n'en revenaient pas de le voir là, devant eux. Je compris qu'ils n'auraient jamais pensé que cela pût se produire.

Une vive excitation s'empara de moi. J'avais l'occasion inespérée de tenter quelque chose, si le juge Martin n'ordonnait pas aux gardes de se saisir de nous et nous emmener, pour outrage à la Cour. Je posai à Gahagan quelques questions préliminaires, auxquelles il répondit brièvement. Puis je pris de nouveau le vieux Colt et le lui tendis :

— Voici la pièce à conviction n° 1 de l'accusation. dis-je. Reconnaissez-vous cette arme?

Il tourna lentement le Colt entre ses mains. On eût entendu une mouche voler. Tous les regards étaient centrés sur lui. Il l'ouvrit, regarda le chargeur vide, puis le maintint d'un geste las entre ses mains posées sur ses cuisses.

— Oui, c'est le revolver qui a tué M. Raynor.

— Où étiez-vous quand on a tiré sur lui?

Gahagan leva les yeux vers moi et soutint fermement mon regard :

— J'ouvrais la porte de son bureau.

C'était un mensonge! Je retins mon souffle, dans l'attente de l'objection qu'allait lancer Dubock, car au moment du meurtre Gahagan n'était même pas à proximité du bureau. Mais Lubock prenait son temps. Je devinai ce qui se passait dans la tête de Gahagan. Il avait dû se dire que puisque tous les autres témoins ne reculaient pas devant le parjure pour servir la défense, il pouvait bien en faire autant pour l'accusation.

Une pensée me vint brusquement et j'en eus les mains moites. Si Gahagan s'était laissé acheter? S'il déclarait avoir vu Raynor se suicider? Ne respirant plus qu'à peine, je demandai :

— Qu'avez-vous vu?

Lubock et Hauser étaient penchés en avant, les yeux rivés sur Gahagan, cependant que le juge Martin se tenait très raide dans son fauteuil. Le regard de Gahagan parcourut lentement le banc de la défense et s'arrêta sur Hauser. Il dit alors d'une voix sourde :

— J'ai vu Hauser debout devant la fenêtre, tenant

à la main ce pistolet qu'il braquait sur Raynor. Comme ceci...

Levant alors l'arme, il en pointa le canon droit sur l'inculpé. Bouche entrouverte, Hauser semblait soudain incapable du moindre mouvement, tout comme Lubock paraissait incapable d'articuler un seul mot; les muscles de son cou se gonflaient et il se préparait à bondir, mais le geste de Gahagan avait surpris tout le monde.

Ses yeux étaient inexpressifs, une veine saillait sur son front, y traçant une diagonale bleutée. Ce fut d'une voix forte, presque tonnante qu'il dit :

— Hauser a appuyé sur la détente... comme... ça...

Une détonation retentit. Et, comme je l'observais, je vis un trou rouge se creuser soudain au-dessus du nez d'Hauser. L'espace d'un dixième de seconde une expression d'incrédulité balaya son visage, puis il s'effondra en avant sur la table de la défense.

Une femme hurla, un cri perçant, suraigu. Dans le public, des gens plongèrent derrière les sièges, cependant que les jurés se plaquaient contre le fond de leur box. Sur le point d'abattre son martelet, le juge Martin avait interrompu son geste à mi-course et Lubock, horrifié, regardait son client.

Gahagan lâcha le revolver, qui tomba bruyamment par terre. Son visage cireux s'éclairait d'un sourire, un sourire étrange et triomphant. Sans que personne y prît garde, il avait glissé une cartouche dans l'automatique. Je le saisis par le bras, enfonçant mes doigts dans sa chair.

— Ils ne voulaient pas que je témoigne, dit-il d'une voix sourde. Ils me séquestraient dans un entrepôt.

— Mais c'est un meurtre! Vous n'aviez pas vu Hauser tuer le D.A.!

Gahagan toussa :

— Non, mais ce matin... là-bas, dans l'entrepôt... je l'ai vu tuer quelqu'un d'autre.

Je le regardai fixement :

— Qui?

— Moi, me répondit Gahagan dans un souffle.

Alors il bascula en avant, chut du fauteuil des témoins, roula de côté, et demeura étendu sur le dos.

Il n'ajouta rien, mais je ne m'attendais pas à ce qu'il parle encore car, dans la chute, son veston s'était ouvert, et sa chemise blanche présentait une déchirure au milieu d'une large auréole rouge.

Boomerang
Traduit par Maurice Bernard Endrèbe
avec l'autorisation de H. Q. Masur

Le suivant

par

JOE GORES

> *Mais fixe les yeux dans la vallée car
> voici que s'approche la rivière de sang
> dans laquelle bout quiconque par violence
> nuit à autrui.*

> Dante Alighieri,
> *L'Enfer*, chant XII, 46-48.

Pourquoi Victor et moi on a voulu aller à San
Quentin, je me le demande encore. Juste histoire de
rigoler, qu'on s'était dit — Victor adorait la rigolade.
C'était un grand mec dégourdi aux cheveux bruns, aux
yeux brillants, au corps mince et dur de fana de la
plongée sous-marine. Comme son vieux ne pensait qu'à
faire du fric, Victor en avait toujours plein les poches.
L'idée nous était venue chez lui, à Portrero Hill —
une maison luxueuse, bien sûr — un après-midi que
nous sirotions du gin étendus sur la terrasse.

— J'ai tout vu, avait-il soupiré. J'ai tout essayé.
J'ai baisé toutes les minettes : des Rouges, des Jaunes,
des Noires, des Blanches; je me suis défoncé à l'herbe,
au hasch, aux amphètes, à la mescaline. J'ai même
tâté de la blanche un coup ou deux mais...

— T'es un mec super, papa.

— ... mais il y a un truc que je n'ai jamais fait.

Comme il ne poursuivait pas, je tournai la tête sur

le litron de gin qui me servait d'oreiller et regardai Victor. La lueur dingue de ses yeux me tira de ma somnolence.

— Quoi? demandai-je.

— J'ai jamais assisté à une exécution.

Je roulai cette idée dans ma tête paresseusement, sous un soleil si chaud qu'il me clouait au matelas pneumatique. Assister à une exécution, voir un homme avaler son bulletin de naissance, quelle scène géniale pour un artiste!

— Extra, murmurai-je. Je suis dans le coup, papa.

Le lendemain, je m'étais remis au travail sur certains morceaux de mon premier récital et j'avais naturellement oublié cette histoire. Victor me la rappela le soir-même au téléphone :

— Tu as écris au directeur de la prison de San Quentin? Il doit prendre contact avec le chef de la police de San Francisco pour s'assurer que tu n'as pas de casier, que tu n'es pas cinglé et que tu es utile à la communauté.

J'écrivis la lettre parce que même à jeun, je trouvais toujours l'idée marrante. Les exécutions, je le savais, se déroulaient devant douze témoins afin sans doute d'empêcher qu'on fasse sortir le condamné à la dernière minute par la porte de derrière, comme dans un vieux film de James Cagney. La réponse me parvint deux mois plus tard et m'apprit que le spectacle de San Quentin aurait pour vedette un lascar qui avait pénétré par effraction dans une caravane, près de Fort Ord pour violer la femme d'un lieutenant de l'armée. La greluche s'étant mise à crier, il lui avait appuyé un coussin sur le visage afin de la faire taire pendant qu'il terminait. L'ennui, c'est qu'elle avait cessé de respirer. Le jury qui l'avait condamné comprenait huit nanas, dont plus d'une s'étaient probablement foulé la cheville dans la course pour l'envoyer à la chambre à gaz. Moi, ça m'était égal. La rigolade, quoi.

Victor passa me prendre à sept heures trente du matin, ce qui nous laissait une heure pour nous rendre à San Quentin. Il portait un costume italien vraiment extra, des godasses à cinquante dollars, un chapeau à bord mince piqué d'une petite plume : bref, il ne lui manquait qu'un porte-documents pour avoir l'air d'un président-directeur général. Mais lorsqu'il me vit en costume noir et cravate de tricot, il m'adressa un sourire dément comme on n'en fait guère dans les conseils d'administration. Malgré le froid, il avait décapoté la Mercedes.

— Génial! s'exclama-t-il. Avec un coup de peigne, tu pourrais passer pour un entrepreneur de pompes funèbres venu chercher le corps.

Comme je suis une sorte d'échalas aux cheveux toujours dans les yeux, qui passe derrière les affiches sans les décoller, Victor n'exagérait pas trop. Je glissai une boutanche de *Jose Cuervo* dans la poche à soufflet de la portière, et en route! Nous étions tous deux vraiment excités, hilares, comme si nous venions d'entendre la meilleure blague du monde — ou qu'on allait nous la raconter.

C'était un de ces matins californiens, frisquets, avec un soleil froid, un ciel bleu, semé çà et là de nuages, comme si le Grand Chef se tapait un joint derrière l'horizon. Un yacht matinal dans la baie, tel un gobelet de carton jeté à l'eau; les vagues à têtes d'écume qui dansaient autour d'Angel Island; l'odeur de la mer, la morsure froide et salée du vent : le panard! Mais après le tunnel de la nationale 101, qui nous menait vers Marin City, je me sentis soudain glacé, comme si un nuage avait masqué le soleil. Pour la première fois, je pris conscience de ce que nous allions faire. Victor dut éprouver la même sensation puisqu'il se tourna vers moi pour me recommander :

— Calmos, papa
— Tranquillos, assurai-je.

Au bout de sa langue de terre, la prison de San Quentin ressemblait à un affreux dragon vautré sur un rocher, se chauffant au soleil. Nous nous arrêtâmes devant la porte Est où une bande de barjots vêtus de noir, des Quakers ou des Mennonites, protestaient par leur présence silencieuse contre la peine capitale, comme ils le faisaient depuis que Chessmann y avait eu droit de l'autre côté du mur. A leur vue, des sortes d'ombres effrayées remuèrent en moi.

— On s'en tient là, papa, proposai-je dans un moment de panique. On reviendra la semaine prochaine voir le spectacle en matinée.

Mais Victor, transporté à Panard-City, tenait plus que tout à épater les paumés en costume noir. Lorsqu'ils regardèrent dans notre direction, il sauta sur le dossier de son siège-baquet et étendit les bras, dans le style Sermon-sur-la-Montagne. Avec ses lunettes de soleil à monture d'écaille, ses dents éclatantes et ses fringues à trois cents sacs, il avait l'air du Christ sur le chemin d'Hollywood.

— Ce que vous faites au plus humble, mes frères, c'est à moi que vous le faites! s'écria-t-il d'une voix claironnante aux accents d'apocalypse.

Lui agrippant le bras, je le fis retomber sur son siège.

— Nom de Dieu, vas-y mollo! grommelai-je.

Mais il éclata d'un rire aigu, me donna une bourrade avec une exubérance fiévreuse puis sortit de la poche intérieure de sa veste un petit drapeau américain qu'il se mit à agiter au-dessus du pare-brise. Je remarquai sur son front des gouttes de sueur.

— Nous vivons dans un grand et beau pays! criat-il à la bande de corbeaux.

Puis il embraya et la voiture se remit en branle. En me retournant, je vis l'un des types en noir se signer : le Moyen Age! Non pas que je les jugeais : à chacun selon son panard.

Le gardien posté à la grille nous dirigea sur un petit bâtiment en bois appuyé contre l'enceinte extérieure, où nous rejoignîmes cinq autres témoins : trois journalistes, un gros mec, cigare calibre 45 aux lèvres, qui ressemblait à un politicard de Sacramento, et un militaire portant des galons de lieutenant dont la boucle de ceinture et l'insigne avaient dû passer la nuit dans un bidon d'*Astique-A-Nett*.

Un second porte-clefs nous pria de vider nos poches et nous remit un reçu en échange de leur contenu. Nous dûmes également ôter nos godasses, trop lourdes pour le fluoroscope puis on nous fit passer un par un dans une bath petite pièce pour l'examen aux rayons X, au cas où l'un de nous aurait planqué sur lui un appareil photo : l'administration pénitenciaire ne veut pas de clic-clac au moment où les pastilles tombent. Finalement nous nous retrouvâmes à l'intérieur de la prison, chaussures aux pieds, les narines assaillies par l'odeur de désinfectant et de détergent typique de cette vieille taule.

Le politicien, qui avait des yeux froids de char d'assaut, se crut autorisé à quelques blagues répugnantes mais tout le monde le remit à sa place sèchement, même les journalistes. Je suppose qu'à part les matons, personne ne s'habitue aux exécutions. L'officier, un rouquin, était si pâle que ses taches de rousseur ressemblaient à une charge de petit plomb.

Au bout d'un moment, cinq gardiens vinrent faire l'appoint pour qu'on atteigne le chiffre légal de douze témoins. Ils avaient l'air abruti de tous les garde-chiourmes et ricanaient dans un coin tels des gosses filant des coups de pied à un chien. Victor et moi nous approchâmes pour les entendre.

— Qui c'est qui renifle les œufs, ce matin? demanda l'un.

— J'sais pas, j'ai pas lu le journal, répondit un autre avec un bâillement.

— Tu te souviens pas? s'étonna un troisième. C'est le type qui a refroidi une femme dans une caravane, près de Salinas.

— Ouais, une femme de militaire. Il l'a violée et...

Tels des chiens au raclement de la gamelle, ils se tournèrent avec un bel ensemble vers le lieutenant mais, à cet instant, d'autres gardiens entrèrent pour nous conduire à la salle d'observation. Nous nous mîmes en colonne par deux, chacun de nous escorté par un maton et avançant inconsciemment au pas, comme si un adjudant nous donnait la cadence. Je me surpris à tendre l'oreille pour entendre un imaginaire roulement de tambours voilés de crêpe.

Construite autour de la chambre à gaz, la salle d'observation comportait trois rangées de sièges en gradins permettant d'accueillir des spectateurs supplémentaires lorsque les affaires battaient leur plein. La chambre, hexagonale, avait trois parois de verre communes avec notre salle, ceintes, à l'extérieur, d'une barre de cuivre rappelant un peu les repose-pieds de saloon mais courant à hauteur de poitrine. Les trois parois restantes étaient en acier, celle du centre percée d'une lourde porte à rivets, les deux autres d'un judas.

A l'intérieur, il n'y avait que deux chaises massives, en chêne probablement, et au dossier assez haut pour que les plus grands puissent y appuyer la nuque. Sous chacun des sièges, je remarquai un seau que je savais contenir de l'acide chlorhydrique. Au signal, le bourreau lâchait des pastilles de cyanure de sodium dans un tuyau en pente, elles tombaient dans le seau, provoquaient un dégagement de gaz cyanhydrique, et terminus pour le gars assis sur la chaise.

D'une voix profonde de baryton, le témoin aux allures de politicien demanda pourquoi il y avait deux chaises.

— C'est pour en ratiboiser deux d'un coup, papa, expliquai-je.

— Vous plaisantez, répliqua-t-il mais au ton de la réponse, je compris que l'idée le séduisait. Je me demande pourquoi en ne tourne pas les chaises vers nous, ajouta-t-il sur le mode plaintif. Nous n'allons même pas voir son visage au moment crucial.

C'était un vrai monstre, sorti tout droit d'une anfractuosité rocheuse, les écailles encore couvertes d'une humeur visqueuse. Pour rien au monde je n'aurais voulu partager les rêves de ce type, qui me paraissait du genre à goûter plusieurs fois le bouillon d'onze heures avant de l'avaler.

Nous étions agglutinés autour de l'orifice du tuyau aux pastilles comme des bêtes attirées par l'odeur du sang lorsque la porte à rivets s'ouvrit bruyamment. Un gardien pénétra dans la chambre à gaz et se mit au garde-à-vous. Il fut suivi par un prêtre tout de noir vêtu, un vrai Zorro à la figure longue comme un jour sans pain. C'était sans doute un nouveau car il avait peine à contrôler son émotion et il dut bien faire tomber trois fois sur le sol son petit livre noir.

Manifestement, le lieutenant allait exploser s'il ne rompait pas le silence.

— On... on dirait un décor de théâtre, me dit-il.

— Mais inutile de bisser la vedette, plaisanta Victor d'une voix caverneuse.

Un second gardien entra, précédant le condamné qui paraissait en état de choc. Je m'attendais à ce qu'il se mît à gémir, ou à ce qu'il affichât au contraire une bravoure de façade mais il avait simplement l'air intéressé.

Il portait une chemise blanche sans cravate aux manches remontées, un pantalon qui semblait provenir des stocks de l'armée. Il avait la trentaine, des cheveux châtains coiffés en brosse — le plus terrible, c'est que j'ai tout oublié de son visage sinon qu'il ressemblait à celui du lieutenant qui écrasait son nez contre la vitre à côté de moi.

Ses mains, par contre, je m'en souviens parfaitement. Après avoir passé des mois dans le quartier des condamnés à mort, il avait gardé des mains rouges, crevassées, gonflées, comme s'il ramassait encore des navets dans San Joaquin Valley. Je m'aperçus alors que je pensais à lui au passé.

Deux gardiens se mirent en devoir de l'attacher sur la chaise : une large ceinture de cuir autour de la poitrine, des courroies plus minces pour les jambes et les bras. Comme ils prenaient de la peine et veillaient à son confort! A leurs questions, il répondait par des phrases que je n'entendais naturellement pas mais que j'imaginais : *Non, ça va, ce n'est pas trop serré, les gars. J'espère que je ne vous mets pas en retard pour le déjeuner.*

Il avait un air de s'excuser qui me prenait aux tripes, et tandis qu'on l'attachait au-dessus du petit seau léthal, le pauvre saligaud promis à la mort tourna la tête pour regarder par-dessus son épaule et *sourit*. S'il avait eu les mains libres, il m'*aurait fait signe,* j'en suis sûr. L'un des gardiens, un vieux aux cheveux blancs et aux yeux tristes qui avait l'air de porter un cilice, lui tapota la joue avant de s'éloigner. Pas d'animosité personnelle, petit, je fais mon boulot, c'est tout.

Après quoi le rythme de l'opération s'accéléra comme les battements de votre cœur lorsque, dans une rue sombre, à trois heures du matin, l'écho de vos propres pas vous fait croire que vous êtes suivi. Le visage du directeur de la prison apparut à l'un des judas, ceux du prêtre et du docteur à l'autre. La soutane fit un dernier signe de croix et le médecin, que le Serment d'Hippocrate vouait à défendre la vie, mimait avec de grands gestes de metteur en scène la façon la plus douce de *mourir*.

Retenez votre respiration puis inspirez profondément : vous ne sentirez absolument rien. Bien entendu le gaz cyanhydrique rongera vos entrailles, les transformera en une bouillie brûlante et détruira jusqu'à la dernière fibre de vos poumons mais quand vous vous trémousserez sur la chaise, vous ne sentirez rien : ce sera uniquement la réaction de terminaisons nerveuses à vif.

Serment d'hypocrite, oui!

Nous n'étions qu'à trois mètres de lui, derrière une vitre épaisse d'un centimètre, mais un million d'années-lumière séparait la salle d'observation de la chambre à gaz. Le condamné ne se retourna plus. Attaché, confessé, informé de la meilleure manière d'y passer, il attendait les vapeurs mortelles. Je devais apprendre par la suite qu'il avait même fait don de son corps à la science.

Je jetai un bref regard circulaire.

Victor suait abondamment, le visage collé à la paroi transparente. Le nez écrasé, les yeux exorbités, le ventre scié par la barre de cuivre, le politicien salissait la vitre de ses doigts boudinés encadrant sa grosse tête. Il avait déjà l'expression d'un type en train de baiser une fille.

Les reporters avaient l'air honteux d'un môme surpris à regarder par-dessus la porte des toilettes des dames. Le militaire semblait avoir la nausée. Seuls les gardiens ne montraient pour l'homme attaché pas plus d'émotion que pour une cible après un exercice de tir rapide.

La haine ne se lisait sur aucun visage.

Soudain, pour la première fois de ma vie je me sentis concerné et je voulus hurler : ARRÊTEZ! *Nous allions tuer cet homme et nul d'entre nous ne désirait sa mort*. Nous avions bâti cette société, nous étions tous responsables, mais nous refusions d'assumer cette responsabilité à titre individuel. Nous nous conduisions comme ce Nazi qui, à Nuremberg, avait déclaré que tout aurait été pour le mieux s'il avait disposé de fours crématoires plus nombreux.

Le directeur de la prison fit un signe, j'entendis le gaz envelopper la chaise avec un *wouf*.

Conformément aux ordres de la faculté, le condamné ne bougea pas puis il avala une grande bouffée de gaz, comme le docteur le lui avait montré avec sa pantomime. Une convulsion terrible arqua soudain son corps, sa tête s'agita et je vis que ses yeux étaient fermés, que ses lèvres découvraient ses dents. Il se mit ensuite à haleter comme un bébé sous une tente à oxygène, mais ce n'était pas d'oxygène que ses poumons s'emplissaient.

Le lieutenant se recula vivement, cligna des yeux et dégueula sur la vitre. Son vomi resta un instant suspendu, telle une bombe au phosphore éclatant dans un bunker, puis deux gardiens emmenèrent le militaire à l'extérieur et nous nous éloignâmes tous de la vitre — à l'exception du politicard, qui n'avait rien remarqué. Transporté dans Henry Miller-City, il prenait son fade.

Le condamné qui devait mourir en deux secondes, sans souffrir, continuait à tirer sur les lanières, les mains crispées comme des griffes, les muscles des mâchoires saillant comme des billes. Finalement il s'affaissa, le corps mou et pendant sous les courroies tel un parachutiste mitraillé.

Pourtant, ce n'était pas encore la fin puisqu'il prit une nouvelle inspiration qui fit apparaître la marque de ses côtes sous sa chemise. Vingt secondes s'écoulèrent; nous le crûmes mort.

Mais il y eut une troisième inspiration et puis, trente secondes plus tard, un dernier soubresaut du corps. Cette fois, c'était fini, il avait rejoint les anges.

Non, sa poitrine se souleva encore : toutes les fibres de ce cadavre grotesque réclamaient désespérément de l'air et n'avaient droit qu'à du gaz cyanhydrique. Les nerfs, pensai-je. Comme le poisson qui continue à frétiller après avoir eu le crâne fracassé par le manche d'un poignard de plongée... A ceci près que ce n'était pas un poisson que nous venions de voir expirer.

La tête du mort tomba sur le côté, sa langue sortit de sa bouche, comme celle d'un daim abattu; un filet de liquide visqueux coula de ses lèvres. C'était de la salive, m'assura-t-on, mais elle me fit penser à ce qui reste d'un fil électrique fondu par un court-circuit : un résidu noir, carbonisé.

D'une voix très basse, presque comme s'il parlait pour lui-même, Victor murmura :

— A plus tard, papa.

Voilà. A bientôt dans l'au-delà, papa. Dix petites minutes t'ont suffi pour casser ta pipe. Lui mort, missié. Lui très très mort, missié.

Le corps ligoté sur la chaise ressemblait à celui d'un

mec qui aurait forcé sur la défonce : vous avez beau lui passer votre briquet allumé devant les yeux, les pupilles ne réagissent pas. Il y a personne à la maison. Terminus-City.

Nous décampâmes.

En chemin, je ne cessai de me demander pourquoi l'officier avait dégueulé. Parce que le condamné avait été le dernier à pénétrer — violence ou pas — le corps de sa chérie et qu'à présent ce dernier lien avait été rompu? Quelle que fût la raison de ce vomissement, le corps du lieutenant avait sans doute compris ce que son esprit refusait d'admettre : cette fin n'apportait aucun recommencement, cette mort ne lui rendrait pas sa bien-aimée défunte. Cette mort, si juste lui parût-elle, n'avait provoqué en lui que la nausée.

Assis dans la Mercedes à la capote baissée, Victor et moi demeurâmes longtemps à contempler la magnifique presqu'île vide, qui ne tirait pas son nom d'un saint, comme on pouvait le penser, mais de quelque pauvre crétin d'Indien pendu en ce lieu un siècle plus tôt. Des arbres, des nuages, une mer bleue, et toujours pas d'oiseaux pour compléter le tableau. Même les types en noir avaient disparu mais je comprenais maintenant la raison de leur protestation silencieuse : le Moyen Age, c'est nous.

Victor aspira une longue bouffée d'air en frissonnant, comme s'il ne parviendrait jamais à emplir ses poumons, puis d'une voix à peine audible il me demanda :

— Ça t'a plu?

Je haussai les épaules et, fidèle à mon personnage, je répondis :

— Ça a gazé, papa.

— Ouais, tu peux le dire. Ça a gazé.

Le ton de Victor sonnait faux. Je débouchai la bouteille de tequila qu'on s'enfila en un quart d'heure, sans même un citron à sucer entre deux rasades. Puis Victor démarra et je compris ce qui n'allait pas. La vue du condamné dans la chambre à gaz lui avait révélé que la vie est loin d'être une rigolade. Nous étions tous deux partiellement responsables de cette exécution, nous nous en sentions inéluctablement diminués.

Sur la nationale 101, Victor lança la bagnole à cent soixante-dix à travers la circulation et la maintint à cette vitesse. C'était dingue, c'était la fin. Pourtant je ne gueulai pas. J'étais seul sans mon Guide au bord de la rivière de sang bouillonnant. Les flics finirent par nous arrêter et Victor avait l'air si excité, moi si apathique, qu'ils cherchèrent sur nos bras des traces de piqûre.

Je ne leur dis pas un mot, pas même mon nom, si bien qu'ils durent regarder dans mon portefeuille pour savoir qui j'étais. Victor piqua une crise, mordant, ruant, l'écume à la bouche et tout le tremblement jusqu'à ce qu'un des poulets l'estourbisse d'un coup de matraque. Moi je regardais.

Mon ami écopa seulement d'une suspension de permis d'un an parce que son paternel arrosa copieusement un psy qui diagnostiqua un accès de folie temporaire et le remisa quelque temps chez les frappadingues. A présent, il est sorti du zoo mais il continue à voir le réducteur de têtes trois fois par semaine, à quarante sacs le coup.

Il en a besoin. Il y a quelques jours, je l'ai rencontré dans une rue de San Francisco où il marchait d'un pas souple, pieds nus, vêtu, malgré le froid et le brouillard, d'un maillot et d'un jeans. Il paraissait agité, troublé, perdu dans ses pensées.

— Ça roule, papa? lui demandai-je. Quoi de neuf?

Secouant la tête avec lenteur, il répondit :

— Ils ne nous laisserons pas nous en tirer comme ça, tu sais. Pour eux le simple fait de vivre est un crime.

— Tu mets plus de godasses?

— Je ne peux plus.

Il s'approcha, jeta un coup d'œil, à gauche, et murmura d'un ton tragique :

— Je n'entends plus que par la plante des pieds.

Puis, après avoir hoché la tête, il se glissa silencieusement dans la foule, comme une panthère désorientée, passa devant les fruitiers, les adolescents bourrés, les poulets qui s'efforçaient d'emballer des lascars pour détention de came. Victor, je crois, ne veut plus entendre que notre Mère La Terre; il ne veut plus entendre que le bruit réconfortant des vers qui mâchonnent.

Qui mâchonnent et attendent Victor, ainsi peut-être que le suivant.

The second coming
Traduction de Jacques Martinache

Courrier des lecteurs

par

MORRIS HERSHMAN

Cher M. Hitchcook,

Je vous écris parce que j'ai entendu parler de vous et que j'aimerais avoir votre avis à propos de quelque chose. Mes amis disent que je pourrais faire un bon écrivain. Il faut dire que je suis doué pour écrire des lettres.

Enfin, ce que je pense, c'est que peut-être vous pourriez me dire si j'ai tort d'avoir peur comme ça.

Pour en revenir à mon histoire, ça c'est passé pour de vrai. Si vous voulez en faire un roman je pourrais peut-être collaborer avec vous; j'ai l'histoire, vous n'auriez plus qu'à l'écrire.

Enfin voilà, ça m'est arrivé à la plage de Brighton. A Coney Island, vous savez, dans Brooklyn?

Quand j'y vais, j'emporte toujours avec moi une grande serviette dans un sac en papier, je la déroule sur le sable et j'enlève mon pantalon et ma chemise. Et comme j'ai déjà mon maillot de bain sur moi, j'essaie de profiter un peu du soleil. Je me mets à côté du vieux panneau en bois tout écaillé où c'est écrit : Bay 2. Il y a beaucoup de gens de mon âge, d'une trentaine d'années, qui viennent là. Etendu sur le sable, je regarde les gens qui marchent sur les caillebotis au-dessus de moi. Bien qu'il y ait plein de panneaux comme quoi il faut un pantalon et une chemise pour s'y promener, personne n'y fait vraiment attention.

Ce que je veux vous raconter est arrivé juste cet après-midi. Vous savez quel temps il faisait aujourd'hui en ville : 34° à l'ombre. Les gens tombaient comme des mouches. Même sur la plage aujourd'hui on avait l'impression de marcher sur des aiguilles.

J'ai attendu une demi-heure, et comme pas un de mes amis ne s'est pointé je suis allé me baigner. Je rentre toujours dans l'eau jusqu'aux chevilles et puis je plonge d'un coup pour me mouiller une fois pour toutes.

Bref, je me mis à nager, et j'ai dépassé la première bouée. Comme toutes les autres, elle est rouge dessus avec des machins qui ressemblent à des moules sur les côtés. Tout à coup, j'ai vu un type qui m'arrivait presque droit d'essus, et à environ cinq mètres de là, j'ai entendu en autre bonhomme crier : « Sam! » Et puis il y a eu un bruit de bulles.

Le type avait disparu (le gars que j'avais regardé, vous pouvez l'appeler numéro un pour ne pas vous embrouiller) et puis il a réapparu à la surface, le bras sous le menton de l'autre, et il le tirait.

Il criait : « Cet homme est blessé! »

Je suis capable de crier très fort moi aussi : « Ecartez-vous! Place! »

Sur la plage, ils ont essayé de pratiquer la respiration artificielle. J'ai suivi pour regarder faire le maître-nageur, un type baraqué en T-shirt blanc, qui, les jambes du noyé entre les siennes, lui appuyait régulièrement sur la poitrine. Jamais de ma vie je n'oublierai ça.

Combien de temps ça représente, vous pouvez peut-être l'imaginer.

Enfin, ce type qui l'avait ramené se tenait un peu à l'écart. Il avait un bonnet en caoutchouc rouge vif et un maillot de bain avec des rayures blanches sur les côtés. C'était une grande asperge, le genre de type qui n'arrête pourtant probablement jamais de manger. Ses grands yeux marrons me regardaient sans me voir.

« Pauvre type, j'sais pas qui c'était mais il n'a pas eu de chance. » L'Asperge répétait ça à tous ceux qui voulaient bien l'entendre. Puis tout à coup, il n'a plus rien dit et a montré quelque chose du doigt : « Regardez! »

J'ai regardé mais je n'ai rien vu de spécial, juste ce qu'on voit d'habitude sur une plage : des gamins qui vendaient des glaces, ou des jus d'orange dans des boîtes en carton, ou des boîtes de chocolat froid ou encore des sachets de cellophane remplis de chips. On reconnaît toujours les vendeurs grâce à leurs casques blancs qu'ils portent pour se protéger du soleil, comme dans les films sur les chasseurs de fauves en Afrique.

A ma gauche, il y avait un type qui allait de fille en fille et qui essayait d'engager la conversation — il « opérait » comme ils disent maintenant. Il y a plein de gens qui se retrouvent à Bay 2 parce qu'ils sont pratiquement tous allés passer leurs vacances d'été dans les mêmes coins : Whiter Roe, Banner Lodge, Taminent, Lehman, et j'en passe.

A un endroit, des gens s'attroupaient autour d'un joueur d'ukulele qui jouait l'air de *Blue-Tail Fly*. Il s'est arrêté pour dire quelque chose sur un des clubs du centre-ville pour célibataires d'un certain âge à une des personnes qui chantaient :

— Ce soir je vais danser au club *Nouveau Départ*.

C'est alors que j'ai vu ce que l'Asperge avait montré du doigt. Deux hommes se frayaient un passage à grand-peine entre les rangées de serviettes. Entre eux, ils portaient quelque chose qui ressemblait à un bout de gaze blanche plié en deux. En fait, c'était un brancard. Ils étendirent un drap sur la tête du gars; du coup, il ne pouvait même pas respirer.

— Je pense qu'ils vont l'emmener au poste de secours, dis-je à une petite blonde qui était à côté de moi; je me souvenais d'une baraque en bois Bay 6 ou 7 qui avait l'air d'être montée sur pilotis avec un escalier en colimaçon qui menait au dispensaire.

La blonde secoua lentement la tête :

— Non, pour lui ce sera l'ambulance et puis la

morgue. Je l'avais déjà vu aujourd'hui. C'était un très bon nageur.

A côté de moi, l'Asperge opina :

— Il a dû attraper une crampe ou quelque chose du genre. On était loin, après la quatrième bouée. Personne en vue, à part...

Et il se tourna vers moi comme s'il venait juste de s'apercevoir que j'étais là.

Je me suis présenté. Il a marmonné qu'il était content de faire ma connaissance. Mais il n'a pas dit son nom. Son regard brillait d'un éclat dur.

— Qu'est-ce que vous avez vu exactement? demanda-t-il tranquillement.

— Je vous ai vu pratiquement sur lui, vous essayiez de l'attraper. Vous avez vraiment fait un boulot de héros. Il n'y a pas de quoi avoir honte, croyez-moi!

J'avais décidé de ne plus me baigner pour aujourd'hui. Quand mes amis sont arrivés un peu plus tard, je leur ai raconté ce que j'avais vu et j'ai passé l'après-midi à lézarder au soleil.

A un moment, j'ai senti un regard peser sur moi. J'ai levé les yeux, l'Asperge était là, pas bien loin. Il demandait à une fille le titre du livre qu'elle lisait, mais de temps en temps, il jetait un coup d'œil dans ma direction. Je me suis allongé à nouveau, j'ai fermé les yeux et je n'y ai plus pensé.

Mais en rentrant chez moi, dans le train de Brighton, j'ai commencé à me poser des questions. Je me rappelle m'être regardé une fois dans une vitre du métro. J'avais l'air d'un squelette.

Bref, dès que je suis arrivé chez moi, Avenue Snyder, c'est là que j'habite, je me suis mis à vous écrire cette lettre. Je devais prendre une douche et aller à un meeting des amis d'Israël, à l'intersection de Madison Avenue et de la 23e avenue, mais je ne crois pas que j'irai. Pas ce soir en tout cas. Et pour autant que je sache, peut-être n'irai-je plus jamais à un meeting de ma vie.

Enfin voilà : la fille blonde de la plage m'a dit que le noyé était un bon nageur. S'il avait eu des ennuis, eh bien, quelqu'un qui sait un peu nager peut toujours arriver à s'en sortir en faisant la planche. J'avais entendu la victime crier « Sam! » avant de couler, comme si ce Sam avait été juste à côté. Mais l'Asperge a dit qu'il n'avait jamais vu le noyé.

L'idée qui me trotte dans la tête expliquerait pourquoi l'Asperge a agi comme ça, et pourquoi il n'arrêtait pas de me regarder. J'ai beaucoup réfléchi et maintenant ce que j'ai vu prend une tout autre tournure. J'avais dit à l'Asperge : « Je vous ai vu pratiquement sur lui. » Maintenant, comme je revois les choses, l'Asperge tenait la tête du gars sous l'eau — il n'essayait pas de le sauver. L'Asperge l'a tenu sous l'eau jusqu'à ce qu'il en crève.

Mais peut-être que je me trompe. Peut-être que l'Asperge est un type bien après tout. Peut-être.

Pourtant, j'ai l'impression que ça s'est passé comme ça : je suis le seul à avoir vu ce qui est arrivé et il le sait.

Comme je vous le disais, je me trompe peut-être complètement? L'Asperge s'était tellement démené en essayant de sauver le gars qu'il semblait en avoir perdu la tête. Il m'a paru calme, mais il y a des gens qui ne laissent rien paraître de ce qu'ils ressentent, comme ces types qui sont décidés à tuer quelqu'un.

Bref, tout ça vous montre à quoi on peut penser de bon matin. C'est presque le matin ici et quand je regarde par la fenêtre je vois les premières lueurs de l'aube toucher les toits des maisons d'en face.

Je me trompe sans doute complètement, c'est le soleil qui a dû me taper sur le crâne, ou ce que vous voudrez.

Mais ce serait si facile à l'Asperge de me retrouver. Après tout, il connaît mon nom, et mon adresse est dans l'annuaire. Il lui suffit de venir tout de suite me faire sauter le caisson.

Mais même s'il le faisait, la vérité éclaterait. Ne serait-ce que grâce à cette lettre. Si j'entends venir quelqu'un je m'arrêterai d'écrire et je la cacherai aussi vite que je le pourrai. La police la trouvera plus tard. Je suis sûr que quelqu'un a pris le nom et l'adresse de l'Asperge cet après-midi et que des tas de gens l'ont vu.

Voilà, c'est tout, et comme je vous le disais au début, j'aimerais votre avis : est-ce que j'ai tort d'avoir peur comme ça? Est-ce que je ne devrais pas aller trouver la police et tout leur raconter?

Pour vous dire comme on peut devenir nerveux : à l'instant, j'aurais juré avoir senti un courant d'air dans le cou comme si quelqu'un venait d'ouvrir une porte tout doucement et

Letter to the Editor
Traduction de Sylvette Lemerle

L'homme qui n'en savait pas assez

par

EDWARD D. HOCH

C'était une fort jolie fille, aux cheveux sombres et à la taille élancée. Elle fixa sur Rand, assis derrière son bureau, un regard incertain.

— Je dois vous paraître un peu sotte, dit-elle.

— Pas du tout, la rassura-t-il. Vous avez très bien fait de nous rapporter ces faits. Maintenant, si vous repreniez tout en détail, depuis le début?

— L'ennui, c'est qu'il n'est rien arrivé... J'ai vu cet homme en train de prendre l'empreinte de la serrure, c'est tout. Tout à fait comme cela se passe dans les films, et...

Rand eut un léger sourire.

— Vous ne m'avez même pas appris votre nom, ni dit où vous travaillez.

— Mais... je croyais que mon patron vous avait téléphoné...

— J'aimerais tout entendre de votre propre bouche, si cela est possible.

La jeune fille bougea sur sa chaise, et croisa les jambes.

— Eh bien, je m'appelle Audrey Fowler, et je travaille au pool dactylographique du ministère des Affaires étrangères. J'ai été embauchée il y a près de trois ans, et je m'y trouve très bien. Les filles sont toutes mes amies, et il y a beaucoup d'hommes séduisants...

Rand s'éclaircit la gorge.

— Si nous en arrivions à ce qui s'est passé hier?

— Oh! oui... Eh bien, je ne travaille habituellement pas le dimanche. Mais avec ces gens de la télévision partout...

— Quels gens de la télévision?

— Une équipe qui prépare un spectacle sur les diplomates, et a obtenu l'autorisation de filmer quelques plans dans le hall du ministère. Je pense que les vues seront ensuite montées avec celles qui sont censées être filmées dans les bureaux, lesquels sont reconstitués en studio. J'avais été désignée avec quelques camarades pour aider les techniciens et les acteurs.

— Vous êtes américaine, miss Fowler?

— Non. Pourquoi me demandez-vous cela?

— A cause de votre accent.

— Je suis née ici, à Londres. Mais j'ai vu beaucoup de films américains.

— Je m'excuse de vous avoir interrompue, dit Rand. Poursuivez, voulez-vous?

— Je sortais du bureau du second étage quand j'ai aperçu cet homme. Il se tenait devant la porte d'accès à l'aile réservée, où est installé le Centre de Transmissions. Il était en train de retirer quelque chose de la serrure, qu'il enferma soigneusement dans un petit sac plastique. Exactement comme dans les films!

Rand secoua la tête.

— Une ébauche de clé recouverte de cire, vraisemblablement. Savez-vous ce que contient le Centre de Transmissions, miss Fowler?

— Les listes du personnel en service dans nos ambassades à l'étranger, les téléscripteurs...

— Rien d'autre?

— Oh! si, bien sûr. Le code diplomatique... Je comprends maintenant pourquoi l'on m'a envoyée à vous.

Elle tourna la tête et, par-dessus son épaule, jeta un

bref regard aux lettres peintes en noir sur le verre dépoli de la porte :

SERVICE DU CHIFFRE

Rand changea de place dans son fauteuil, et alluma une cigarette américaine — un des rares défauts qu'on lui connût.

— Qu'a fait l'homme quand il vous a aperçue?

— Il m'a dit poliment « Bonne soirée » et s'est mis à descendre l'escalier tout naturellement.

— Le reconnaîtriez-vous?

— Bien sûr.

— Et vous savez qui il est?

— Oui. Barton O'Neil, un acteur de télévision. Pour quelle raison croyez-vous que Barton O'Neil a l'intention de voler le code diplomatique, monsieur Rand?

— C'est ce que nous allons essayer de découvrir, dit Rand.

Rand s'aventurait rarement dans les services autres que le sien, car son travail le mettait en rapport avec les mots plutôt qu'avec les hommes. Mais des hommes comme Hastings étaient toujours heureux de le voir.

— Tiens! Rand. Comment ça va, mon vieux?

— Aussi bien que possible, répondit Rand en serrant la main de son collègue chauve.

— Que se passe-t-il? Votre présence ici est toujours génératrice d'ennuis.

Rand rit.

— Pas cette fois. J'ai seulement besoin de quelques informations. Il s'agit d'un acteur de télévision nommé O'Neil.

— Informations d'ordre général, ou confidentielles?

— Commençons par les informations d'ordre général.

Feignant l'indifférence, Hastings haussa les épaules.

— C'est un acteur spécialisé dans les petits rôles de caractère. Quarante-cinq ans. Divorcé deux fois.

Rand alluma une cigarette.

— Vos renseignements confidentiels, à présent?

— Suspect depuis longtemps d'être l'un des agents de l'étranger les plus capables opérant actuellement à Londres. C'est un mercenaire qui vend ses informations au plus offrant, généralement Moscou et Le Caire.

— Vous ne l'avez jamais arrêté?

— Il est extrêmement adroit. Nous ne possédons de preuves que dans une seule affaire à laquelle il a été mêlé mais, pour certaines considérations d'ordre politique, nous ne pouvons les utiliser contre lui. En fait, il n'a jamais été pris en flagrant délit.

— Il est citoyen britannique?

L'homme chauve fit oui de la tête.

— Avez-vous jamais entendu parler de la Légion de St. George, Rand? Plus tard appelée Force britannique libre, elle fut créée par les Allemands, durant la dernière guerre, avec pour but le recrutement de prisonniers anglais volontaires pour aller combattre sur le front russe. Ce ne fut en réalité qu'une opération de propagande, car son effectif ne dépassa jamais quelques douzaines d'hommes.

« Certains des membres de la Légion furent jugés et condamnés après la guerre pour trahison, mais nous n'avons jamais eu la preuve formelle que O'Neil en ait fait partie. Néanmoins, nous avons toujours gardé un œil sur lui.

— C'est intéressant.

— A votre tour, Rand. Qu'avez-vous découvert?

— Une dactylo affirme avoir surpris O'Neil en train de prendre l'empreinte d'une serrure, dans les locaux du Foreign Office.

Hastings ne parut pas autrement surpris.

— Si le chiffre s'intéresse à cette affaire, c'est, je suppose, que le code diplomatique se trouve plus ou moins menacé?

— Il semblerait que oui, bien que les mesures de sécurité prises m'aient toujours paru suffisantes. En effet, un garde est posté dans le hall vingt-quatre heures sur vingt-quatre, qui est chargé de vérifier les laissez-passer; la porte qui permet d'accéder à l'aile réservée est fermée à clé en permanence et, entre cette porte et le Centre de Transmissions proprement dit — où des gens travaillent jour et nuit — se tient un autre garde. Naturellement, le personnel est au-dessus de tout soupçon.

— Les codes?

— Ils sont presque constamment en main, et c'est la raison pour laquelle ils ne sont pas enfermés régulièrement. Il y en a un sur chaque bureau du Centre. Les messages qui parviennent sans arrêt au Centre de Transmissions, en provenance de nos diverses ambassades, y sont décodé et sont ensuite transmis aux étages supérieurs par tube pneumatique.

Hastings se gratta la tête.

— Comment O'Neil a-t-il pu échapper à la vigilance du garde qui se tient dans le hall?

— Il fait partie d'une équipe de télévision qui a obtenu l'autorisation de filmer quelques plans dans le hall du ministère. Au milieu de la confusion créée par cette troupe remuante, il a dû lui être aisé de s'éclipser durant quelques minutes.

— Les membres de cette équipe ont-ils fait l'objet d'une enquête préalablement à l'octroi de l'autorisation? grogna Hastings.

— Avez-vous idée du nombre de personnes qu'il est nécessaire d'employer pour réaliser une émission de télévision? Les vérifications prendraient un mois. Ensuite, sur quels critères voudriez-vous que nous nous appuyions pour opérer une sélection? Une mesure de sécurité nous obligerait à exclure tous les éléments douteux, du simple névrosé à l'espion de haut vol, en passant par l'homosexuel. De toute façon, le Foreign Office n'a manifesté aucune inquiétude en ce qui concerne son code, et considère qu'il est demeuré inviolé.

— Si O'Neil a pris l'empreinte de la serrure, c'est qu'il a l'intention de revenir.

Rand secoua la tête.

— Toutes les précautions sont d'ores et déjà prises. L'équipe de télévision terminera le tournage mercredi soir, après les heures régulières de bureau, et il est presque certain que c'est à ce moment-là que O'Neil opérera.

— Bien qu'une dactylo l'ait identifié?

— C'est un acteur de troisième ordre. Il ne lui viendrait jamais à l'idée qu'un fan du cinéma et de la télévision ait pu le reconnaître.

— Supposons qu'il soit en mesure d'ouvrir la porte de l'aile réservée. Pensez-vous qu'il pourra : primo, échapper à l'attention du garde; secundo, pénétrer dans le Centre de Transmissions où des employés travaillent en permanence et, tertio, ressortir avec un code sous le bras?

Rand mordilla sa lèvre inférieure. Il pensait à un nommé Taz qui, à Moscou, paierait fort cher la possibilité de décrypter les messages échangés entre les ambassades britanniques disséminées à la surface du globe.

— C'est ce que nous essaierons d'apprendre mercredi soir. Je serai d'ailleurs là-bas en personne afin de procurer à O'Neil une petite surprise.

Le mercredi soir, Rand se sentit en forme et de bonne humeur. L'air était vif, piquant mais clair, et pour la première fois depuis des semaines, ses attaques de sinusite lui laissaient un peu de répit. Le Service, bien huilé, fonctionnait parfaitement, et la petite irritation causée par l'apparition d'un perturbateur nommé O'Neil promettait de se dissiper sans difficultés majeures.

Rand avait posté dans le hall du ministère un de ses meilleurs hommes, un jeune agent du S.R. nommé Parkinson. Lui-même, à l'extérieur, attendait l'arrivée de O'Neil, des autres acteurs et des techniciens de la télévision.

Si l'espion tentait de pénétrer dans l'aile réservée, il serait appréhendé sur-place.

Grâce aux révélations de la jeune fille, l'affaire s'avérait en définitive fort simple.

Rand se tenait dans l'ombre d'une petite librairie, face à l'entrée du ministère. La rue était vide, hormis quelques passants qui se hâtaient vers un dîner tardif ou les salles de spectacle. La plupart des bâtiments administratifs avaient depuis longtemps fermé leurs portes.

L'homme du S.R. reconnut O'Neil dès qu'il l'aperçut. L'espion était seul, et tenait à la main une serviette du modèle couramment utilisé par les diplomates et les agents de publicité américains.

C'était un bel homme, de haute taille, aux cheveux grisonnants, ressemblant tout à fait à ses photographies que Rand étudiait depuis deux jours. Il avait l'apparence d'un personnage officiel — ou d'un acteur.

Quittant son abri, Rand entreprit de le suivre à une douzaine de pas de distance. Il ne vit l'autre homme que quand ce dernier apparut face à O'Neil, après s'être matérialisé hors de l'ombre comme un fantôme.

Il portait une veste de cuir, et un chapeau dont le bord était rabattu sur les yeux. Il sembla à Rand qu'il adressait quelques mots à O'Neil. Ensuite, sans avertissement, il tira deux fois à travers sa poche.

Barton O'Neil pivota, en portant une main à sa poitrine. L'homme tira une troisième fois, à l'instant même où Rand lui atterrissait sur le dos et le projetait au sol.

Il y eut un cri aigu de femme et, soudain, la rue s'emplit de gens en proie à la panique. Le poing de Rand s'abattit sur la mâchoire du tueur tandis que, de son autre main, il lui écartait les doigts et s'emparait de l'arme.

Parkinson, suivi d'un policier en uniforme, traversa la rue en courant, se frayant un passage à coups d'épaules à travers la foule de plus en plus dense.

— Qu'est-il arrivé? demanda-t-il.

Rand, qui reprenait sa respiration, regarda le corps recroquevillé de l'acteur, puis celui du tueur assommé.

— Cet homme a abattu O'Neil, dit-il.

Le policeman s'agenouilla, en évitant la mare de sang qui s'agrandissait, puis se releva en secouant la tête.

Barton O'Neil était mort, et sa mort mettait fin au jeu.

Mais Rand eut le sentiment qu'il avait été le témoin d'un drame parfaitement ordonné et mis en scène, bien qu'apparemment incompréhensible.

Durant presque toute la journée du jeudi, Rand essaya d'oublier l'affaire. Après tout, le meurtre de O'Neil pouvait avoir été un règlement de comptes, ou même plus simplement l'œuvre d'un mari outragé. Rien ne permettait de le lier à la tentative de vol du code diplomatique.

Rand avait passé une partie de la matinée à étudier le contenu extrêmement intéressant de la serviette de O'Neil. Il y avait une copie parfaitement exécutée de la clé ouvrant la porte de l'aile réservée du ministère des Affaires étrangères, une perruque noire, une paire de faux sourcils broussailleux, deux tubes de fond de teint et un petit miroir de métal. Il y avait aussi trois grandes photographies d'un homme identifié comme étant James Corbin, un employé du Centre de Transmissions. Enfin, la serviette recelait un fort volume de la taille d'un dictionnaire, soigneusement recouvert de toile noire et contenant huit cent quatre-vingt-deux pages de recettes culinaires.

— Un livre de cuisine? demanda Parkinson avec incrédulité.

Rand confirma d'un mouvement de tête.

— Oui, mais un livre de cuisine tout à fait spécial. La couverture est analogue à celle des codes diplomatiques, épaisseur et format sont identiques. Je pense que nous pouvons maintenant imaginer de quelle façon O'Neil comptait opérer.

« A un moment où sa présence dans le hall n'est pas indispensable, il grimpe jusqu'au second étage, exactement comme il l'a fait le dimanche précédent. Sur le palier, il ouvre sa serviette et se grime de manière à ressembler à James Corbin, un des employés de l'équipe de jour. Puis, au moyen de la fausse clé, il ouvre la porte, passe devant le garde en marmonnant, va jusqu'au bureau de Corbin et procède à l'échange des volumes. Il place le code dans sa serviette et s'en va au bout d'une ou deux minutes. Les employés sont probablement trop occupés pour lui accorder le moindre regard.

Parkinson secoua la tête.

— Il n'aurait pu agir aussi facilement.

— C'est ce que nous ne saurons jamais, mais il est clair qu'il pensait réussir. Voulez-vous réunir tout ce que vous pourrez sur ce Corbin?

Parkinson revint une heure plus tard. L'authentique James Corbin était en vacances depuis deux semaines dans le sud de la France.

— Mais, argua Parkinson, O'Neil avait à courir un gros risque, celui de se voir interpeller par le garde, qui pouvait fort bien lui demander la raison pour laquelle il se trouvait là, alors qu'il était supposé se trouver en vacances. Il lui aurait alors fallu répondre, et comment pouvons-nous savoir s'il était capable d'imiter la voix de Corbin avec suffisamment de fidélité?

— C'était un espion, mais aussi un acteur de composition, ne l'oubliez pas. Nous devons admettre qu'il en était capable.

« Il se trouvait dans la place, et il avait sa clé, ce qui, automatiquement, fait taire toute suspicion.

« Je pense qu'il a dû faire la connaissance de Corbin à une certaine époque, peut-être un soir dans un bar, devant un verre de bière. C'est de lui qu'il a appris certains détails concernant les codes — dimensions et aspect — à moins qu'il ne les ait déjà connus d'un autre agent. Nous interrogerons Corbin là-dessus à son retour. Même une personne tout à fait digne de confiance peut laisser échapper quelques mots compromettants.

Dans le milieu de l'après-midi, une information téléphonée émanant de Scotland Yard fournit à Rand des renseignements sur la personnalité de l'assassin de O'Neil. Il s'agissait d'un personnage du nom de Yvar Kaden, ouvrier des chantiers navals en chômage, au casier judiciaire passablement garni. Le matin du crime, l'homme avait reçu la visite d'un secrétaire de l'ambassade de l'U.R.S.S.

— Alors, dit Rand à Parkinson, les Russes auraient fait assassiner un homme qui était sur le point de s'emparer, à leur intention, de notre code diplomatique? S'agirait-il d'une erreur?

— Ils ne commettent pas souvent d'erreurs, monsieur, dit Parkinson.

— Pourquoi, alors, avoir fait abattre O'Neil?

— Parce qu'il savait trop de choses. Les espions connaissent toujours trop de choses.

— Trop de choses à propos de quoi?

— Je l'ignore, monsieur.

Rand, qui n'avait pas encore quarante ans, était toujours un peu irrité par les « monsieur » pompeux dont le gratifiait son agent, mais il se gardait bien d'en faire la remarque. Parkinson faisait admirablement son travail, et il était en train d'acquérir une grande aisance dans l'organisation complexe qu'était le Service du chiffre.

Rand avait besoin de réfléchir, aussi renvoya-t-il Parkinson. Resté seul, il s'approcha de la fenêtre et regarda, sous lui, rouler les eaux boueuses de la Tamise, tout en se demandant quel temps il pouvait faire à Moscou en ce moment même.

Il se trouvait souvent en pensée à Moscou et, parfois, il essayait d'imaginer Taz, son homologue soviétique. Il ne connaissait rien de lui sinon son nom, qui était celui d'une rivière de Sibérie occidentale. Parfois, il se le représentait comme un petit homme aimable, travaillant huit heures par jour sur des messages codés et des documents secrets, et qui, le soir, rentrait tranquillement chez lui par le métro, pour retrouver une femme et quatre enfants.

Mais, certains jours comme aujourd'hui, Rand se le représentait différemment. Taz devenait une ombre inquiétante tapie derrière un échiquier géant.

Etait-ce Taz qui, à Moscou, avait appuyé sur un bouton et ordonné de tuer Barton O'Neil dans une rue de Londres? Le même Taz qui, chaque soir, rejoignait sa femme et ses quatre enfants?

Il soupira. Il savait bien qu'à Londres, à Washington, à Paris, d'autres hommes faisaient la même chose.

Un léger coup fut frappé contre le verre dépoli de la porte, et Hastings entra, un dossier sous le bras.

— Une idée m'est venue, au sujet de cette affaire O'Neil, dit-il.

— Laquelle?

— O'Neil était un acteur. Un acteur a toujours des doublures, n'est-ce pas? Il y a cinq ans que les Russes essaient de connaître notre code : ils n'auraient certainement pas fait tuer un agent qui était à deux doigts de le leur procurer. Voici ce que je pense : l'homme assassiné est la doublure de O'Neil, et toute l'affaire a été manigancée pour camoufler le vol réel du code — une manœuvre de diversion, si vous voulez.

Rand sourit.

— Seules les vedettes ont des doublures, et O'Neil n'était qu'un petit acteur. D'autre part, les empreintes digitales du mort sont indiscutablement celles de l'espion.

Il s'interrompit pour allumer une cigarette, et poursuivit :

— De toute manière, j'avais prévu la possibilité d'une diversion. Les codes ont été transportés à l'un des étages supérieurs du ministère dès lundi. Depuis lors, le Centre de Transmissions se contente de jouer les intermédiaires et transmet les messages encore codés.

— Les Russes ont peut-être appris que vous leur tendiez un piège, et fait tuer O'Neil.

— Comment l'auraient-ils su? Les employés du

Centre de Transmissions sont insoupçonnables, j'en donnerais ma tête à couper. Et, de toute façon, si les Russes avaient eu un espion au Centre, l'opération combinée par O'Neil devenait parfaitement inutile.

— Et cette jeune fille qui a surpris O'Neil alors qu'il prenait l'empreinte de la serrure?

— Audrey Fowler? Nous savons tout d'elle. Un peu naïve, mais parfaitement digne de confiance. Si elle ne l'était pas, pourquoi aurait-elle parlé?

— Alors, que nous reste-t-il?

— Un espion mort.

— Pourquoi?

— Peut-être parce qu'il en savait trop. Sur quelque chose dont nous n'avons pas la moindre idée.

Le lendemain, vendredi, Rand alla rendre visite à Ivar Kaden dans sa prison. On le conduisit dans une pièce aux murs vert pâle et aux fenêtres garnies de barreaux.

L'homme était assis devant une table, et un gardien silencieux se tenait debout derrière lui.

— Je voudrais que vous répondiez à quelques questions, dit Rand.

Kaden était un homme entre deux âges, trapu. Une barbe naissante soulignait ses joues.

— C'est vous qui m'avez sauté dessus, hein?

Les muscles du prisonnier semblèrent onduler à ce souvenir.

— J'ai fait mon boulot, dit Rand. Tout comme le vôtre était d'abattre Barton O'Neil.

— Vous avez foutrement raison! C'était mon boulot, et je l'ai fait.

— Combien vous ont-ils payé?

L'homme eut un sourire rusé.

— Une bonne somme.

— Pourquoi devait-il mourir?

— Ecoutez-moi bien, m'sieur. Je n'ai pas pour habitude de questionner mes employeurs. On me paie pour faire un travail, je le fais, voilà tout.

— Etes-vous communiste, Ivar?

L'homme bougea sur sa chaise et regarda ses mains.

— Qui vous a payé pour tuer O'Neil?

Kaden leva la tête, et son regard rencontra celui de Rand.

— Croyez-vous sincèrement que je vais vous le dire?

— Ce n'est pas utile, Ivar. Nous savons que l'ordre est venu d'un agent soviétique. Une dernière question, maintenant. Vous ont-ils précisé *à quel moment* il vous faudrait tuer O'Neil?

Ivar Kaden hésita. Puis il dit :

— Avant qu'il n'entre au Foreign Office, mercredi soir.

— Oui, murmura Rand pour lui-même, *avant*.

Il se leva et fit signe au gardien.

— C'est terminé. Vous pouvez l'emmener.

De retour à son bureau, Rand téléphona une fois de plus au ministère. Il n'y avait rien d'anormal à signaler en ce qui concernait les codes.

La même pensée roulait interminablement dans sa tête : Barton O'Neil avait été tué au moment même où il allait aboutir dans son entreprise, et fournir aux Russes un document capital pour eux. *Pourquoi?*

Il semblait n'y avoir qu'une seule explication possible : ils avaient flairé un piège et fait éliminer O'Neil pour l'empêcher de parler. Mais qu'est-ce que l'acteur aurait bien pu révéler? Ce n'était pas un agent communiste, mais un mercenaire qui vendait des informations au plus offrant. Qu'aurait-il pu savoir des réseaux d'espionnage soviétiques en Grande-Bretagne qui ne fût déjà consigné dans les dossiers de l'Intelligence Service?

Rand était presque décidé à abandonner les recherches. Après tout, le code était en sécurité, l'espion mort, son assassin en prison. Que restait-il à faire? Etait-il si important de savoir pourquoi Barton O'Neil était mort?

Parkinson entra, et fit son rapport.

— L'homme de l'ambassade de l'U.R.S.S., dit-il,

pressé de donner ses renseignements, est en permanence sous la surveillance de l'Intelligence Service. C'est un agent connu, du nom de Barsky.

— Vous voulez parler de l'homme qui a rendu visite à Kaden mercredi matin?

Parkinson fit oui de la tête.

— Un homme qu'on pense être O'Neil a été vu dans un bar lundi en compagnie de Barsky. Cette information est-elle de quelque importance?

— Cela confirme seulement ce que nous suspections, dit Rand. L'idée de substituer un des codes doit être venue à O'Neil quand il s'est vu offrir un rôle dans l'émission de télévision dont certains plans seraient filmés dans le hall du ministère des Affaires étrangères. Il devait déjà savoir qu'il y avait au Centre de Transmissions un homme pour lequel il pourrait aisément se faire passer. Dimanche, une fois l'empreinte de la serrure prise, il savait n'exister plus d'obstacle entre lui et le code. Aussi, dès lundi, fit-il une offre à l'agent soviétique.

— L'ambassade de l'U.R.S.S. entra alors en contact avec Taz, compléta Parkinson, et l'ordre vint en retour de faire abattre O'Neil. Est-ce sensé, monsieur?

Oui, pensa Rand, mais cela n'aidait pas à soulever le voile de ténèbres qui recouvrait l'affaire. Il soupira :

— Non, mais tellement de choses n'ont aucun sens, Parkinson!

— Les Russes croyaient peut-être O'Neil déjà en possession du code. Après tout, possédant une clé et un bon déguisement, il pouvait être entré au ministère à n'importe quel moment.

Rand secoua la tête.

— Non, car une chose manquait dans sa serviette : le laissez-passer qui lui aurait permis de franchir le premier obstacle, à savoir le garde du hall. Apparemment, il était incapable d'en fabriquer un. Il ne pouvait donc réaliser son plan qu'une fois dans la place — par le biais du spectacle de télévision. Etant donné le temps nécessaire à l'exécution de la fausse clé, il ne pouvait tenter de s'emparer du code avant mercredi soir.

— N'aurait-il pas couru le risque d'être démasqué par le deuxième garde — je veux parler de celui qui se tient entre la porte de l'aile réservée et le Centre de Transmissions?

— Vous savez comment ça se passe, Parkinson. Le premier garde aurait été beaucoup plus attentif que le second, lequel n'avait à contrôler qu'une demi-douzaine de personnes qu'il voyait tous les jours. Une fois franchie la porte de l'aile réservée, O'Neil était apparemment assuré de réussir grâce à son déguisement et à son talent d'acteur.

— Que reste-t-il alors, monsieur?

Rand ferma les yeux.

— Nous avons un espion plus qu'assuré de réussir le vol de notre code diplomatique. Bien que la possession de ce code soit d'un intérêt capital pour les Russes, ils font abattre l'agent à l'instant même où il allait le subtiliser. Pourquoi?

Pourquoi? La question demeura suspendue dans le bureau bien après le départ de Parkinson. Rand était assis dans le silence, absorbé dans ses pensées, avec le sentiment confus qu'il ne pourrait jamais abandonner l'affaire — pas avant qu'elle ne fût résolue.

Il se remémorait les déclarations de la jeune dactylo, mais savait bien que là ne pouvait se trouver la réponse qu'il cherchait.

Il se leva, marcha vers la fenêtre et appuya son front contre la vitre froide. Il regarda rouler les eaux troubles du fleuve, en essayant de se mettre par la pensée à la place d'un homme de Moscou, dont il ne connaissait que le nom.

Pourquoi avaient-ils fait abattre O'Neil.

Parce qu'il en savait trop?

Non.

Parce qu'il en savait trop peu?

Rand opéra un demi-tour brutal, et plongea vers le téléphone.

— Appel prioritaire! Passez-moi le Secrétaire du Foreign Office!

— Trop peu? répéta un peu plus tard Hastings, pas très sûr d'avoir compris.

Derrière un épais écran de fumée de cigarette, Rand, détendu, confirma :

— O'Neil a été tué non parce qu'il savait trop de choses, mais parce qu'il n'en savait pas assez.

« J'étais convaincu que tout tournait autour du code diplomatique — et, à un certain moment, je me souvins d'un incident survenu durant la dernière guerre.

« Une équipe de décrypteurs américains et anglais avait réussi à trouver les clés du code utilisé par les attachés militaires japonais. Un peu plus tard, l'O.S.S., que l'on n'avait pas tenu informé, fit voler l'un des codes de l'ambassade japonaise à Lisbonne. Naturellement, les Japonais cessèrent presque immédiatement d'utiliser le code, et les spécialistes alliés n'eurent plus qu'à se remettre au travail.

— Vous voulez dire que les Russes...

Rand fit oui de la tête, tout en renouvelant le cognac dans les verres.

— J'en suis certain. N'oubliez pas que nous utilisons le même code depuis cinq ans. A un moment ou l'autre, les gens de Taz ont réussi à en découvrir les clés.

« Maintenant, imaginez à Moscou un homme assis, avec devant lui le code qui lui permet de déchiffrer tous les messages secrets britanniques, apprenant qu'un espion dont il n'a pas le contrôle projette de voler ledit code à son intention...

Hastings secoua la tête. Oui, tout était clair.

— A supposer que O'Neil eût réussi, poursuivit Rand, le vol aurait été découvert dans un délai très bref — quelques heures, un ou deux jours au maximum.

« Les Russes ne pouvaient lui ordonner de ne pas agir : leurs instructions seraient restées lettre morte, car l'espion était certain de vendre le code à une autre puissance étrangère. La seule chose possible était de le neutraliser — le faire tuer avant qu'il ait pu tenter l'opération.

— Un sale boulot, compléta Rand, en regardant les lumières de Londres à travers la fenêtre. Vraiment un sale boulot.

— Qu'allez-vous faire maintenant? demanda Hastings.

Rand avala une gorgée de cognac.

— C'est déjà fait. Nos ambassades ont reçu cet après-midi l'ordre d'utiliser un code d'urgence. Je serais curieux de voir la tête de Taz quand il essaiera de déchiffrer le prochain message!

The spy who came to the brink
Traduit par Marcel Battin

Les sculptures érotiques de l'Ohio

ADOBE JAMES

Mon « hobby », bien plus, l'essence même de ma vie, c'est, sur le plan de l'art, plastique ou littéraire, l'érotisme.

Ma bibliothèque blindée, à l'épreuve du vol et de l'incendie, recèle dans les 15 000 ouvrages et documents, dont un grand nombre datent d'avant l'ère chrétienne. Pour accumuler ces trésors, j'ai dû parcourir plus de trois millions de kilomètres et dépenser un minimum de 3 500 000 dollars.

Et mon musée d'art érotique ne m'a pas coûté moins d'argent, ni de temps.

Extravagant, dites-vous? Oh, non, mon bon ami, pas du tout; la passion pour les œuvres érotiques, voyez-vous, cela revient très cher. Un exemple? Voici : j'ai fait découper toute une vaste paroi d'une grotte cambodgienne, l'ai fait metter en caisse, en pièces détachées, et cet ensemble a vogué longuement sur les mers, effectuant la moitié d'un tour du monde, avant de me rejoindre à New York. Un peu de restauration attentive çà et là, ainsi qu'un éclairage approprié, savamment étudié, ont permis de mettre en valeur jusqu'aux moindres détails des scènes représentées. Une fois que l'on a pénétré dans mon musée plongé dans la pénombre, la lumière monte lentement, et l'on voit apparaître dans une explosion de couleurs aux mille

136

nuances des centaines de panneaux où des person-nages, associés dans toutes les attitudes concevables, traduisent toutes les expressions possibles de l'amour sensuel. L'effet produit est saisissant, d'une étonnante efficacité, à tel point que bien des connaisseurs, pour ainsi dire hypnotisés par mon « panorama pariétal », en viennent à jurer qu'ils voient les personnages s'ani-mer s'ils les contemplent avec une attention suffisam-ment soutenue.

Pareil engouement de ma part pour l'art érotique vous surprendra peut-être. C'est pourtant bien simple; l'art érotique est la seule forme d'art qui soit demeurée inchangée, inaltérable, tout au long de l'histoire humaine. Héros et sauveurs font trois petits tours et puis s'en vont; civilisations, races et contrées connaissent l'épanouissement et le dépérissement; religions, dogmes politiques, et autres modes ou marottes, apparaissent, se répandent, et se perdent ensuite dans les sables de l'histoire; montagnes, calottes glaciaires et déserts sur-gissent à la surface du globe, modifient provisoirement le paysage; et l'on voit de temps à autre les mers, sur une centaine de kilomètres et plus, venir fouiller l'in-térieur des terres d'une langue avide et gourmande. Une seulle chose demeure constante, une donnée perma-nente : l'érotisme et son expression artistique!

Cette permanence, on la retrouve dans toutes les œuvres érotiques d'où qu'elles viennent : Mésopotamie, Egypte, Anatolie, Phénicie, Perse, Inde, Chine, Japon, Polynésie, Afrique, Grèce, Italie, et les Amériques. Ce caractère immuable, je le trouve réconfortant.

Allez-vous me demander, comme tant d'autres, quelle est la différence entre la pornographie et l'érotisme? A cette question, il n'y a pas de réponse à fournir, pour la bonne raison qu'on ne saurait la comprendre du moment que l'on pose la question. Que l'on se contente alors d'une tautologie : la pornographie c'est la pornographie, et l'érotisme c'est... l'érotisme. Enfin, si l'on veut, mettons qu'il y ait autant de différence entre les deux qu'entre un grand cru et de la piquette.

Il est bien regrettable que notre système judiciaire américain soit le plus souvent entre les mains d'imbéciles sans culture, incapables de faire la distinction.

Tenez, voyez leur attitude à l'égard des sculptures érotiques de l'Ohio.

C'est Ali S. Reyem, membre de la légation turque à New York, qui me parla pour la première fois de cet art de l'Ohio. Comment il eut vent de la chose, je n'ai jamais pu le découvrir, mais Ali était un collectionneur, et nous avons tous nos informateurs.

Je ne saurais oublier cette soirée. Olof Dahlstrand, Ali, et moi, dînions ensemble au Club. Olof venait de nous faire part de sa nouvelle acquisition, une copie des « Sonnets choisis à l'intention des Gentlemen », de Shakespeare. Selon tous les experts réputés en matière d'histoire littéraire, il n'existe que sept copies de cet ouvrage. J'ose avancer, en toute modestie, que les deux meilleures se trouvent dans ma bibliothèque. Mais pas de digression. Ali s'était montré jusqu'alors assez songeur, distrait, presque absent. Il accueillit avec une chaleur confinant à la tiédeur cette prouesse d'Olof, si bien que celui-ci, légèrement vexé, se tourna vers le Turc pour lui demander d'un ton acerbe :

— Et vous-même, qu'avez-vous acheté ces temps-ci ?

Ali poussa un vaste soupir, expulsant l'air au point de faire frémir son énorme carcasse.

— Rien. Absolument rien. J'ai bien essayé d'acheter... mais elles n'étaient pas à vendre.

Je ressentis comme une petite secousse électrique. Mon instinct de collectionneur était en éveil; je flairais quelque chose. J'observai Olof du coin de l'œil; il était assis paisiblement, apparemment tout à fait détendu, mais ses narines dilatées le trahissaient.

Ali continua de parler, mais comme s'il lui était pénible de relater son aventure :

— J'ai tout d'abord pensé qu'il s'agissait d'un canular. Après tout, comment peut-on s'attendre à trouver quelque chose de valeur dans un patelin perdu, du nom d'Amboy, dans cet état de l'Ohio voué tout entier à l'agriculture? Néanmoins, tenant compte de la réputation de mon informateur, j'y suis allé quand même. A Amboy, les gens m'ont eu l'air à peu près aussi attardés que les tribus nomades chez nous, là-bas, dans la région d'Agri Dagi. Je me rendis à l'adresse indiquée, traversai une cour de ferme encombrée de volaille et de porcs d'une saleté indescriptible, et frappai à la porte. Pas de réponse. Je frappai encore. Rien. Alors, je pénétrai dans la grange, en fait un poulailler — Ali tira une profonde bouffée de son cigare, les yeux illuminés d'un feu sacré pourtant profane — et elles étaient là!

— Etaient là quoi? intervint Olof, soudain nerveux, presque agacé.

Ali haussa les sourcils.

— Comment, mais les Statues d'Amour de l'Ohio, bien sûr.

Il éteignit son cigare et se pencha en avant; sa voix se fit grave, devint rauque d'émotion.

— Elles étaient belles. Exquises! Parfaites! Toutes les trois, couchées sur un lit de paille, dans une attitude d'attente et d'invite. L'une d'elles avaient les jambes...

Ali se servait de ses mains pour accompagner sa description. Ces statues représentaient trois jeunes filles d'environ quinze ans, sculptées dans une substance translucide ressemblant au marbre de Carrare teinté par quelque artisan Asaghi. Les expressions d'une gracieuse impudeur, les lèvres pleines contractées par un désir dévorant, les muscles du ventre tendus, les tendons étirés des cuisses, tout concourait à donner à l'ensemble une incroyable aura de suprême sensualité.

— Je demeurai absolument immobile plus d'une minute, incapable du moindre mouvement, dit Ali, qui maintenant transpirait. J'ai vu la trentième grotte d'Ajanta, la chambre funéraire de l'Aphrodite d'Egine avant qu'elle ne s'effondre, les collections secrètes de Rembrandt, de Lautrec, et de Gauguin... et rien de tout cela, rien ne peut se comparer à ces œuvres de l'Ohio!

Pour souligner son propos, il ajouta d'un air faussement attristé :

— Pas même votre panorama pariétal, Andrew.

— Allons donc, mais continuez, fis-je d'une voix douce, ne croyant pas vraiment que ces œuvres pussent atteindre ce point de perfection, mais n'en prenant pas moins le soin de calculer mentalement combien de temps il me faudrait pour me rendre dans l'Ohio. Olof gardait un silence de mauvais augure; il allait être dans la course lui aussi.

Ali plissa les lèvres et ses traits se crispèrent :

— J'avançai d'un pas pour les toucher, lorsque j'entendis le déclic d'un fusil qu'on armait derrière mon dos. Je me retournai aussitôt, et me trouvai face à face avec le sculpteur — un génie crasseux aux yeux hallucinés, affublé d'une sorte de sarrau. Ses vêtements étaient d'une puanteur telle qu'elle effaçait celle du fumier de poule. Il ne dit pas un mot, mais son fusil parlait pour lui, dans une langue comprise dans tous les pays. Nous restâmes une minute à nous dévisager, et puis je lui dis :

« — Bonjour, monsieur. Je m'appelle Ali Reyem. Je fais partie de la légation de Turquie à New York.

« Je sortis mes papiers, mais ses yeux ne quittaient pas mon visage. Je lui dis que ses sculptures étaient les plus belles que j'eusse jamais vues. Ce compliment ne lui fit aucun effet. Je me décidai alors à lui demander pour quelle somme il consentirait à les céder.

« Il ouvrit enfin la bouche, pour me dire d'une voix mauvaise, lugubre et grondeuse :

« — Elles ne sont pas à vendre. Maintenant allez-vous-en, ou je vous tue.

« Malgré cette menace, je tentai quand même de marchander. Je lui offris vingt-cinq dollars. L'énergumène se contenta de secouer la tête et de lever son fusil. Reculant vers la porte, je lâchai : « Cinquante mille? » Il m'enfonça le canon dans l'estomac. Tout en me précipitant hors du poulailler, je lançai encore : « Cent mille! » et il me répondit une fois de plus de la même voix caverneuse :

« — Elles ne sont pas à vendre!

Ali nous regarda à tour de rôle.

— Je connais les hommes à fond, et j'ose dire que je ne me suis jamais trompé. J'avais affaire à un fou... un génie, et peut-être bien l'un des plus grands sculpteurs que le monde ait connu depuis Michel-Ange... mais un fou! Et il ne vendra pas — jamais! Sachez que j'ai fait une nouvelle tentative le lendemain après-midi, lui offrant un chèque au porteur de cent soixante-cinq mille dollars. Il a tiré sur moi, juste au-dessus de ma tête. Abandonnant toute dignité, je me suis enfui à fond de train vers ma voiture. Il a tiré encore; j'ai vu les balles ricocher à mes côtés dans la poussière. La volaille piaillait et voletait éperdue dans toutes les directions; un volatile est même venu heurter mon pare-brise. Ce cinglé avait rechargé son fusil et il a lâché une troisième salve tandis que je sortais de la cour. Je suis donc rentré chez moi. Il y a une semaine de cela. Depuis, je n'arrive pas à dormir. Ces statues... belles, si belles... exposées à la poussière, à la saleté... dans un poulailler...

Sombre et triste, il eut un frémissement de dégoût.

Olof, une minute plus tard, se plaignant soudain d'un violent mal de tête, le pria de l'excuser et s'en fut presque en courant. Je dois reconnaître avoir fait preuve de la même impolitesse à l'égard de mon vieil ami, laissant derrière moi un Ali abattu, déprimé, contemplant d'un air morne son cigare éteint et son verre de cognac encore à moitié plein.

Je ne doutais pas une seconde qu'Olof allait essayer de me prendre de vitesse. Je pris donc la mesure la plus indiquée... en affrétant un « jet » sur-le-champ. Trois heures après avoir quitté Ali, j'atterrissais à Lebanon, Ohio. Quarante-cinq minutes plus tard, je me trouvais sur les lieux.

Un vent froid, sifflant, sinistre, balayait les éteules d'un champ de maïs tandis que, traversant un sentier poussiéreux, j'avançais vers la maison. Il était passé minuit depuis longtemps, mais une lumière solitaire brillait au dernier étage. Sur le perron, il y avait un vieux fauteuil éventré dont les ressorts jaillissant en tous sens évoquaient les serpents de la chevelure de Méduse. Un volet aux gonds rouillés battait quelque part en grinçant, et, sur le toit, du carton bitumé à moitié arraché claquait violemment à chaque rafale de vent.

Je frappai.

Au bout d'un long moment j'entendis des pas heurtés, hésitants, et puis la porte s'ouvrit, en grinçant elle aussi. Je vis le sculpteur, tel qu'Ali l'avait décrit. Plus petit peut-être, encore plus crasseux — dégageant des effluves nauséabonds — mais sans nul doute le même homme... et sans nul doute un détraqué.

Je me présentai et ajoutai :

— Je suis venu voir les sculptures.

— Fichez-moi le camp d'ici, rugit-il. Elles ne sont pas à vendre.

Ses traits se convulsaient, tordus par la haine. Il fit apparaître le fusil et le pointa sur moi.

Je m'y attendais et j'avais conçu ma stratégie en conséquence. J'élevai une main rassurante et sourit :

— Bien entendu, elles ne sont pas à vendre. Ce sont des œuvres d'art — réalisées par un génie... et l'on ne saurait se permettre de venir marchander ou offrir quoi que ce soit en échange d'œuvres pareilles, qui n'ont pas de prix.

Ce boniment était quelque peu banal, éculé, rebattu, et même cousu de fil blanc; on dit *corny* dans l'Ohio, je crois. Mais c'était voulu; et cela le désarçonna. Je vis la haine faire place à de l'incertitude. Il pencha la tête de côté, perplexe, et demanda :

— Voulez-vous dire... que vous... que vous n'allez pas essayer de me les prendre?

— Non, mentis-je. J'ai entendu parler de leur beauté exquise, de leur absolue perfection, et je suis venu de loin, de très loin, pour rendre hommage à l'homme qui a su les produire.

Ce boniment-là non plus, aucune personne normale ne l'eût pris à la lettre, ne l'eût tenu d'emblée pour l'expression même de la vérité, mais le vieux — un peu comme un animal — n'écoutait pas tant mes paroles proprement dites que les inflexions de ma voix.

Il scruta mon visage un certain temps et puis, lentement, abaissa son fusil. Des larmes se mirent à couler de part et d'autre de son nez en bec d'aigle.

— Tous ceux qui les ont vues, mes ravissantes, mes toutes belles, ils ont voulu me les acheter, ou les voler.

Il me considérait d'un air pathétique, entre le désarroi et un vague espoir; on eût dit un Diogène très las, fourbu, harassé, désirant poser sa lanterne.

Surmontant ma répulsion, négligeant l'odeur pestilentielle de ses vêtements jamais lavés, je passai un bras autour de ses épaules.

— Sont-elles vraiment aussi belles qu'on me l'a dit?

A présent, le vieux tenait absolument à me les montrer, avait hâte que je les voie. Nous traversâmes la basse-cour. Il trottait devant, tenant haut sa lampe-tempête; d'étranges ombres contorsionnées dansaient et bondissaient derrière nous. Arrivé à la porte du poulailler, fermée par deux cadenas, il se retourna.

— Restez ici, attendez, dit-il. La nuit, la lumière doit être exactement dosée, vous savez.

« Ah, me dis-je, voilà un véritable connaisseur, quelqu'un qui sait très précisément ce qu'il convient de faire pour qu'une œuvre soit impeccablement mise en valeur! » Je l'entendis s'affairer un moment, aller et venir au milieu des protestations des poules et poulets chassés de leurs perchoirs. Il m'appela enfin, d'une voix persque timide :

— Entrez.

La lumière ondoyante caressait les statues, en épousant délicatement les contours. Spontanément, comme malgré moi, je m'arrêtai de respirer, le souffle coupé, littéralement assailli et paralysé par la puissance sensuelle, terriblement concrète, émanant de ces figures. J'avais l'impression qu'une poigne d'acier m'étreignait les entrailles. Au cours de toutes mes années de collectionneur, jamais rien de semblable ne m'était arrivé. Sûrement, pensai-je, d'acquisition en acquisition, je tendait vers ce moment-là. Il n'y avait jamais rien eu auparavant dont la beauté possédât une telle force d'impact, dont le réalisme sexuel ait été aussi envoûtant — et rien désormais ne pourrait se comparer à ce que je voyais.

Tâchez de comprendre ce que j'ai pu ressentir en la circonstance. Depuis mon adolescence, quand j'étais un tout jeune homme, à l'âge où certains aspects étrangement fascinants de l'érotisme vous impressionnent au plus haut degré, rien n'avait su me produire autant d'effet que ces statues. Le désir m'asséchait la gorge, le rythme de mon cœur s'affolait, mes reins s'embrasaient. Je ne puis dire combien de temps je suis demeuré là sans bouger, me laissant envahir par cette bouleversante beauté, mais finalement je parvins à me ressaisir et à me concentrer sur mon objectif ommédiat.

J'aurais vendu mon âme — donné des millions — pour posséder ces statues. Et j'éprouvais une certaine peine pour son créateur, car, je le savais, je n'hésiterais pas à le tuer s'il s'avérait trop obstiné.

J'entrepris de lui parler lentement, prudemment, mais avec de plus en plus d'insistance et de vigueur. Par poussées successives, opiniâtrement, je pénétrai toujours plus avant dans la jungle obscure et déroutante de cet esprit paranoïaque. Pendant près d'une heure je repris le même thème, enfonçai toujours le même clou, à savoir qu'il y avait là dans l'ombre tous ces gens qui complotaient pour lui dérober ses statues. Enfin, il craqua; je le vis pleurer dans son coin, répandant de vraies larmes, comme un gosse, les yeux tout agrandis de frayeur futile. Il était mûr. Le moment arrivait de frapper un coup décisif. Pinçant les lèvres, je pris un air inspiré, comme si tout à coup je venais de voir apparaître une solution, et dis :

— Bien sûr... si vous n'étiez pas ici... et si les statues n'étaient pas ici. Si elles se trouvaient à l'abri dans un endroit secret... et sous votre garde.

Il sursauta :

— Oui. Oui! C'est ça. Je vais les cacher!

Je secouai la tête.

— Non... « Ils » vous suivraient. Mais, si je pouvais vous aider à trouver un lieu sûr. Loin, très loin d'ici. Peut-être à New York...

Le sculpteur tomba à genoux; voici qu'il agrippait mon pantalon d'un air implorant.

— Je vous en prie... je vous en prie, aidez-moi! Dites-moi où je pourrais aller.

— Très bien, dis-je, du ton d'un homme qui tient, par un geste généreux, à faire preuve d'un noble désintéressement. Je vais prendre des dispositions pour que vous puissiez les déposer dans un musée secret.

Au mot « musée », ses pupilles se rétrécirent légèrement; il allait tiquer, et je m'empressai d'ajouter :

— Mais il faudra que vous les surveilliez jour et nuit, car elles seront placées sous votre responsabilité.

Phrase efficace qui dissipa les doutes pouvant encore exister chez le vieux bonhomme.

Nous discutâmes des mesures à prendre et passâmes aux préparatifs; tout fut terminé au moment même où l'aube commençait à poindre. Les coqs chantaient tandis que nous chargions avec précaution les statues dans le vieux camion de ramassage de la ferme, pratiquement à tous usages et assez détérioré. Il devait les transporter jusqu'à New York et partir immédiatement, afin d'arriver chez moi dans les trente-six heures. Ce jour et demi passé dans l'attente allait me paraître une éternité, mais la seule alternative eût été de les emporter moi-même, chose manifestement impossible, vu la méfiance maladive du vieux, toujours prête à s'éveiller.

Quand le sculpteur souffla sa lanterne, je m'emplissais les yeux pour une dernière fois du spectacle de ces trois figures allongées à l'arrière du camion. L'allusion d'Ali à Michel-Ange était juste, mais une seule des œuvres de l'Italien, « la Pieta », pouvait se comparer, par la qualité de la sensibilité et l'éloquence du détail, à ces sculptures de l'Ohio. Dans la faible lueur du jour à peine naissant, il me sembla que ces jeunes visages féminins lançaient un muet appel. Presque religieusement, je l'aidai à les recouvrir avec de la paille, des couvertures, et une vieille bâche.

Un minute après, le camion sortait de la cour et le vieux prenait la route. Quatre heures plus tard, j'étais de retour à New York.

Au cours des heures qui suivirent je déployai une activité fébrile. J'achetai des copies de lits romains, recouvertes de velours rouge afin d'y étendre les statues, et modifiai l'agencement du musée pour leur faire de la place. Je les mettrais dans un angle, sept ou huit mètres à l'écart de mes peintures pariétales, et là mes invités connaîtraient l'apogée de leur ravissement, une sorte d'orgasme de l'âme. Je commençai à mettre au point un projet d' « avant-première » au champagne et à dresser une liste provisoire de quelque deux cents connaisseurs qui prendraient l'avion un peu partout dans le monde pour participer à l'inauguration. Je décidai même de l'endroit où je me débarrasserais du cadavre du vieux... s'il fallait en arriver là.

Quand le téléphone sonna au soir du second jour, je me précipitai pour empoigner le combiné, m'imaginant que le sculpteur était arrivé une demi-heure avant l'heure prévue.

Mais non. Toutefois, j'avais Olof Dahlstrand à l'appareil. La voix me parut lointaine, et le ton bizarre :

— Je comptais bien vous appeler pour vous présenter mes félicitations.

— Ah! Vous avez donc été informé!

Je ne pus m'abstenir de faire transparaître dans ces

simples mots l'intense satisfaction, la fierté du triomphe et l'envie de pavoiser qui m'envahissaient.

— Non, mais comme les sculptures n'étaient pas là lorsque je suis arrivé, j'en ai conclu que vous m'aviez de nouveau coiffé au poteau.

Je souris. Pauvre vieil Olof! Il me faisait un peu pitié : le type même de l'homme qui arrive toujours en second lorsqu'il s'agit d'acquisitions véritablement importantes.

Une horrible appréhension s'insinua dans mon cerveau et un frisson me parcourut l'échine quand il reprit la parole. Voici ce que j'entendis :

— Mais à présent je désire simplement vous dire combien je suis désolé.

— Désolé? Et pourquoi donc?

— Eh! bien, mais... (et pourquoi cette valse hésitation au téléphone?) vous n'avez pas vu les journaux du soir?

— Non... (cela sortit comme un croassement de mon gosier soudain douloureux). En quoi pourraient-ils bien me concerner?

Il y eut un long silence à l'autre bout de la ligne; je pouvais l'entendre respirer. Enfin il parla, et sa voix prit une tonalité infiniment triste :

— Tout est là. En première page. Le vieil homme, les sculptures de l'Ohio, tout y est. Il s'est trouvé impliqué dans un accident, d'ailleurs mineur, à la sortie de Goshen. Les policiers ont tenté de le faire stopper; il leur a tiré dessus. Ils ont été contraints de répliquer. Il est mort. Et puis, ils ont découvert les statues à l'arrière (sa gorge devait se serrer; je pus l'entendre déglutir). Andrew... ils — la police — ils vont les détruire.

— Les détruire? m'écriai-je. Oh, Dieu, non! Non! Non! Pourquoi commettraient-ils un acte aussi insensé? Ce n'est pas de la pornographie. Quelle police? Quels policiers? Je vais les appeler. Je vais demander au gouverneur...

— Non, Andrew. Le gouverneur ne pourrait rien y faire.

— Et pourquoi non? Vous êtes fou, ou quoi? C'est de l'art, ces statues! Vous m'entendez, hurlai-je, du grand art. N'importe quel expert peut témoigner que ce sont des chefs-d'œuvre. Elles m'appartiennent. Je les ai payées. J'ai remis l'argent au sculpteur.

Il me sembla que la voix d'Olof me parvenait d'extrêmement loin et, tandis qu'il parlait, j'eus l'impression que mon esprit reculait, s'enfuyait vers quelque coin sombre pour y proférer je ne sais quels vains exorcismes. Et comme je ne disais rien, il répéta :

— Sculpteur? Oh, non, Andrew. Le vieux n'était pas sculpteur; c'était un taxidermiste!

The Ohio Love Sculpture
Traduction de Philippe Kellerson.

© 1963, Bruce Royal Publishing Co. N.Y. and Pan Books Ltd, London, England.

Meurtres maison

par

Day Keene

A la longue, on s'apercevra de la disparition de Sarah. Sa famille la fera certainement rechercher, mais on ne la retrouvera pas plus que ses bons. Ses bons, des bons au porteur, je les ai avec moi. Et lorsque commenceront les recherches, je serai loin. La chose est faite. Je ne peux plus revenir en arrière.

Et la flamme de la lampe commence à vaciller...

Tout a débuté l'été dernier, au lac Estrella, dans les hautes montagnes. Ayant ramassé un joli petit paquet sur les tables de jeux de Las Vegas, j'avais roulé jusqu'au lac, comme cela m'arrivait de temps en temps, pour voir si je pouvais y faire quelques affaires et je constatai que j'étais tombé sur un filon de première.

L'endroit était bourré de femmes seules, la plupart d'un certain âge et commençant à avoir des rondeurs où il ne fallait pas, mais toutes pleines de fric, jacassant comme des perruches à propos des bonnes vacances qu'elles passaient, mais s'ennuyant à mourir.

Après avoir procédé à un rapide sondage de ce que l'on savait de sa situation financière, je décidai de faire de la veuve Parker — la plus quelconque du lot — l'objet de toutes mes attentions.

Je lui fis porter des roses, comme il est d'usage, en l'entourant des habituelles prévenances qu'on peut

149

attendre d'un soupirant. Petite femme trapue, dans les quarante-cinq ans, avec des mains chargées de diamants qui n'arrivaient pas à dissimuler ses articulations déformées, elle se montra tout d'abord amusée, puis reconnaissante. Jamais encore elle n'avait été traitée de la sorte par un grand bel homme aux tempes grisonnantes, avec une moustache à la Clark Gable. La gratitude se mua en affection, et cela lui fit perdre le peu de jugeote qu'elle avait. Après quoi, tout baigna dans l'huile, et je pense qu'elle me crut lorsque je lui dis l'aimer au point de vouloir m'occuper d'elle pour le reste de sa vie. Et elle, sans aucun doute, m'aimait. J'étais le prince charmant en Cadillac crème dont toutes les petites filles sages — et aussi quelques femmes qui devraient être plus avisées — sont convaincues qu'il viendra un jour les chercher.

Le pénible réveil fut pour moi. Nous étions mariés depuis moins de deux mois lorsque je découvris que j'avais été mal renseigné quant au montant de la fortune que feu M. Parker lui avait laissée. Certes, en sus de ce vieux ranch aux murs couverts de vigne vierge bâti sur les collines qui dominent la vallée de San Fernando, elle avait largement de quoi nous permettre de mener une existence confortable. Et j'aurais été ravi de me contenter de cela. Je suis un homme raisonnable et la tuer n'entrait pas dans mes intentions. Je dois d'ailleurs dire à ma décharge que Sarah serait encore en vie et aussi enquiquinante que jamais, si elle n'avait eu l'esprit assez mal tourné pour me demander avec insistance de travailler afin de participer aux dépenses de la maison. Je préférais vivre du revenu des quelque quatre-vingt-dix mille dollars de bons et de valeurs que son défunt mari avait amassés dans l'industrie du ciment armé.

Ce fut environ trois mois après notre mariage qu'elle découvrit que mon ranch de cinq mille acres avec mille têtes de bétail était seulement une belle toile d'araignée toute dorée que j'avais tissée pour l'y prendre. Je me souviens très bien de ce matin-là.

Etant à court d'argent liquide, j'avais été forcé de lui en demander, et ce fut ainsi qu'elle finit par apprendre la vérité.

Elle pleura un peu, puis dit :

— Je vois... J'aurais pu... j'aurais dû m'en douter. Tu n'as pas un dollar. Tu as beau te donner de grands airs, tu n'es rien d'autre qu'un gigolo, et tu te fous pas mal de moi. Tu ne m'as épousée que pour mon argent.

C'était vrai. Mais sans un comme je l'étais, j'aurais été stupide d'en convenir. Alors, tout en reconnaissant mon impécuniosité, je protestai que je l'aimais, et que si je lui avais menti, ça n'était pas dans l'espoir d'assurer ainsi mon existence, mais par crainte de perdre à jamais l'objet aimé.

Elle aurait dû comprendre que je lui mentais. Mais elle désirait tant me croire, qu'elle le fit.

Je la revois, grosse quadragénaire stupide, avide d'affection, ne demandant qu'à aimer et être aimée.

— C'est bien vrai, Jack? Tu m'aimes réellement? Et tu ne me quitteras jamais?

Je lui promis de ne jamais la quitter, promesse que je n'avais aucune intention de tenir. Cela lui fit plaisir et me donnait quelques mois de plus, pensais-je, pour trouver un moyen de mettre la main sur les bons du défunt Parker.

Je m'étais rendu compte que j'avais commis un erreur et qu'il ne me fallait plus beaucoup attendre de Sarah. Je devais donc à tout prix me tirer de cette impasse. J'avais même envisagé de la planter là tout bonnement et je l'aurais probablement fait si j'avais réussi à m'approprier au moins une partie du fric. Mais n'étant pas complètement idiote, Sarah avait veillé à ce que ça ne se fût pas possible. Elle continuait de dire qu'elle m'aimait, mais elle me faisait payer en petites humiliations des plus variées chaque dollar qu'elle me dispensait, alors que, par ailleurs, elle se montrait prodigue de son argent avec les nombreux neveux et nièces qui passaient sans cesse par la maison.

Ce fut une de ses nièces, Carol, qui provoqua notre deuxième sérieux accrochage. Une créature exquise, cette Carol : mince, blonde, vibrante de jeunesse... telle qu'avait dû être Sarah à dix-neuf ans.

C'était, je m'en souviens, un dimanche, quelques semaines après le début de l'année. Un dîner de famille était en cours, où l'on buvait bien. Le pichet étant vide, Carol s'offrit d'elle-même à m'accompagner à la cave pour le remplir.

Nous aurons bientôt l'occasion de reparler de la cave. En effet, elle est le nœud de toute l'affaire. Or il est rare qu'un ranch de type californien comporte une cave. C'est la seule que je connaisse à des milles à la ronde et tout cela ne serait probablement pas arrivé si le défunt époux de Sarah n'avait été dans les agglomérés. Il avait voulu cette cave, m'avait dit Sarah, pour démontrer non seulement la robustesse de son produit, mais son étanchéité et ses qualités d'isolation. Et je dois reconnaître que c'était vraiment quelque chose d'extra, car, même durant les plus fortes pluies, le sous-sol était toujours sec et d'une parfaite insonorisation. Une fois que les parpaings fabriqués par lui sont en place et joints par du mortier, ni homme ni éléments n'en viennent à bout. Je le sais : j'ai essayé.

Mais pour en revenir à Carol et au dimanche en question, j'avais bu, elle était exquise et le sous-sol silencieux baignait dans la pénombre. J'avais tiré le vin et je m'apprêtais à remonter quand, je ne sais comment, je trouvai Carol dans mes bras.

Son jeune corps était chaud contre le mien et elle protesta sans grande conviction : « Oh! oncle Jack! » Puis ses lèvres répondirent aux miennes et je commençais à penser que, tout compte fait, j'aurais pu tomber plus mal en fait de famille, quand la cravache que j'avais précédemment vue au bas des marches, me cingla la joue tandis que Sarah me disait d'une voix chargée de venin :

— Lâche cette enfant, Jack Markham. Et si jamais

tu fais mine de vouloir la tripoter de nouveau, je te
tue.

Elle était sincère.

Avec un « Oh! » étouffé Carol glissa hors de mes
bras et s'enfuit en courant.

— Je voulais juste... commençai-je en me tournant
vers Sarah.

— Oui, c'est bien ce que j'ai vu, dit-elle.

Je ne crois pas avoir jamais autant haï quelqu'un.

Son visage bouffi empourpré par le vin et la colère,
ses cheveux teints pendant en mèches désordonnées,
elle était plate où elle aurait dû avoir des rondeurs et
vice versa. Ayant perdu ses dernières illusions, elle
n'était plus qu'une caricature grotesque de n'importe
quelle femme vieillissante qui sc découvre trompée.

— Ecoute-moi... écoute-moi bien, dit-elle. J'ai donc
épousé un individu méprisable. Mais comme on fait
son lit, on se couche. Je n'ai pas été traînée pieds et
poings liés devant le maire. Seulement, si jamais tu fais
encore mine de t'intéresser à Carol, je te tue, Jack, et
sois bien persuadé que je ne parle pas à la légère.
Cela dit, ça fait suffisamment longtemps que tu bouffes
à l'auge. Demain matin, trouve-toi un boulot ou sinon
tu te mettras la ceinture.

Sur quoi, elle prit le pichet et me quitta. Je me tirai
un verre de vin au baril et m'assis pour analyser la
situation. Elle était saumâtre. Je doutais fort que de
tendres propos ou même des caresses me réinstaurent
dans les bonnes grâces de cette vieille piquée. Sarah
m'avait parlé du fond du cœur et je n'avais plus
d'emprise sur elle. J'allais devoir faire quelque chose.

Je bus le vin et m'en tirai un autre verre. Il régnait
dans le sous-sol un calme bien agréable. La faible
clarté des ampoules donnaient l'impression que la
blancheur nue des murs se perdait dans un lointain
brumeux. J'eus la curiosité d'aller jusqu'au bout du
sous-sol. Je n'avais pas idée que la superficie de la maison fût si grande, ni qu'elle présentât tant de saillies
et de recoins. Le sol était constitué par une coulée de

béton, mais tous les murs étaient faits avec des parpaings d'agglomérés, y compris les ressauts et les cloisons. En sus de la cave à vin, il y avait un cellier pour les fruits, une pièce pour les jeux des enfants qui n'avait jamais servi, une laverie, un séchoir, un atelier et plusieurs compartiments de rangement, avec tous des parois de parpaings. J'avais un peu l'impression de me promener dans un labyrinthe et je doutai que même Sarah connût toutes les ressources de ce sous-sol. Je ne l'avais jamais vue aller plus loin que la laverie, et seulement quelques-unes de ces pièces étaient utilisées.

Ayant été jusqu'au fond et parcouru une bonne quarantaine de mètres, je me trouvai sous ce qui me sembla être le support de la niche extérieure pour le barbecue et du patio couvert. Cet aménagement avait dû coûter une fortune à Parker car, là, le plafond était constitué par une solide dalle de béton armé.

De toute évidence, Parker avait eu l'intention de construire là quelque autre commodité, car, bien rangés le long du mur, il y avait suffisamment de parpaings empilés pour édifier du sol au plafond une autre paroi qui eût isolé ce recoin.

Un mur solide, à environ un mètre cinquante du fond, et qui eût fermé hermétiquement ce recoin. Voilà qui méritait à tout le moins réflexion. Parker était mort. Il y avait un peu partout des parpaings inutilisés. S'il en disparaissait quelques-uns, personne ne s'en apercevrait. Et sur une telle superficie, un mètre cinquante en plus ou en moins, ça ne se remarquerait pas non plus. Mais la disparition de Sarah, si. C'était le grand obstacle que j'allais devoir surmonter. Mais pour quatre-vingt-quinze mille dollars, un homme est capable de bien des exploits.

Et l'exploit, moi, Jack Markham, je l'ai réussi. J'ai commis le crime parfait. J'ai tué Sarah et j'ai ses bons en ma possession. Qui mieux est, je ne cours aucun risque en ce qui concerne la police.

Si seulement la clarté de la lampe ne vacillait pas comme ça...

Je l'ai donc tuée et j'ai construit un mur, derrière lequel la voilà scellée jusqu'à la fin des temps. J'ai les valeurs. La maison est vendue. Le nouveau propriétaire ne saura jamais que, à l'origine, le sous-sol avait un mètre cinquante de plus. Et il s'écoulera des mois avant qu'on ne s'avise de la disparition de Sarah.

Mais, bien sûr, ça n'a pas été aussi simple que ça. La première chose qu'il m'a fallu entreprendre, c'est de rentrer dans ses bonnes grâces. J'ai eu soin de ne pas paraître trop soucieux et de ne laisser aucune faille susceptible d'amener ultérieurement quelqu'un de la famille à se poser des questions. Les actes sont toujours plus éloquents que les paroles.

Alors, j'ai laissé mes actes parler pour moi. La première chose que j'ai faite, c'est de m'arrêter de boire. Puis ensuite, j'ai vendu ma voiture et donné l'argent à Sarah. Cela se passait quelques jours après la fameuse algarade et je lui déclarai :

— Bon d'accord, je suis un individu méprisable. Ou c'est du moins ce que tu penses. Enfin, voilà peut-être qui paiera mon hébergement.

Déconcertée, elle se montra encline à tous les soupçons, mais je laissai faire. Mon troisième acte fut de me dégoter un job. Il y en avait une douzaine à ma mesure, mais je choisis délibérément celui qui me permettrait d'apprendre tout ce qu'il y avait à savoir concernant les parpaings et le mortier.

Jusqu'à mon dernier soupir, je me souviendrai du premier soir où je rentrai à la maison avec des vêtements poussiéreux et les mains rêches de ciment. Sarah me demanda quel était mon boulot et je lui répondis :

— Je fabrique des parpaings. Je turbine comme simple ouvrier dans l'entreprise qui fut fondée par feu M. Parker.

Elle crut que je plaisantais, ce qui n'était vraiment pas le cas. Comme c'était la première fois que je travaillais depuis bien des années, j'avais tous les muscles endoloris. Mais ça, valait le coup. Lorsqu'elle fut convaincue que je lui disais la vérité, elle parut tout à la fois contente et un peu honteuse.

Elle fit « Oh! Jack... », parut sur le point d'ajouter quelque chose, puis apparemment se ravisa. Mais la graine était semée. Je savais qu'elle pensait : *Peut-être que je l'ai mal jugé. Peut-être qu'il ne m'a pas épousée pour mon argent. Peut-être que ça n'est pas un si mauvais cheval après tout...*

Le lendemain matin, il y avait des fleurs sur la table et elle s'était levée pour me préparer mon café. J'en éprouvai presque de la pitié. Elle souhaitait si désespérément s'être trompée sur mon compte, croire que je l'aimais vraiment, afin que ce qui nous restait à vivre fût quelque chose de très beau.

Ça risquait pas!

Mon boulot n'était pas compliqué. N'importe quel imbécile était capable de le faire. Aussi en moins de quinze jours, je fus contremaître et un mois plus tard, représentant. Fin avril, le successeur de feu M. Parker me suppliait de devenir son associé, répétant qu'il n'avait encore jamais rencontré un homme ayant autant que moi le sens des affaires. Je lui répondis que j'allais réfléchir à sa proposition. Je n'avais aucune intention de donner suite, mais j'en parlai à Sarah. Si vous l'aviez vue rayonner! Elle me voyait déjà faisant partie du Lion's Club et peut-être de la Chambre de Commerce. De quoi se marrer. J'avais bien autre chose en tête.

Sarah elle-même était complètement transformée. Elle avait perdu son air morne et semblait rajeunir chaque jour davantage. Nous ne faisions plus chambre à part. Convaincue de s'être trompée sur mon compte, elle cherchait sans cesse à se racheter.

Pour quiconque passait à la maison, ce n'étaient que des « Jack a fait ceci » ou « Jack pense que... ». J'étais devenu un type infaillible, merveilleux. Plus rien n'importait à ses yeux du moment que je l'aimais et elle ne doutait plus que je fusse vraiment le prince charmant.

Mais pour moi, pendant ce temps, c'était l'enfer.

J'avais envie de me saouler à mort, d'aller dans des endroits pleins de lumières, de rires et de musique, d'entendre à nouveau le bruit d'une roulette ou des cartes qu'on abat, et qu'une jolie fille me dise : « Hello, beau gosse! Qu'est-ce que tu fais ce soir? » La main me démangeait de gifler Sarah en la traitant de grosse vieille idiote, de lui faucher ses bons et puis de décamper.

Seulement, bien sûr, ça n'était pas possible. Les bons étaient enfermés dans son coffre et à supposer même que j'aie trouvé un moyen de l'amener à me les confier, je ne serais pas allé bien loin, si je l'avais laissée derrière moi. Je ne pouvais m'offrir le luxe de provoquer un scandale de ce genre, pas avec mes antécédents. Je devais me débrouiller pour que Sarah ferme sa gueule.

Et j'y parviendrais grâce au mur.

Lorsqu'elle serait derrière un mur de trente centimètres d'épaisseur, même une femme comme Sarah ne me ferait pas revenir de Buenos Aires. Buenos Aires avec quatre-vingt-quinze mille dollars, plus ce qu'elle tirerait de la maison, ça valait la peine. Bien des hommes ont tué pour moins que cela.

Je commençai à mettre mon plan en application le 1er mai, regardant pensivement dans le vague et chipotant ce qui était dans mon assiette. Sarah pensa tout de suite que c'était dû à mon foie, mais je lui assurai que tout allait bien de ce côté-là. Non, physiquement, je me sentais en pleine forme, c'était simplement que j'en avais un peu marre, non pas d'elle Dieu sait!, mais de travailler dans les « agglos ».

Ça n'était pas une place pour un homme viril, habitué à la vie au grand air, et je n'y entrevoyais pas grand avenir pour moi. J'avais exagéré mon ranch. A la vérité, je n'en avais même aucun. Mais j'avais été un excellent ranchero et, au fond de moi-même, je l'étais resté, le resterais toujours. J'en avais soupé des palmiers importés, des vedettes de cinéma et de ces mini-ranches de deux acres. J'avais soif de retrouver les grands espaces sauvages, la sauge violette s'étendant à perte de vue, d'entendre les doux meuglements d'un troupeau rentrant à la tombée du jour. Je voulais sentir à nouveau le vent frais de la nuit caresser mon visage et, au retour de chevauchées, manger du biscuit de soldat en humant l'odeur du porc salé que l'on fait griller sur un feu de bois. Je brûlais de revoir les collines aux couleurs changeantes qui, majestueusement déchiquetées, s'élèvent au-dessus de la luxuriante herbe à buffles.

Si tout cela fait cliché, ça n'a rien d'étonnant, car ça venait en droite ligne d'un western à quatre sous. Mais Sarah y crut, et plus encore quand, prenant un crayon et du papier, j'entrepris de lui montrer comment des fortunes avaient été bâties à partir d'un petit troupeau, en laissant simplement la nature suivre son cours et vendant les mâles en surnombre. Je lui dépeignis un ranch modeste niché dans les collines, où nous serions seuls avec Dieu et l'immensité. Puis, lorsqu'elle commença à s'enthousiasmer, je renversai la vapeur.

Je reconnus que l'élevage était un peu une loterie, qu'on y avait perdu des fortunes aussi facilement que d'autres y avaient été faites, et je laissai entendre que loin de sa famille, elle n'eût pas été heureuse. J'insistai sur le fait que je n'avais pas le droit de l'arracher à ces parages où elle avait noué tant de liens. Pour elle, s'il le fallait, je me sentais capable de faire une croix sur mes rêves et de vendre des agglomérés jusqu'à l'âge de la retraite.

Mais je l'avais ferrée.

Pas question que je me sacrifie. J'avais prouvé que je l'aimais sincèrement et, pour l'amour d'elle, j'étais devenu véritablement un homme. Elle voulait que je sois heureux. Peu lui importait de vivre ici ou là, du moment que c'était avec moi. Elle vendrait la maison, me transférerait ses bons et nous investirions tout cela dans un ranch, dès que nous en trouverions un qui nous plairait.

Je me laissai faire une douce violence. Mais cette nuit-là, je ne dormis guère, ne pensant plus qu'à des possibilités de meurtre, avec tout ce que je risquais si jamais ça tournait mal pour moi. L'aube pointait quand je descendis sans bruit au rez-de-chaussée pour y prendre mon premier verre d'alcool depuis quatre mois. *Seigneur! Si jamais ça tournait mal...*

Hier soir, il y a eu trois semaines de ça. La maison s'est vendue sans aucune difficulté. En moins de quarante-huit heures, l'agent immobilier avait déjà un client qui lui avait versé un dédit, et hier la transaction est devenue définitive. J'ai le fric, vingt-trois mille dollars, dans la même grande enveloppe que les bons. Cent dix-huit mille dollars. Un joli petit magot, qui assurera mon existence pour un bon bout de temps.

Je souhaite seulement que les nouveaux propriétaires, un jeune couple avec deux gosses, ne soient pas doués de perception extra-sensorielle. Encore que Sarah ne pourrait pas leur raconter grand-chose, vu que j'ai fait ça pendant qu'elle dormait... rêvant sans doute de moi.

C'était cette nuit.

La famille a très mal accueilli sa décision. Je m'y attendais. Mais aucun des siens n'a le moindre soupçon à mon endroit, pas même Carol, bien qu'elle m'ait regardé d'un drôle d'air lorsque Sarah l'a invitée à venir nous voir lorsque nous serions installés dans notre nouvelle propriété. Sarah sait tout ce dont elle est redevable à Carol.

Tels que nous les exposâmes, nos projets étaient forcément imprécis. Nous ne savions pas au juste dans quelle région nous nous établirions : ce pouvait être n'importe où du Texas au Montana. Nous avions même pensé aux terres fertiles du Sonora et du Chihuahua, encore que nous ne tenions pas à aller de l'autre côté de la frontière. Sarah se déclara peu portée à écrire des lettres; mais ils n'avaient pas à se faire de souci pour nous, et nous leur enverrions de temps à autre une carte ou un télégramme.

Des mois s'écouleront avant qu'on en vienne à envisager l'hypothèse d'un meurtre. A ce moment, la piste serait froide. Et lorsque l'enquête commencerait, les flics auraient beaucoup de terrain à couvrir!

Les parents de Sarah nous ont quittés à minuit, pleins de vin et pleurnichant des « au revoir ». Nous avons vendu la maison toute meublée. Les nouveaux propriétaires vont donc pouvoir s'installer dès aujourd'hui. Sarah comptait partir à la pointe de l'aube dans la voiture que je lui disais avoir achetée, alors que je l'avais seulement louée sous un nom d'emprunt dans un garage d'Hollywood. Cette voiture m'attend maintenant, garée dans une paisible traverse de la vieille route de Topanga Canyon.

J'ai effacé toutes mes traces. Je n'ai rien omis. J'ai dans ma poche un billet pour La Nouvelle-Orléans, et une couchette est retenue à bord d'un cargo qui m'emmènera ensuite à Montevideo, tout cela fait avec un passeport qui ne permettra pas de remonter jusqu'à moi. Je n'ai même pas oublié de téléphoner aux gens de l'électricité pour qu'ils coupent le courant après avoir relevé le compteur. Aussi notre joyeux dîner d'adieu a-t-il eu lieu à la clarté des lampes et des bougies.

Je me rappelle certaines choses : la senteur lourde des fleurs entrant par les fenêtres ouvertes sur la nuit; le frémissement d'un oiseau dans le feuillage jaune de l'acacia, l'aboi lointain d'un chien et les ombres mouvantes projetées par la lampe tandis que nous gagnions notre chambre.

« *Je t'aime, Jack. Jusqu'à ce que je te connaisse, j'ignorais ce qu'est le bonheur. Rien que nous deux et pour toujours!* »

L'idiote! L'égoïste idiote!

Un dernier verre de vin, puis « *Dors, ma chérie. Dors, mon amour.* » (Dors, bon sang, dors! Le temps passe et avant qu'arrive le matin, il faut que j'aie filé après t'avoir tuée.)

Conscient de la nécessité qu'il n'y eût pas de sang répandu, je fis ça de mes mains. D'abord avec mon poing, puis avec mes doigts.

Là. Ça y était. Le diable emporte Sarah et toutes ses semblables. Même quand elle fut enfin, près de moi, immobile à jamais, je sentis son regard me suivre dans l'obscurité tandis que je rassemblais ses bagages pour les descendre au sous-sol où je les murerais avec elle.

Et puis j'entendis toquer au carreau. L'espace d'un instant, ce fut la panique. Un de ses parents ivres était revenu! Le cœur battant à grands coups dans ma poitrine, je remontai au rez-de-chaussée pour découvrir que c'était simplement le fait d'une branche de la vigne vierge quand soufflait le vent. Personne ne venait voir Sarah. Sarah avait dit au revoir à tout le monde. Nul n'avait le droit de la déranger quand elle dormait dans les bras de son mari.

Encore sous le coup de cette émotion, je mis en perce un nouveau fût. Le vin n'avait pas été inclus dans la transaction. Alors, inutile de tout laisser aux nouveaux propriétaires, qui ne sauraient pas l'apprécier.

Du vin, voilà ce dont j'avais besoin. Je sentais cela au bout de mes doigts. La chose était faite, ça n'était pas le moment de céder à la panique, d'autant que je n'avais pas commis une seule faute. A présent, il ne me restait plus qu'à descendre Sarah au sous-sol, préparer du mortier que je saupoudrerais généreusement avec le truc pour prise rapide, et puis à construire un nouveau mur, du sol jusqu'au plafond de béton.

« *Adieu, ma jolie... Adieu pour toujours, pauvre vieille idiote!* »

Je l'habillai, en choisissant la robe, le chapeau, le sac, les chaussures et les bas qu'elle se proposait de mettre. Puis l'ayant chargée sur une épaule et prenant une lampe à la main, je la descendis au sous-sol.

Elle avait eu raison, somme toute. J'étais un individu méprisable. En dépit des grands airs que je me donnais, je n'étais rien d'autre qu'un gigolo et je me foutais pas mal d'elle. Je ne l'avais épousée que pour son argent.

Cent dix-huit mille dollars, le tout bien à moi.

L'eau fut le seul pépin que je faillis avoir. J'avais oublié que la Compagnie des Eaux ne faisait qu'une avec celle de l'Electricité. L'eau avait été coupée en même temps que le courant. Et pour préparer du mortier, il faut avoir de l'eau.

Heureusement, j'en trouvai suffisamment dans le bassin ornemental. La planche à mortier m'attendait avec le sable, le ciment et la chaux.

Préparez d'abord une auge de mortier, pas trop épais, dont vous appréciez la consistance avec votre truelle. Prenez bien soin de ne pas en répandre à côté. Il vaut mieux travailler à l'intérieur, afin que se trouve du côté de Sarah toute trace pouvant montrer que le mur est de construction récente.

Commencez par étaler un bon fond de mortier. Après quoi vous disposez bien soigneusement dessus votre première rangée de ces parpaings conçus et fabriqués par feu M. Parker, puis rangés ensuite par lui au sous-sol dans Dieu sait quelle intention.

C'était difficile de travailler à la seule clarté d'une lampe à pétrole. J'avais oublié mon niveau de maçon. Il fallait que le mur fût bien d'équerre. Je dénichai le niveau dans l'atelier et alignai ma seconde rangée de parpaings. Jusqu'à présent, c'était parfait.

« Bonne nuit, madame. Je suis heureux de prendre congé de vous. Tu vas avoir tout à toi, du sol au plafond, un bel espace d'un mètre cinquante de large pendant que je serai en route pour Montevideo. »

Dépourvue de soupirail, cette extrémité du sous-sol était mal ventilée et je commençais à avoir terriblement chaud. Aussi, à mesure que mon travail progressait, j'étais obligé d'aller me rafraîchir au fût que je laisserais derrrière moi. Dans l'état de surexcitation où j'étais, je buvais le vin comme si c'eût été de l'eau.

J'en étais à ma quatrième rangée de parpaings et je pouvais maintenant travailler debout, lorsque la sonnette de la porte d'entrée tinta par deux fois. Ce n'était pas une illusion. Il ne s'agissait plus d'une branche contre une vitre. La sonnette ne fonctionnait pas toute seule. Quelqu'un était à la porte.

Pour travailler, j'étais en pantalon avec juste ma chemise. Je les ôtai et sortis ma robe de chambre de la valise que j'avais descendue avec les bagages de Sarah. Je n'osais pas me risquer à laisser entrer quelqu'un, mais il me fallait répondre. Je voulais savoir *qui* était là et *pourquoi*.

C'était Carol, qui me demanda si sa tante dormait.

Je lui répondis que oui, en m'enquérant de ce qu'elle voulait.

Son visage était bouffi, comme si elle avait pleuré.

— Tu ne le devines pas?

Je lui dis que non.

Elle attendit un moment, puis me demanda :

— Alors tout est fini?

Je lui dis que oui, en ajoutant :

— Je suis désolé que ça se soit produit. Je devais vraiment avoir perdu la tête, pour flirter avec une gamine comme toi. Mais à présent j'ai recouvré tout mon bon sens et je pense sincèrement ce que jai dit ce soir : je vais acheter un ranch et me ranger. Ta tante Sarah et moi allons commencer ensemble une nouvelle existence.

Elle allait discuter mais, se ravisant, elle se borna à me traiter de « Salaud! » puis tournant les talons, elle s'en fut vers sa voiture.

Tenant toujours la porte ouverte, je criai :

— Non, Sarah, ce n'est rien. Juste Carol qui avait oublié ses gants.

Je crois bien que Carol sanglotait en démarrant. Ça me fit mal. Carol était vraiment une gentille gosse et je lui devais beaucoup. Si elle ne m'avait pas rejoint en cachette, je ne pense pas que j'aurais réussi à endurer ces derniers mois. Dommage qu'elle ait été si confiante. Je souhaite de tout cœur qu'elle rencontre un homme sachant l'apprécier.

De retour en bas, je fis de nouveau halte devant le baril. L'incident m'avait effrayé. Mais maintenant que ça s'était heureusement terminé, j'étais content que ça se soit produit. C'était une barrière de plus qui me protégerait contre une suspicion prématurée.

Si l'on interrogeait Carol, elle déclarerait :

— Non, je l'ai entendu répondre à Tante Sarah. Elle voulait savoir qui c'était et il lui a dit que c'était moi, que j'avais oublié mes gants.

C'était agaçant de devoir tirer le vin verre par verre. Je montai dans la cuisine prendre un pichet que j'emportai avec moi, près du mur, après l'avoir rempli.

J'irais en voiture jusqu'à Glandale où, décidai-je, je prendrais un train en direction du nord, après avoir laissé la bagnole dans un parking. Cela contribuerait à brouiller les pistes quand ils se mettraient à ma recherche. De San Francisco à Omaha. D'Omaha à Kansas City. Et de Kansas City à La Nouvelle-Orléans.

La Nouvelle-Orléans. Les *Huîtres en coquille à la Rockefeller* de chez Antoine. La Nouvelle-Orléans et le Quartier français avec, dans mes poches, vingt-trois mille dollars en espèces, plus quatre-vingt-dix mille autres en bons au porteur. Voilà qui vous donnait du cœur à l'ouvrage!

Niveau. Mortier. Parpaing. Niveau. Mortier. Parpaing. Et ainsi de suite, interminablement. Je ne m'étais jamais rendu compte que c'était si haut, un mur. Niveau. Mortier. Parpaing. Cimenter chaque parpaing à sa place. Niveau. Mortier. Parpaing. Bien insérer le dernier dans le trou qui subsistait tout en haut, puis sceller ça hermétiquement avec le mortier.

Terminé! Respirant avec peine, je me laissai aller contre la paroi de côté. A la clarté jaune de la lampe, je me dis que je n'avais jamais vu mur mieux construit. Je me rappelle m'être assis par terre pour reposer un peu mon dos puis sous l'effet conjugué du vin et de l'atmosphère confinée, je perdis conscience.

Quand j'ai rouvert les yeux, la flamme de la lampe commençait à vaciller mais pas autant. J'avais l'habituel mal de tête qui me vient quand j'ai trop bu. L'air était irrespirable. Je consultai ma montre. Cinq heures. Le matin n'allait plus tarder. Il était temps que je me mette en route.

Je me relevai, pris ma valise, et alors *je vis Sarah. Grands dieux! De quel côté du mur étais-je donc?*

Je sais maintenant de quel côté je suis. Je sais aussi que le mur est solide. Ces traces sanglantes sur les parpaings, ce sont mes mains qui les ont laissées. Remarquables, ces parpaings. Une fois cimentés avec du mortier à prise rapide, ils sont conçus pour défier l'homme et le temps.

Je n'ai aucun moyen de savoir si les nouveaux propriétaires sont arrivés. Aucun bruit ne parvient jusqu'à moi. Et, même si je le pouvais, je n'oserais pas attirer leur attention. Je m'en vais bien quelque part, mais pas à Buenos Aires. Et la lampe va s'éteindre complètement.

Une chose est certaine, en tout cas. Le dernier vœu de Sarah va être exaucé. Nous resterons tous les deux ensemble... à jamais.

Homicide House
Traduit par Maurice Bernard Endrèbe
reproduit avec l'autorisation de l'auteur

Bâtard

par

JACK LONDON

Bâtard était un démon. Ce fait était notoire dans tout le Northland. « Suppôt de Satan », l'avait-on baptisé; seul son maître, Leclère le Maudit, l'appelait du nom ignominieux de Bâtard. Leclère était également un monstre de méchanceté et tous deux formaient la paire. Suivant un vieux dicton américain, lorsque deux diables se rencontrent, gare à la casse! Aussi fallait-il s'attendre à du vilain le jour où Bâtard et Leclère associèrent leurs existences. Lors de leur première entrevue, Bâtard était encore un tout jeune chien, maigre et affamé, aux yeux mauvais; il grognait en montrant des crocs et une lueur haineuse brillait dans ses prunelles, car la lèvre supérieure de Leclère se retroussait comme celle d'un loup et découvrait des dents blanches et cruelles. L'homme avança la main vers la portée de chiots et d'un geste violent saisit Bâtard par la peau du cou. Ces deux êtres durent se deviner : au même instant, Bâtard planta ses petits crocs dans la main de Leclère et celui-ci fallit étouffer le chiot en lui serrant la gorge entre le pouce et l'index.

— *Sacredam!* jura tout bas le Canadien français.

Il lécha le sang de sa main tordue et lança le petit chien à moitié mort sur la neige.

Leclère se tourna vers John Hamlin, le gérant du poste de Sixty-Mile.

— Ce cabot me plaît. Combien, M'sieu? Combien? Je vous le prends. Je le paie tout de suite.

Parce qu'il haïssait cette bête, Leclère l'acheta sur-le-champ et lui donna son affreux surnom. Cinq années durant, le couple erra sur la terre du Nord, de Saint-Michael et le delta du Yukon jusqu'à la source du Pelly, voire jusqu'à la rivière de la Paix, l'Athabasca et le Grand Esclave. Et ils se créèrent une réputation de méchanceté sans précédent chez un homme et un chien.

Bâtard n'avait pas connu son père; d'où son sobriquet, mais John Hamlin savait que l'auteur de ses jours était un grand loup gris des forêts. Le chien se souvenait vaguement de sa mère, créature hargneuse, effrontée, fourbe et toujours prête à mordre; la tête énorme, la poitrine large, l'œil mauvais, elle possédait une vitalité de chat. Elle n'inspirait aucune confiance et ses fréquentations des loups sauvages attestaient ses instincts dépravés. Bâtard hérita de ses parents une force extraordinaire et quantité de vices.

Survint alors Leclère le Maudit, qui agrippa de sa lourde main le petit chiot tout palpitant de vie, le façonna et le moula jusqu'à en faire une bête hargneuse, sournoise et diabolique. Avec un maître plus humain, Bâtard eût pu devenir un assez bon chien de traîneau. Leclère ne lui donna point l'occasion de s'améliorer; au contraire, il développa le côté malfaisant de sa nature.

L'histoire de Bâtard et de Leclère n'est qu'une succession de luttes sans merci... un conflit qui dura cinq années. La faute en incombe tout d'abord à Leclère, qui provoquait son chien avec raisonnement et astuce, tandis que le chien, dégingandé et maladroit, suivait son instinct aveugle et détestait son maître sans rime ni raison.

Au début, nulle manifestation de cruauté raffinée (cela vint par la suite) mais des coups et de la brutalité. Au cours d'une de ces rossées, Bâtard eut une oreille déchirée et jamais les muscles de cet organe ne reprirent leur élasticité. Cette oreille tombante rappelait au chien la férocité de son tortionnaire. Il ne l'oublia jamais.

Son enfance fut une suite de révoltes insensées. Toujours vaincu, il regimbait parce que son penchant l'incitait à rendre coup pour coup. Il demeurait indomptable. Hurlant de souffrance sous le fouet ou le gourdin, il n'en grognait pas moins de rage, s'attirant ainsi une nouvelle volée de coups. Mais grâce à la vitalité surprenante qu'il tenait de sa mère, il résistait aux traitements les plus barbares. Il florissait dans l'infortune, s'engraissait malgré la famine, et la terrible lutte qu'il dut mener pour son existence développa en lui une intelligence remarquable. Il possédait à la fois le caractère sournois et rusé de sa mère *husky,* le tempérament féroce et brave de son père, le loup gris.

Sans doute était-ce l'hérédité paternelle qui l'empêchait de gémir. Dès que ses jambes prirent de la force, il cessa ses jappements de chiot; il se renferma en lui-même, devint taciturne, et frappa sans crier gare. A l'injure, il riposta par un grognement, aux coups par la morsure, montrant les crocs avec haine. Mais jamais Leclère ne réussit à lui arracher un cri de frayeur ou de souffrance. Cette résistance implacable ne faisait qu'exciter la fureur de son maître et le pousser à plus de brutalité.

Lorsque Leclère ne donnait qu'un demi-poisson à Bâtard et un tout entier à chacun de ses compagnons, Bâtard volait la part de ceux-ci. Il n'hésitait pas à dépouiller les caches des hommes et commettait mille autres coquineries qui le rendaient odieux aux chiens et à leurs maîtres. Leclère ayant une fois battu Bâtard et choyé Babette — qui était loin de fournir la même somme de travail que lui —, Bâtard renversa la chienne dans la neige et lui brisa d'un coup de crocs la patte de derrière, obligeant ainsi Leclère à l'abattre. Dans les batailles rangées, Bâtard triomphait de tous ses camarades d'attelage, leur imposait la loi de la piste et du pillage.

Durant cinq années, il n'entendit qu'une parole affectueuse et ne reçut qu'une seule caresse; dans son ignorance, en animal indompté qu'il était, il bondit sur la main charitable et y enfonça ses crocs. Le missionnaire de Sunrise, nouveau débarqué dans la région, avait commis cette imprudence. Pendant six longs mois, il fut incapable d'écrire à sa famille aux Etats-Unis et le chirurgien de MacQuestion dut parcourir trois cents kilomètres sur la glace pour prévenir un empoisonnement du sang.

Hommes et chiens regardaient Bâtard de travers lorsqu'il s'aventurait dans les campements. Les hommes l'accueillaient le pied prêt à se détendre, les chiens le poil hérissé et les crocs à nu. Un jour, un trappeur décocha à Bâtard un coup de pied. Vif comme l'éclair, le chien referma sa mâchoire sur la jambe du téméraire et déchiqueta les chairs jusqu'à l'os. Le blessé eût tué le chien sans l'intervention de Leclère, qui, les yeux sinistres, se jeta entre les deux, un couteau de chasse à la main. Tuer Bâtard, *sacredam!* Leclère se réservait cette joie pour lui-même. Un jour, cela se produirait, à moins que... bah! qui sait? D'une façon ou d'une autre, le problème serait résolu.

Car ils étaient devenus l'un pour l'autre un véritable problème. Le souffle même des deux adversaires était une menace et un défi pour l'autre. Leur haine les liait mutuellement beaucoup mieux que n'aurait pu le faire l'affection. Leclère voulait briser la volonté de Bâtard et amener celui-ci rampant et gémissant à ses pieds. Et Bâtard... Leclère savait ce qui se passait derrière la tête de l'animal. Plus d'une fois il l'avait lu dans ses prunelles... si nettement que si Bâtard marchait derrière lui, l'homme ne manquait pas de l'épier en regardant par-dessus son épaule.

On s'étonnait de voir Leclère refuser de grosses sommes d'argent pour son chien.

— Un jour, tu le tueras et tu perdras tout, lui dit John Hamlin, en regardant le chien gisant dans la neige où son maître l'avait envoyé rouler d'un coup de pied.

Les spectateurs s'attendaient à ce qu'il eût les côtes défoncées, mais personne n'osait s'en assurer.

— M'sieu Hamlin, lui répliqua sèchement Leclère, ça, c'est mon affaire.

Tout le monde se demandait pourquoi Bâtard ne prenait point la fuite. On n'y comprenait rien. Seul Leclère savait à quoi s'en tenir. Vivant en plein air, loin des voix humaines, il déchiffrait les messages du vent et de la tempête, le soupir de la nuit et le murmure de l'aurore. Vaguement, il entendait pousser les plantes, courir la sève dans les arbres, et éclater les bourgeons. Il devinait le langage subtil de ce qui remuait, le lièvre pris au piège, le lugubre corbeau battant l'air d'une aile creuse, l'ours à gueule chauve traînant la patte sous la lune, le loup se glissant comme une ombre grise à l'heure du crépuscule. Leclère saisissait clairement et distinctement les intentions de Bâtard. Il savait pourquoi le chien ne se sauvait pas et, pour cette raison, il jetait plus souvent un coup d'œil par-dessus son épaule.

Bâtard n'était pas beau à voir lorsqu'il se mettait en colère. Plus d'une fois il avait bondi à la gorge de Leclère, mais aussitôt l'homme l'envoyait rouler dans la neige, prenait son fouet et laissait l'animal à demi mort. Patient, Bâtard attendait son heure. Lorsque, encore dans sa prime jeunesse, il eut atteint sa pleine croissance, il jugea le moment venu de se venger. Large de poitrine, les muscles puissants, la taille bien au-dessus de la moyenne, son poil hérissé de la tête aux épaules, il avait tout à fait l'allure d'un loup.

Leclère dormait paisiblement dans son sac de couchage en fourrure, lorsque Bâtard, jugeant l'instant propice, se faufila vers lui avec une souplesse féline, la tête rasant le sol et son oreille intacte rejetée en arrière. Bâtard retenait son souffle et il ne releva la tête qu'une fois arrivé tout près de son maître. Là, il s'arrêta et considéra le cou de taureau nu et bronzé, aux muscles noueux, s'enflant régulièrement au rythme de la respiration. La bave dégouttait de la gueule du chien au souvenir de son oreille déchirée, des innombrables coups reçus et des injustices flagrantes dont il avait été victime. Alors, sans bruit, Bâtard se jeta sur le dormeur.

Leclère s'éveilla au contact des crocs sur sa gorge et, pareil en cela aux animaux, il retrouva aussitôt ses idées nettes et la pleine possession de ses moyens. Des deux mains, il serra la trachée-artère du chien, puis il sortit de ses fourrures pour recouvrer la liberté de ses jambes. Mais les milliers d'ancêtres de Bâtard qui s'étaient accrochés à la gorge d'élans et de caribous pour les terrasser, lui avaient transmis leur expérience. Lorsque Leclère voulut l'écraser de tout son poids, il remonta ses pattes de derrière et griffa la poitrine et l'abdomen de l'homme, lui déchirant la peau et les muscles. Et quand il sentit au-dessus de lui le corps de l'homme se redresser et frémir de souffrance, il resserra ses crocs sur la gorge et la secoua. Ses compagnons d'attelage firent cercle autour de lui et se mirent à grogner. Bâtard, perdant le souffle et à demi épuisé par la lutte, devinait leurs mâchoires prêtes à le dévorer. Mais qu'importait? C'était la vie de cet homme, au-dessus de lui, qu'il voulait. Il ne cesserait de déchirer, de griffer, de secouer et de mordre tant qu'il lui resterait un brin de force. Leclère l'étouffa de ses deux mains et Bâtard, respirant à peine, dut détendre ses mâchoires pour laisser pénétrer l'air dans ses poumons. Les yeux fixes et vitreux, il lâcha la gorge de son maître et tira une langue noire et enflée.

— Espèce de démon! lança Leclère, la bouche et la gorge pleines de sang et il repoussa au loin l'animal étourdi.

Puis, voyant les autres chiens s'élancer sur Bâtard, il les chassa. Les bêtes reculèrent, reformèrent dans la neige un cercle plus large et se pourléchèrent les babines, le poil du cou hérissé.

Bâtard reprit vite connaissance et au son de la voix de Leclère, il se releva, flageolant sur ses pattes.

— Sacrée sale bête! Tu vas me payer ça!

L'air vif rentra, tel un vin généreux, dans les poumons de Bâtard et ranima ses forces. Il s'élança au visage de Leclère, mais ses mâchoires claquèrent dans le vide avec un bruit métallique. L'homme et le chien roulèrent dans la neige. Fou de rage, Leclère lui assena une grêle de coups de poing. Puis ils se séparèrent, se retrouvèrent face à face et se poursuivirent en décrivant des cercles. Leclère aurait pu prendre son couteau ou ramasser son fusil à terre, mais la brute en lui était déchaînée. Il préférait venir à bout du chien à l'aide de ses mains... et de ses dents. De nouveau, Bâtard se rua sur lui, mais Leclère le renversa d'un coup de poing, l'assaillit et plongea ses dents jusqu'à l'os dans l'épaule du chien.

Ce spectacle rappelait les temps primitifs du monde. Dans une clairière, au milieu de la sombre forêt, chiens-loups groupés en rond, regardaient deux bêtes luttant dans un corps à corps, qui claquaient des mâchoires, grognaient, haletaient, folles de rage et de fureur meurtrière, se déchirant et se griffant avec une brutalité digne des premiers âges.

Leclère abattit son poing derrière l'oreille de Bâtard et l'étourdit. Le chien s'écroula. L'homme sauta à pieds joints sur l'animal et le piétina comme pour l'écraser. Bâtard avait les pattes de derrière brisées avant que son tortionnaire s'arrêtât pour reprendre haleine.

— A-a-ah! A-a-ah! hurlait-il, secouant le poing, incapable de proférer une parole.

Cependant, Bâtard ne s'avouait pas vaincu. Il gisait là, masse confuse, sa lippe légèrement retroussée se tordant dans un rictus, prêt à pousser un grognement que sa gorge demeurait impuissante à émettre. Leclère lui donna des coups de pied, mais les mâchoires lasses de la bête se refermèrent sur sa cheville sans pouvoir même érafler la peau.

A ce moment, Leclère saisit son fouet et en cingla le chien en criant à chaque coup :

— Cette fois, je te dompterai! Bon Dieu! Je te briserai!

Enfin, épuisé par la perte de son sang, l'homme tomba à côté de sa victime, et, dans un ultime effort de volonté, se hissa sur le corps de Bâtard pour le protéger des crocs des chiens-loups qui se rapprochaient, avides de vengeance.

Cette scène se produisit non loin de Sunrise et le missionnaire, ouvrant sa porte à Leclère quelques heures plus tard, s'étonna de l'absence de Bâtard dans l'attelage. Sa surprise ne fut pas moins grande lorsque le prospecteur rejeta les fourrures qui recouvraient le traîneau, prit Bâtard dans ses bras et, d'un pas chancelant, franchit le seuil de la cabane.

Le chirurgien de MacQuestion, qui se trouvait là par hasard, en train de bavarder avec le pasteur, se mit en devoir de panser les blessures de Leclère.

— Non, merci, lui dit celui-ci. Occupez-vous d'abord du chien. Il ne va pas mourir? Oh! non! Il faut d'abord que je vienne à bout de lui. Je ne veux pas qu'il crève avant.

Le chirurgien considéra la rapide guérison de Leclère comme un prodige et le missionnaire y vit un miracle du Ciel, mais le blessé demeura si faible qu'au printemps, repris par la fièvre, il dut s'aliter de nouveau. Bâtard traversait une crise encore plus grave, mais sa forte vitalité l'emporta, les os de ses pattes de derrière se ressoudèrent et ses organes se rétablirent durant les quelques semaines qu'il passa immobilisé sur le plancher à l'aide de courroies. Quand Leclère, enfin convalescent, vint, pâle et tremblant, s'asseoir devant la porte pour se chauffer au soleil, Bâtard avait déjà réaffirmé sa domination sur les autres chiens, non seulement sur ses camarades d'attelage mais également sur ceux du missionnaire.

Pas un muscle ni un poil de son corps ne remuèrent lorsque, pour la première fois, il vit son maître, soutenu par le pasteur, avancer à pas lents et s'installer avec mille précautions sur le tabouret à trois pieds.

— Ah! Quel beau soleil! s'exlama-t-il, allongeant ses mains amaigries et les baignant à la chaleur.

Puis son regard tomba sur le chien et l'ancienne lueur fulgura dans ses yeux. Il toucha légèrement le bras du missionnaire.

— Mon père, dit-il, ce Bâtard est un vrai démon. Apportez-moi mon revolver, que je puisse jouir en paix du soleil.

Et pendant de longues journées, Leclère vint s'asseoir au soleil devant la cabane, l'œil toujours ouvert et le revolver posé sur ses genoux. Dès qu'il apercevait son maître, le chien cherchait l'arme à sa place accoutumée et, aussitôt qu'il l'avait vue, il retroussait sa lippe, montrant ainsi qu'il comprenait. Leclère lui répondait par la même grimace. Un jour, le missionnaire remarqua ce manège.

— Dieu du Ciel! s'écria-t-il. On dirait, ma foi, que cet animal comprend tout!

Leclère ricana doucement.

— Regardez, mon Père, il va écouter ce que je vais lui dire.

Comme en réponse, Bâtard redressa son oreille intacte pour mieux entendre.

— Je dis : « Tue! »

Bâtard fit rouler un grognement au fond de sa gorge, son poil se hérissa le long de son cou et, dans l'expectative, tous ses muscles se tendirent.

— Je lève mon revolver, comme ça.

Accompagnant ses paroles du geste, l'homme mit le chien en joue.

D'un seul bond, Bâtard se sauva et disparut au coin de la cabane.

— Dieu du Ciel! répéta plusieurs fois le pasteur.

Tout fier, Leclère se mit à ricaner.

— Pourquoi ne s'enfuit-il pas? s'enquit le missionnaire.

Le Canadien eut un haussement d'épaules qui pouvait traduire aussi bien sa totale ignorance que son entière compréhension.

— Alors, pourquoi ne le tuez-vous pas?

Nouveau haussement d'épaules.

— Mon Père, dit Leclère après une pause, l'heure n'est pas encore venue. C'est un suppôt de Satan. Un jour, je le briserai en miettes. Patience, il ne perd rien pour attendre.

Un jour vint où Leclère rassembla ses chiens-loups et, en barque, gagna Forty-Mile jusqu'à la rivière Porcupine où il était chargé par la Compagnie d'explorer la région durant une bonne partie de l'année. Ensuite, il remonta à la gaffe la Koyokuk et descendit à la ville abandonnée d'Arctic City. Quelque temps plus tard, il rebroussa chemin et descendit le Yukon en visitant les campements le long des rives.

Au cours de ces interminables mois, Bâtard reçut mainte correction et il endura la torture de la faim, de la soif, du feu et, la pire de toutes, celle de la musique.

Comme tous ses frères de race, Bâtard abhorrait la musique. Elle l'angoissait, lui crispait les nerfs et déchirait toutes les fibres de son être. Il poussait alors le long hurlement du loup, saluant les étoiles par les nuits glacées. C'était plus fort que lui. Cette faiblesse dans sa lutte contre Leclère le couvrait de honte. En effet, Leclère aimait la musique autant que l'alcool. Et quand son âme cherchait à s'exprimer, il recourait à l'une ou l'autre de ces passions, souvent aux deux à la fois. Une fois ivre, son cerveau exalté d'une harmonie nouvelle et le démon réveillé soudain en son âme, il se plaisait à tourmenter le chien et répétait :

— Maintenant, nous allons faire un peu de musique, qu'en dis-tu, Bâtard?

Il ne possédait qu'un vieil harmonica qu'il gardait et soignait précieusement : c'était le meilleur instrument de ce genre qu'il pût trouver à acheter dans le pays et sur ses anches d'argent il improvisait des airs fantastiques jamais entendus auparavant. Alors Bâtard, la gorge muette, les crocs serrés, reculait pouce par pouce jusqu'au coin extrême de la cabane. Tout en jouant de son harmonica, Leclère, un gourdin sous le bras, suivait l'animal pas à pas.

Tout d'abord, Bâtard se ramassait sur lui-même;

puis, comme les sons devenaient de plus en plus proches, il se redressait, l'échine appuyée contre le mur, les pattes de devant battant l'air comme pour éloigner les vagues sonores. Les dents toujours serrées, des contractions musculaires le secouaient tout entier et il se tordait d'angoisse silencieuse. Perdant sa maîtrise sur lui-même, bientôt ses mâchoires s'écartaient et de profondes vibrations sortaient de son gosier, dans un registre trop bas pour être perçues par l'oreille humaine. Puis les narines distendues, les yeux agrandis, le poil hérissé en une rage impuissante, il poussait le hurlement du loup : d'abord un grondement sourd, qui s'enflait, puis éclatait dans une note douloureuse et mourait sur un rytme lugubre... le cri se répétait, à une octave plus haut; le cœur se brisait et la souffrance faiblissait, s'évanouissait pour lentement tomber et mourir.

Ce spectacle était digne de l'enfer. Leclère, avec une science diabolique, devinait les fibres les plus sensibles de l'animal et au moyen de trémolos et de sanglots en mineur, le poussait au comble de l'exaspération. Vingt-quatre heures après ces indicibles tortures, Bâtard demeurait effaré et les nerfs ébranlés, sursautant au moindre bruit, prenant peur de son ombre, mais toujours mauvais et autoritaire avec ses compagnons de trait. Néanmoins, il n'était pas encore maté et se montrait, au contraire, plus sournois et taciturne que jamais; il attendait son heure avec une patience qui commençait à intriguer Leclère. Des heures entières, le chien couché devant le feu, immobile, regardait son maître avec des yeux chargés de haine.

Souvent l'homme se croyait aux prises avec l'essence même de la vie... cet élan irrésistible qui pousse le faucon à fondre du ciel comme un éclair empenné, qui chasse l'oie sauvage à travers la plaine et qui, à l'époque du frai, dirige le saumon dans les rapides du Yukon, sur trois mille kilomètres. Alors, Leclère sentait le besoin d'exprimer sa propre supériorité stimulé par les boissons fortes, la musique bruyante et Bâtard, il se livrait à des ébauches effrénées, opposait sa force mesquine à l'univers entier et bravait le présent, le passé et l'avenir.

— Il y a quelque chose là-dedans! s'écriait-il quand les divagations rythmées de son esprit touchaient les cordes sensibles de Bâtard et provoquaient le long et lugubre hurlement.

— Je le fais sortir... comme ça! Ah! Ah! Que c'est drôle! Très drôle! Le prêtre chante, les femmes prient, les hommes jurent, le petit oiseau fait *cui cui*, Bâtard fait *ouaou! ouaou!*... et tout ça se ressemble! Ah! Ah!

Le Père Gautier, un digne ecclésiastique, lui adressa un jour des reproches sur son impiété. Mais il ne renouvela pas son sermon.

— Vous dites que je serai damné? Peut-être, mon Père. Alors tant pis! Je craquerai dans les flammes de l'enfer comme le sapin dans le feu de campement, hein, mon Père?

Mais tout a une fin, les bonnes comme les mauvaises choses... et Leclère le Maudit n'échappa point à la règle. Sur les eaux basses de l'été, dans un bateau manœuvré à la perche, il quitta MacDougall en direction de Sunrise. En partant de MacDougall, il était accompagné d'un certain Timothy Brown, mais il arriva seul à Sunrise. Plus tard, on apprit que les deux hommes s'étaient pris de querelle au moment de se mettre en route, car la *Lizzie,* un vieux vapeur à roue de dix tonnes, parti vingt-quatre heures après Leclère, arriva à Sunrise trois jours avant lui. Quand le Maudit débarqua, il avait dans le muscle de l'épaule un trou laissé par une balle.

Une mine d'or avait été découverte à Sunrise, où la vie s'était transformée du tout au tout. Après l'apparition de plusieurs centaines de prospecteurs, d'un vendeur de whisky et d'une demi-douzaine de joueurs professionnels, le missionnaire vit s'effondrer en un clin d'œil le résultat de ses longues années de labeur parmi les Indiens. Lorsque les squaws ne s'occupèrent plus que de faire cuire les haricots et d'entrenir le feu pour ces mineurs sans femmes, et que leurs hommes troquèrent leurs chaudes fourrures contre des bouteilles noirâtres et des pendules détraquées, le brave pasteur se mit au lit, prononça à plusieurs reprises : « Dieu aie pitié de mon âme », et partit pour le grand voyage dans une longue boîte grossièrement équarrie. Là-dessus, les joueurs transportèrent leurs tables de roulette et de pharaon dans la cabane de la mission et le cliquetis des jetons et des verres y résonna de l'aurore au crépuscule et du crépuscule au lever du soleil.

Or, Timothy Brown était très estimé parmi tous ces aventuriers du Nord. On ne lui reprochait que son caractère prompt et son poing trop leste... peccadilles qu'on lui pardonnait volontiers en considération de son bon cœur et de sa générosité. Au contraire, rien ne militait en faveur de Leclère le Maudit, et on se souvenait de plus d'une félonie de sa part. Aussi était-il détesté autant que l'autre était aimé. Lui ayant recouvert sa blessure d'un pansement antiseptique, les hommes de Sunrise le traînèrent devant le juge Lynch.

L'affaire paraissait des plus simples. Il s'était querellé à MacDougall avec Timothy Brown, et, en compagnie de celui-ci, avait quitté MacDougall. Il était arrivé à Sunrise sans Timothy Brown. Etant donné ses mauvais antécédents, tous conclurent à l'unanimité que Leclère avait tué Timothy Brown. D'autre part, l'accusé reconnaissait l'exactitude d'une partie de ces faits, mais racontait la fin de l'histoire à sa façon. A trente kilomètres de Sunrise, lui et son compagnon manœuvraient leur bateau le long de la rive rocheuse, d'où étaient partis soudain deux coups de feu. Timothy Brown avait vacillé par-dessus bord, sa blessure avait rougi l'eau et il avait coulé à pic. Quant à lui, Leclère, il s'était écroulé au fond de l'embarcation avec un douleur cuisante à l'épaule. Il était demeuré là, immobile, observant le rivage. Au bout d'un certain temps, deux Indiens avaient montré leurs têtes, étaient descendus au bord de l'eau, portant avec eux une pirogue en écorce de bouleau. A l'instant où ils la mettaient à l'eau, Leclère tira. Il en toucha un qui piqua une tête dans l'eau comme Timothy Brown.

L'autre se cacha au fond de la pirogue et alors, la pirogue et le petit bateau furent entraînés à la dérive. Un double courant les sépara bientôt, le bateau passa à droite d'une île et la pirogue à gauche. Leclère ne revit plus la pirogue et arriva seul à Sunrise. D'après le saut de l'Indien tombé de la pirogue, il était certain de l'avoir atteint. Voilà tout.

Cette explication parut inexacte. On accorda à l'accusé dix heures de répit tandis que la *Lizzie* redescendrait le fleuve pour procéder à une enquête. Dix heures plus tard, le bateau asthmatique revenait à Sunrise sans apporter le témoignage confirmant la déposition de Leclère. Les juges l'invitèrent alors à rédiger son testament, car il possédait à Sunrise une concession minière de cinquante mille dollars et les gens de cette contrée non seulement fabriquaient les lois, mais les respectaient religieusement.

Leclère haussa les épaules.

— Je vous demanderai toutefois une faveur, une toute petite faveur. Je donne mes cinquante mille dollars à l'Eglise et mon chien husky, Bâtard, au diable. Quant à la petite faveur, la voici : vous pendrez mon chien d'abord, et moi ensuite. Ça va?

Tout le monde fut d'accord pour que le Suppôt de Satan frayât la piste devant son maître pour le dernier voyage et les membres du tribunal se rendirent sur la rive à l'endroit où se dressait un haut sapin isolé. Charley-le-Lambin fit un nœud coulant au bout d'un filin, passa la boucle sur la tête de Leclère et la serra autour de son cou. On lui lia les mains au dos et on le fit monter sur une caisse à biscuits. L'autre extrémité de la corde fut lancée sur une grosse branche, puis tendue et amarrée solidement. Il ne restait donc plus qu'à enlever la caisse d'un coup de pied pour voir Leclère se balancer dans le vide.

— Maintenant, au tour du chien! dit Webster Shaw, naguère ingénieur des mines. Attache-le avec une corde, Charley!

Leclère ricana. Le Lambin fourra une chique dans

sa bouche, fit un nœud coulant et tranquillement enroula l'extrémité dans sa main. A plusieurs reprises, il s'arrêta pour chasser les moustiques importuns. Tous en faisaient autant, à l'exception de Leclère dont le visage disparaissait à demi derrière un léger nuage de ces malfaisantes bestioles. Bâtard lui-même, allongé sur le sol, se frottait les yeux et la gueule à l'aide de ses pattes de devant, pour s'en débarrasser.

Le Lambin attendait que Bâtard levât la tête. Soudain un faible appel leur parvint et ils virent un homme qui agitait les bras en courant vers eux. C'était le gérant du poste de Sunrise.

— Arrêtez, les gars! dit-il, tout essoufflé en arrivant près d'eux. Le petit Sandu et Bernadotte viennent de rentrer par le raccourci, ramenant le Castor avec eux. Ils l'ont trouvé avec deux balles dans la peau, au fond de sa pirogue empêtrée dans un bras du fleuve. L'autre indien était Klok Kutz, celui qui bat sa femme comme plâtre.

— Hein? je vous l'avais bien dit! s'écria Leclère, triomphant. C'est lui que j'ai touché. Vous voyez! Je n'avais pas menti!

— Il est temps d'apprendre à vivre à ces sacrés Siwashes! dit Webster Shaw. Ils prennent de plus en plus d'audace et il faut leur rabattre le caquet. Rassemblez tous les Indiens et qu'on pende le Castor à titre d'exemple. Voilà mon avis. Allons voir ce qu'il a à dire pour sa défense.

— Dites, M'sieu! appela Leclère comme la foule s'éloignait vers Sunrise dans le crépuscule. Moi aussi je voudrais voir le spectacle!

— Oh! On te relâchera à notre retour! hurla Webster Shaw par-dessus son épaule. En attendant, médite sur tes péchés et les bontés de la Providence. Cela te fera du bien et tu pourras remercier le Ciel.

En homme accoutumé aux vicissitudes, dont les nerfs sont solides et résistants, Leclère se résigna à attendre. Impossible pour lui de faire un geste, car la corde raidie le contraignait à se tenir debout et la moindre détente des muscles de la jambe resserrait autour de son cou le nœud coulant; en outre, la station verticale rendait plus douloureuse la blessure de son épaule. Il avançait la lèvre inférieure et soufflait vers le haut pour chasser les moustiques de ses yeux. Mais cette situation avait son bon côté. Echapper aux griffes de la mort valait bien un peu de douleur physique; toutefois, il regrettait de ne pouvoir assister à la pendaison du Castor.

Tandis que Leclère méditait ainsi, ses yeux tombèrent par hasard sur son chien allongé à terre, la tête entre ses pattes. Leclère observa attentivement l'animal et voulut se rendre compte s'il sommeillait réellement. Les flancs de Bâtard se soulevaient avec régularité, mais sa respiration un peu trop rapide et chaque poil de sa fourrure qu'on devinait en alerte prouvaient suffisamment que le chien ne dormait que d'un œil.

Le prospecteur eût volontiers donné sa concession de Sunrise pour être certain que le chien n'était pas éveillé, et, à un certain moment, une de ses jointures ayant craqué, il jeta un vif coup d'œil vers Bâtard pour voir s'il se lèverait. Il ne bougea pas à cet instant, mais quelques minutes après il se remit lentement sur ses pattes et, paresseusement, se détendit les membres en regardant tout autour de lui.

— *Sacredam!* jura Leclère entre ses dents.

S'étant assuré que personne n'était en vue où à portée de voix, Bâtard s'assit sur son train de derrière, retroussa sa lippe supérieure en esquissant un semblant de sourire, leva les yeux vers Leclère et se pourlécha les babines.

— A présent, je suis fichu! soupira l'homme, puis il éclata d'un rire sardonique.

Bâtard s'approcha, son oreille inutile pendante et la bonne dressée en avant comme s'il comprenait la situation. Il inclina la tête d'un air moqueur et avança à pas menus et folâtres. Doucement, il se frotta contre la caisse et l'ébranla à plusieurs reprises. Leclère suivit le mouvement pour maintenir son équilibre.

— Attention, Bâtard! lui dit-il avec calme. Je vais te tuer.

Bâtard grogna en entendant cette menace et remua la caisse encore plus fort. Puis, dressé sur ses pattes de derrière, il appuya de tout son poids contre la caisse. Leclère lui donna un coup de pied, mais la corde lui serra davantage le cou et arrêta son élan de façon si brusque qu'il faillit renverser son support.

— Va-t'en! Va-t'en! Sale bête! hurla-t-il.

Bâtard recula de cinq ou six mètres, et, à son allure haineuse, Leclère devina ses intentions. Il se souvint d'avoir souvent vu son chien briser la couche de glace sur les trous d'eau en s'y jetant de tout son poids, et comprit ce qui allait se passer. Bâtard s'arrêta et se tourna vers son maître, découvrant ses crocs en un rictus auquel Leclère répondit par une grimace. Brusquement, Bâtard se rua en avant et, de toutes ses forces, fonça sur la caisse.

Un quart d'heure plus tard, Charley-le-Lambin et Webster Shaw, revenant de Sunrise, aperçurent une forme spectrale se balançant comme un pendule dans la lumière crépusculaire. Comme ils se rapprochaient en hâte, ils reconnurent le corps inerte de Leclère. Un être vivant s'y raccrochait, le secouait, le mordait et lui imprimait ce mouvement oscillatoire.

— Vas-tu le lâcher, suppôt de Satan! cria Webster Shaw.

Bâtard le regarda d'un œil furieux, grogna des menaces, sans ouvrir sa gueule.

Alors, Charley-le-Lambin prit son revolver, mais sa main tremblait, maladroite.

Webster fit entendre un rire saccadé, visa entre les deux yeux fulgurants de l'animal, et pressa la détente. Le corps de Bâtard se tordit sous le coup de feu, ses pattes grattèrent spasmodiquement le sol pendant un instant, ses muscles se détendirent, mais ses crocs ne se desserrèrent point.

The devil dog
Traduction de Louis Postif.

Faut être juste

par

JANE SPEED

Quand elle déposa devant moi un bol de bouillie d'avoine, je compris tout de suite que Maman était préoccupée par autre chose que le petit déjeuner. Je veux dire par là que c'était *mercredi,* jour où d'ordinaire elle laisse tomber son habituel refrain de « Voilà qui fait du bien quand une rude journée vous attend! » et me demande ce que je veux manger.

J'hésitais à lui en faire la remarque lorsque Papa survint et s'assit à table. Je décidai alors de ne rien dire et de me borner à mettre une bonne couche de confiture de fraises sur ma bouillie. Peut-être que si je continuais de me taire, Maman oublierait plus ou moins ma présence et parlerait à Papa de ce qui la tracassait. Bien sûr, il ne s'agissait peut-être que de factures. Vous n'avez pas idée comme les parents peuvent se tourmenter à ce sujet!

Papa but d'un trait son jus d'orange, comme il le fait toujours, et prit le journal. Mais rien qu'à la façon dont Maman tournait la cuiller dans son café, j'aurais parié qu'elle ne le laisserait pas longtemps à sa lecture.

Moins d'une demi-minute plus tard, j'avais gagné.

— Harry...,

Il se contenta de faire « Mmmm? » sans abaisser son journal, tout en sachant très bien que c'était peine perdue.

— La mère de Herbert Wellman est morte la semaine dernière.

— Ah oui? fit Papa en repliant son journal et le posant près de lui sur la table.

Je fus quelques secondes avant de réaliser qui était Herbert Wellman, ce qui peut paraître curieux vu que les Wellman habitent juste à côté de chez nous. Mais il m'arrive d'oublier leur nom parce que Jeddie Brubaker appelle toujours Mme Wellman « La dame aux chats ». Faut dire qu'elle aime drôlement les chats. Elle en a deux mais, de plus, chaque soir, elle dépose dehors du lait et des déchets pour ceux qui errent dans le voisinage. Je le sais parce que ma chambre est au-dessus de notre cuisine et que, par ma fenêtre, je la regarde des fois disposer tout ça au bas des marches très raides qui donnent accès au petit porche derrière leur maison.

Il y a des nuits où je les entends crier et se battre — les chats, pas les Wellman — même qu'un jour Papa voulait aller se plaindre, mais Maman l'en a empêché. Elle lui a dit que la pauvre Isobel Wellman n'avait que ses chats, étant sans enfant et sans guère de mari, vu que M. Wellman n'est presque jamais là.

Le soir, il rentre tard — quelquefois même après que je suis couchée — et pendant les week-ends il va toujours chez sa mère, dans une petite ville appelée Penn Oaks, à quatre-vingts kilomètres d'ici. Mais à présent qu'elle est morte, je suppose qu'il n'ira plus là-bas.

— C'est pas trop tôt... commença Papa, mais à la façon dont il s'interrompit brusquement je devinai sans même avoir besoin de regarder Maman que, d'un hochement de tête dans ma direction, elle avait dû lui rappeler que j'étais là.

— Amy, ma chérie, me dit-elle alors de ce ton faussement enjoué qu'elle prend toujours quand elle veut m'inciter à faire quelque chose qui ne me tente pas beaucoup, vois comme il fait beau ce matin! Pourquoi ne vas-tu pas jouer dehors?

Juste au moment où ça commençait à devenir inté-

184

ressant. Bien ma chance! Maman ne semblait même pas s'apercevoir que je n'avais pas vidé mon bol — franchement, la confiture de fraises sur la bouillie d'avoine, c'était pas une fameuse idée — mais je me levai et sortis par la porte de derrière.

Je fis le plus possible de bruit en descendant les marches du porche puis, sur la pointe des pieds j'allai me placer sous la fenêtre qui était entrouverte. Je n'avais pour ainsi dire rien perdu de la conversation.

— ... ce que ça va être pour Isobel maintenant qu'il sera là pendant les week-ends.

Et Papa de répondre :

— Mais n'était-ce pas ce que tu souhaitais depuis tant d'années? Tu lui reprochais de passer tout son temps libre chez sa mère, en laissant la pauvre Isobel seule avec ses chats? Oh! je sais, je sais! ajouta vivement Papa comme si Maman faisait mine de l'interrompre. Ça ne devait pas être folichon pour elle. Mais Herb aussi avait ses problèmes. C'est qu'elle n'était pas commode, sa mère! Elle ne voulait pas quitter son pavillon mais refusait d'avoir quelqu'un à demeure pour s'occuper d'elle. Enfin, maintenant qu'elle n'est plus là, peut-être que Herb et Isobel vont arriver à mener une vie normale.

— Je souhaite de tout cœur que ça ne soit pas trop tard! lança Maman d'un drôle de ton.

— Que diable veux-tu dire?

— Voyons, Harry! Ça fait *quinze* ans qu'ils vivent ainsi. Les gens... ce n'est pas comme une lampe qu'on allume ou qu'on éteint en tournant simplement un bouton!

Durant un moment, ils restèrent silencieux, puis Maman parla de nouveau, mais d'une voix changée, plus calme :

— Ne te rappelles-tu pas la femme qu'était Isobel Wellman quand ils ont emménagé ici? Comme elle était jolie?

En entendant ça, je n'en crus pas mes oreilles. Si vous *voyiez* Mme Wellman! Rien que ses ongles, tenez...

Si je les laissais devenir aussi noirs, qu'est-ce que Maman me passerait! C'est parce que, en plus des chats, elle adore jardiner. Et elle ne met jamais des gants de jardin parce que, dit-elle : « J'aime le contact de la terre. »

Cette année, elle a tout un tas de pois de senteur et elle en est folle. D'un rose un peu mauve, faut dire que c'est drôlement joli... Les pois de senteur, oui, mais pas Mme Wellman. C'est pas qu'elle soit désagréable à parler et tout, mais *jolie,* ça non. Elle a un visage creusé, avec un nez pareil à un bec, et des cheveux qui vont dans tous les sens, comme si elle ne se peignait jamais.

Jeddie Brubaker disait que Mme Wellman était une sorcière. Et, ma foi, je le croyais presque... Mais j'étais beaucoup plus jeune alors. C'était quand Mme Wellman n'arrêtait pas de cuisiner, pâtisser, et sans doute plus qu'elle n'avait besoin, car elle était toujours à nous donner des choses, à nous les gosses. J'ai été longtemps avant d'accepter quoi que ce soit d'elle, parce que j'avais peur d'être victime d'un enchantement ou quelque chose comme ça.

Puis, un jour, Jeddie m'a dit : « Je parie que t'acceptes pas un de ses gâteaux pour le manger devant elle! » Alors, j'ai pas voulu me dégonfler et j'ai mangé le gâteau. Il était bon... Pas aussi bon que ceux de Maman, mais enfin j'ai pas été changé en crapaud. Jeddie, faut jamais croire la moitié de ce qu'il raconte!

— Et le mal qu'elle s'est donné pour qu'il se plaise chez lui! continuait Maman. Ces plats qu'elle lui préparait! Et lui, la moitié du temps, il ne rentrait même pas manger. Alors, elle a fini par renoncer... se faisant heureuse comme elle pouvait avec ses chats et son jardin. C'est ça que je voulais dire : je pense que, maintenant, elle est habituée à ce que Herb ne soit pas là.

— Oh! Madge... (J'entendis Papa reculer sa chaise.) Je crois vraiment que tu te tracasses pour rien. Tu verras qu'ils finiront par y mettre chacun du leur et s'arranger une petite vie tranquille.

Maman exhala un grand soupir :

— Je souhaite que tu aies raison.

Puis elle se leva et se mit à débarrasser la table; alors, je m'empressai de filer au plus vite du côté de ma balançoire, au cas où Papa viendrait voir ce que je faisais.

Au bout d'un moment, ils sortirent tous deux de la maison. Papa me dit qu'il allait conduire Maman en voiture jusqu'au supermarché et me demanda si je voulais venir avec eux. Mais j'avais déjà dépensé mon argent de poche et c'est la barbe d'aller au supermarché si on ne peut rien acheter; alors je décidai de rester. Je me balançai bien haut pour leur faire au revoir jusqu'à ce que la voiture ait démarré, puis je laissai la balançoire ralentir de plus en plus. Quand elle s'arrêta, j'y demeurai assise et, tout d'un coup, semblant surgir de nulle part, Marmy sauta sur mes genoux. C'est un des chats de Mme Wellman, et celui que je préfère parce que c'est une chatte. Je croyais que Mme Wellman l'appelait comme ça parce qu'elle avait lu *Les quatre filles du Dr March,* d'autant que Marmy a toujours des petits : on a pas le temps de voir grandir les autres qu'elle a déjà une autre portée de chatons!

Mais Mme Wellman m'a dit que, pour elle, c'était le diminutif de *marmelade* parce que sa chatte était couleur marmelade : jaune orangé avec du marron et du blanc. Elle paie pas de mine, la pauvre Marmy. Elle est petite, et puis elle reste maigre en dépit de tout ce que Mme Wellman lui donne à manger. Mais je l'aime parce qu'elle est très intelligente. Par exemple, elle sent très bien qui est son ami et qui ne l'est pas. En ce moment même où je l'avais sur mes genoux, si mon père avait été à la maison et était sorti par la porte de derrière, Marmy aurait aussitôt filé comme l'éclair. Comprenez-moi : c'est pas que Papa lui ferait du mal, mais elle sent qu'il n'en pince guère pour les chats.

Ah! elle n'est pas comme cet imbécile de Beau. C'est l'autre chat de Mme Wellman, Beau Brummell. Bien qu'il soit le fils de Marmy, il est trois fois plus gros qu'elle. Il est tigré avec juste une tache blanche sur la poitrine... vraiment un très beau chat de gouttière. Mais il n'a pas pour deux sous de jugeote.

C'est un chat à qui rien ne sert de leçon. Tenez, Jeddie Brubaker est toujours à le tourmenter. Il a même été une fois jusqu'à lui attacher une vieille boîte de sardines à la queue. Eh bien, Beau n'en continue pas moins à venir se frotter contre ses jambes. Tandis que Marmy, y a pas de risque qu'elle se laisse approcher par ce garnement!

Marmy me léchait la main avec sa langue râpeuse et ronronnait si fort qu'on aurait dit qu'elle avait un moteur dans le ventre. Tout d'un coup, elle s'est arrêtée, a fait le gros dos et, hop, la voilà qui grimpe au tronc de l'un des arbres auxquels est accrochée ma balançoire, et disparaît entre les branches. Tout d'abord, j'ai pas compris pourquoi elle avait eu peur mais, comme je regardais vers chez les voisins, j'ai vu M. Wellman sous le porche de la cuisine.

De jour, je ne l'avais encore jamais bien vu. Mais la veille au soir, je l'avais encore aperçu de ma fenêtre et j'ai su pourquoi Marmy s'était enfuie comme ça. M. Wellman n'aime pas les chats. La veille donc, il était sorti aussi sous le porche, en pyjama et robe de chambre, pour fumer un cigare. A un moment donné, il a vu ce que Mme Wellman avait mis là pour les chats errants.

Alors, comme s'il était pris d'une violente colère, il a dévalé les marches et jeté les déchets dans la poubelle de dehors, aprs avoir renversé le lait. Puis il est rentré chez lui et je l'ai entendu crier à Mme Wellman de cesser de faire ça, qu'il en avait assez de voir ces gueulards de chats rassemblés dans la cour de derrière.

Et maintenant il était planté là, regardant autour de lui en fronçant les sourcils comme si ce qu'il voyait ne lui plaisait pas. Je me suis dit qu'il devait être encore triste d'avoir perdu sa mère.

Et puis j'ai vu Beau. Il était perché sur la balustrade du porche et se dirigeait vers M. Wellman, avec la lenteur et l'agilité d'un de ces types au cirque qui marchent sur des cordes raides. J'ai tout de suite deviné ce qu'il avait en tête et j'ai failli crier pour l'en empêcher, mais avec un chat aussi stupide, de toute façon, ça n'aurait avancé à rien.

Et le voilà qui saute juste devant M. Wellman, pour se frotter contre ses jambes. M. Wellman a reculé en disant un gros mot. Puis, avant que j'aie pu me rendre compte, il a reculé une jambe qu'il a ensuite lancée de toutes ses forces en avant. Le bout de son soulier a frappé Beau en plein ventre.

Beau a poussé un hurlement terrible et j'ai eu l'impression qu'il se mettait à voler au-dessus des marches du perron. Il est retombé sur ses pattes, oui, mais pas pour longtemps. Il a chancelé, puis il a basculé de côté, et pendant ce temps il ne cessait de miauler d'une façon tellement atroce que je voulais me plaquer les mains sur les oreilles pour ne plus l'entendre. Mais je n'osais bouger de peur d'attirer l'attention de M. Wellman. S'il était capable de faire une chose pareille à Beau et qu'il me voie...

Brusquement, Beau cessa de hurler. Une sorte de grand frisson lui secoua le corps, puis il ne bougea plus. M. Wellman descendit deux ou trois marches et à ce moment-là, je vis Mme Wellman sortir de la cuisine sous le porche. Avant qu'elle ait dit quoi que ce soit, son mari se tourna vers elle : « Isobel, je suis désolé... Mais ce satané chat s'est mis dans mes jambes comme j'allais descendre les marches... J'ai trébuché sur lui et c'est vraiment miracle que nous ne soyons pas tombés en bas tous les deux! »

Ça, ne c'était *pas vrai*! M. Wellman était sous le porche, je l'avais vu. Il ne s'apprêtait pas à descendre les marches. J'ignore si Mme Wellman l'a cru ou non. Elle n'a pas dit un mot. Elle est passée devant son mari, a descendu le perron, s'est agenouillée près de Beau, et elle est restée une minute ou deux à le caresser. Je crois bien qu'elle pleurait, mais en silence.

Après, elle s'est relevée et elle est allée sous les

marches. Je l'ai vue revenir avec une bêche et prendre le gros chat dans ses bras avec beaucoup de douceur, comme si c'était un bébé.

Alors, pour je ne sais quelle raison, M. Wellman s'est mis en colère. Il a descendu les marches en lui criant : « Oh! pour l'amour du ciel, cesse d'en faire une tragédie! » Il lui a arraché des mains Beau et la bêche, puis s'est dirigé vers le fond de la cour.

J'ai eu peur qu'il s'arrête près de l'endroit où j'étais, mais il a continué de marcher. J'ai compris alors où il allait. La cour est grande et il aurait pu y enterrer Beau n'importe où, mais il a choisi de le faire au beau milieu des pois de senteur de Mme Wellman. A grands coups de bêche, il les a comme fauchés, puis il a creusé rapidement un trou. Quand celui-ci a été assez profond, il y a jeté Beau, comme si c'était un sac d'ordures, puis il l'a recouvert avec la terre et les pois de senteur qui avaient été arrachés.

Pendant tout ce temps, Mme Wellman était demeurée immobile, à le regarder, sans dire un mot. A un moment, je l'ai juste vue frotter ses mains sur les côtés de sa jupe, comme si les jambes lui faisaient mal.

M. Wellman est revenu sans même la regarder. Il a jeté la bêche sous le perron, puis remonté les marches et il est rentré dans la maison en faisant claquer la porte derrière lui. Au bout de quelques minutes, Mme Wellman est retournée aussi dans la maison.

Dès qu'ils n'ont plus été là, j'ai sauté de la balançoire et couru chez nous aussi vite que je le pouvais. La maison m'a paru drôlement vide... Je me suis demandé pourquoi mes parents mettaient si longtemps à revenir... J'ai pensé qu'ils avaient peut-être eu un accident, qu'ils étaient morts, et que, jusqu'à la fin de mes jours, j'allais être obligée de vivre toute seule à côté de chez M. Wellman.

Je crois que je n'ai jamais été aussi contente d'entendre la voiture qui revenait. Lorsque mes parents sont entrés dans la cuisine, Papa m'a demandé, comme il le fait toujours :

— Rien de sensationnel en notre absence?

C'est une sorte de jeu et, en réponse, j'imagine tout un tas de trucs... des trucs qu'il sait bien que ça n'est pas vrai.

Mais aujourd'hui que quelque chose était vraiment arrivé, je ne trouvai rien à dire. Papa m'a regardé d'un drôle d'air puis, voyant que je continuais de me taire, il a haussé les épaules et est allé aider Maman à ranger leurs achats. Il a dû penser que ce jeu ne m'amusait plus.

De toute la journée, je ne suis pas ressortie de la maison. Pour tout dire j'avais peur, si je mettais le nez dehors, de rencontrer M. Wellman; je sentais qu'il lui suffirait de me jeter un coup d'œil pour comprendre que je savais ce qu'il avait fait à Beau et qu'il avait menti à sa femme.

Après un moment, Maman a remarqué que je restais dans mon coin et elle a craint que je ne couve quelque chose. Elle m'a touché le front, tenu un moment le poignet, et puis, quand nous avons eu dîné, elle m'a dit que je ferais mieux de monter me coucher tout de suite, pour avoir une bonne nuit de repos. Voyant que je ne cherchais même pas à discuter, Papa s'est exclamé que j'avais *sûrement* quelque chose!

Maman m'a embrassée et m'a dit que je pouvais lire un moment dans mon lit si j'en avais envie. Alors, j'ai fini le livre que j'avais pris à la bibliothèque paroissiale. Mais ensuite, même après avoir éteint, je n'avais pas sommeil.

Sortant de mon lit, je suis allée jusqu'à la fenêtre pour voir ce qui se passait chez les voisins. La cuisine des Wellman était éclairée, mais tout semblait calme. Puis comme je regardais du côté du perron, j'ai vu un grand bol de lait et une assiette avec des déchets. Mme Wellman devait avoir oublié ce que son mari lui avait dit la veille au soir. Oh! là là, si jamais il voyait ça, quel raffut il allait pas faire!

J'espérais de tout cœur qu'il monterait se coucher sans sortir sous le porche, quand j'ai vu une bouffée de fumée passer à travers la porte de treillis, avant qu'elle s'ouvre devant M. Wellman. Il est resté planté là, à fumer, comme la veille au soir. Puis il a dû regarder en bas du perron et voir la nourriture destinée aux chats, car je l'ai entendu jurer méchamment en se dirigeant vers les marches. Mais il n'avait pas même descendu la première, qu'il a paru plonger en avant.

Il n'a pas volé comme Beau, parce qu'il était trop grand et trop lourd. Il est allé atterrir directement en bas, et sa tête a culbuté le bol de lait. J'ai attendu pour voir s'il se relevait et, comme il ne bougeait pas, j'ai pensé que je ferais mieux d'aller prévenir mes parents, car il avait dû se faire très mal. Son cou était tordu de côté, comme celui de ma poupée quand l'élastique s'était cassé.

Mais je n'ai pas bougé car, juste à ce moment-là, Mme Wellman est apparue sous le porche. Elle avait dû l'entendre crier. Elle est restée immobile à le regarder pendant peut-être une minute, puis elle a fait une drôle de chose. Elle s'est baissée près de la balustrade, d'un côté des marches, et a détaché quelque chose, une ficelle, je pense. Elle l'a enroulé soigneusement autour de ses doigts, comme pour la garder, tout en traversant le haut des marches pour aller détacher l'autre bout. Après quoi, elle s'est redressée et elle a fourré la ficelle dans la poche de son tablier.

J'ai pensé qu'elle allait enfin descendre s'occuper de M. Wellman mais, au lieu de ça, elle est rentrée dans la maison.

Presque aussitôt, j'ai entendu la sonnerie de notre téléphone. Puis mon père qui sortait par la porte de derrière. Il est allé en courant chez nos voisins et s'est agenouillé près de M. Wellman. Mme Wellman est alors sortie sous le porche, Papa lui a parlé pendant quelques instants, puis il est entré avec elle dans la maison.

Peu après une voiture de police est arrivée, puis une ambulance. Des hommes se sont mis à tripoter

M. Wellman en discutant. Finalement, ils l'ont étendu sur une civière et recouvert complètement avant de l'emporter.

Moi, dans mon lit, je suis restée un très long moment à me demander si je devais dire à Papa ce que j'avais vu. Je sais que M. Wellman n'est pas tombé accidentellement en bas des marches. Mais ce qui est arrivé à Beau, c'était pas non plus un accident. Alors, si je dis rien pour M. Wellman, pourquoi j'irais raconter ce qu'a fait Mme Wellman? Faut être juste.

Fair's fair
Traduit par Maurice Bernard Endrèbe

La biche aux abois

par

PAT STADLEY

En cet été 1948, je savais que Ward examinait la maison chaque fois que nous passions à moto dans le petit canyon, par-derrière. Elle figurait sur notre liste : grande, d'aspect cossu, pas de domestiques, et des buissons tout autour de la clôture.

Il y avait une petite côte qui grimpait jusqu'à la barrière et, ce jour-là, Ward ayant fait pétarader son moteur, je vis la femme se redresser sur le matelas près de la piscine, et nous regarder.

Elle valait vraiment le coup d'œil. Juste ce qu'il fallait, aux bons endroits, et un costume de bain qui ne s'opposait guère à son bronzage. J'étais tellement occupé à la reluquer que je faillis rentrer dans Ward, lequel avait arrêté son moteur et la contemplait en bombant le torse, faisant jouer ses muscles sous son T-shirt.

Ward est fier de sa musculature et il nous ordonne toujours de prendre de l'exercice; d'habitude, nous faisons ce qu'il dit parce qu'il n'y a personne à ma connaissance qui contredise Ward. Ni dans notre bande (les Cavaliers Fantômes) ni dans les bandes rivales les Faucons de Nuit.

J'ai donné ce nom à notre bande, parce que nous roulons la nuit, sans lumière, en choisissant les routes principales et nous faufilant parmi les bagnoles. Vous devriez voir les yeux des mirontons quand nous circulons en vrombissant au milieu du trafic. Et à supposer que les flics nous épinglent... qu'est-ce pour nous qu'une contredanse de cinq dollars?

Voyez-vous, nous avons du pognon. Pour de vrai. Et nous limitons la bande à six malgré tous les gars qui font des avances pour venir avec nous. Mais Ward dit que si on est trop nombreux, il y en aura un qui finira par parler.

Y a pas de meilleure combine que la nôtre. Avec nos motos, nous grimpons dans les canyons aux abords des petites agglomérations, jusqu'au sommet des collines. Là, nous arrêtons les moteurs, nous sortons les jumelles, et nous pouvons surveiller toutes les maisons sur les coteaux.

Ward prend alors notre liste, puis nous nous asseyons pour voir les allées et venues des proprios, le nombre d'habitants des baraques, le genre de chiens. Tout, quoi. Je crois que nous en savons plus sur les gens qui vivent dans les quartiers huppés, sur ce qu'ils font, sur le fric qu'ils possèdent... que les flics eux-mêmes.

Au bout de très peu de temps, nous connaissons, à la seconde près, le moment où M. Du Pognon s'en va à son club, et nous savons où se trouvent les voitures des patrouilles. Alors quand on a tout repéré, on choisit une villa puis on va la visiter un soir, et on se remplit les sacoches.

On cache le magot, après quoi on remonte sur nos motos, on redescend la colline, et on file jusqu'à la ville voisine. Et si quelqu'un nous pose des questions... eh bien, nous nous baladons.

Ça vaut mieux qu'attaquer des pompistes nerveux pour gagner deux ronds, ou des bistrots chatouilleux de la gâchette sans même savoir si ça nous rapportera quelque chose.

Donc, vous voyez pourquoi Ward s'était arrêté. La bicoque figurait sur notre liste, mais nous ne l'avions pas encore examinée de près, et nous n'avions pas repéré la fille. Nous nous arrêtâmes tous pour la contempler : elle finit par nous tourner le dos et s'allongea de nouveau. J'entendis Neil haleter derrière moi, mais c'était Ward que je surveillais. Il n'y a pas beaucoup de femmes qui lui tournent le dos.

Il lança rageusement son moteur et démarra violemment en me projetant de la terre dans la figure. De l'autre côté de la colline, il se calma et nous nous mîmes à rouler tranquillement entre les arbres, dans un petit canyon qui pointait vers le nord. Au fond, il y avait une cascade et une petite fontaine juste assez grande pour faire trempette.

Nous y arrivions presque, lorsque nous aperçûmes la biche. Elle était certainement venue pour s'abreuver, mais le bruit de nos moteurs l'avait fait fuir jusqu'au fond du vallon : à présent elle était prise au piège, coincée entre deux escarpements, et ne pouvait s'échapper qu'en passant entre nous.

Immobile, elle nous regardait, la tête dressée, les oreilles pointées vers nous; sa robe d'or rouge flamboyait au soleil. Bob, excité, le visage congestionné, me jeta un regard puis lança sa moto droit sur elle. Evidemment, il ne la toucha pas. Elle lui échappa d'un bond, mais nous le suivîmes pour former un petit cercle. Quand nous vîmes qu'il l'avait manquée, j'y allai à mon tour.

Embrayant d'un coup sec, je m'élançai et, au moment où elle sauta, je m'écartai d'elle en faisant déraper ma roue arrière : le sable vola en tous sens, et j'étais si près d'elle que je pus lire la frayeur dans ses yeux.

Ward ne nous suivit pas : il nous regarda pourchasser la biche en décrivant des cercles, jusqu'à la rendre à demi folle. A un moment, elle réussit à passer devant Milo et nous eûmes un mal terrible à l'encercler de nouveau, mais Ward s'assit par terre et se contenta de rire comme un fou. Et puis, tout à coup, elle resta immobile au centre du cercle, et je vis le blanc de ses yeux, tandis que sa douce peau beige se mouillait de sueur. Alors Ward nous fit signe de reculer, se leva, et talonna son starter.

Il roula droit sur elle. Elle resta sur place haletante, comme l'attendant; soudain, quand il fut sur elle, elle se dressa sur ses pattes de derrière, et frappa comme

196

l'éclair avec ses sabots antérieurs. Je pensai : « Le visage de Ward est fichu, lui qui en était si fier! »

Mais Ward est tout en muscles, et ses réflexes sont très vifs. Il se baissa juste à temps, les sabots le frappèrent à l'épaule, et il roula sous sa moto. Alors, la biche le franchit d'un grand saut, passa entre Tim et moi, et disparut dans le canyon.

Milo et Bob coururent à Ward, le dégagèrent, et je crus qu'il allait massacrer quelqu'un tellement il était furieux. Personne n'osa rire et, en ce moment, je ne l'aurais pas défié pour tout le butin que nous avions mis à gauche. Son visage, son maillot étaient salis, et le sang coulait de l'estafilade qu'il avait à l'épaule.

Nous ne savions pas ce qui allait se passer, aussi nous restâmes sur nos motos, à le regarder. Subitement il éclata de rire (mais je voyais bien que ses yeux étaient encore furibards) et nous nous mîmes tous à rire avec lui. A force de rire, nous tombâmes de nos motos, et nous flanquâmes de grandes tapes dans le dos, et puis on ouvrit les boîtes de bière qu'on avait apportées, ainsi que la gourde de whisky que j'avais chouravée à mon vieux; tout le monde s'assit pour boire, et ce fut un moment formidable.

Peu après, la nuit tomba. J'allumai ma lanterne; des ombres rougeâtres se découpèrent sur le sol et le whisky se mit à nous chauffer l'estomac. Je vis que Ward devenait très calme et je me dis que peut-être nous allions piquer une nouvelle maison, quoique ça ferait la deuxième de la semaine.

Il monta sur sa machine; nous le suivîmes; en arrivant au sommet de la butte, il prit les jumelles et s'assit pour regarder la villa sur la petite colline. D'ailleurs, même sans jumelles, on pouvait voir les lumières se refléter en clignotant dans la piscine.

Ensuite, il fit jouer son démarreur.

— Suivez-moi, dit-il, on va se payer une baraque.

Nous arrivâmes tranquillement au canyon, et coupâmes les moteurs à environ deux cents mètres. Nous fîmes à pied le reste du chemin. Nous gravîmes en rampant l'escarpement qui surplombait le jardin : ce dernier nous parut très paisible. Il n'y avait que les lampes autour de la piscine; Ward nous fit rester au sol pendant quinze minutes entières, après quoi il rampa jusqu'à la palissade et nous le suivîmes.

Nous franchîmes rapidement la barrière. La moitié d'entre nous se faufilèrent entre les buissons de droite; les trois autres prirent à gauche. Puis nous fûmes au patio et Ward allait y pénétrer, lorsque nous vîmes une femme remuer à l'intérieur. Aussitôt nous nous plaquâmes au sol. Les pieds nus, elle vint dans le patio et se mit à regarder les montagnes par-delà la piscine.

Elle avait une de ces petites chemises de nuit courtes... Ses jambes étaient minces et bronzées; elle leva un bras, l'étendit, et ce fut alors que Ward s'avança sur le ciment.

Elle se figea. Je crois qu'elle cessa même de respirer, puis nous nous manifestâmes, et j'arrivai si près d'elle que je pus respirer son parfum.

Elle me jeta un coup d'œil par-dessus son épaule; je vis ses yeux bruns s'agrandir... et la même idée nous traversa tous en même temps. Brune et frémissante, elle était toute pareille à la biche, et je vis Ward se frotter doucement l'épaule en souriant : jamais je ne lui avais vu cette expression.

Et, juste au moment où il marchait sur elle, elle l'évita et courut vers la piscine. Tim et Neil se précipitèrent de chaque côté, mais elle les esquiva et toucha l'eau dans le plus beau plongeon qu'on ait jamais vu.

J'ignore qui fut le plus surpris... Ward, je pense, même s'il continuait de sourire. Alors nous encerclâmes la piscine, et attendîmes que la fille revienne à la surface.

Elle surgit du côté le plus profond et fit des mouvements pour se maintenir à la surface, sa nuisette flottant autour d'elle. Elle décrivit un petit cercle tout en nous regardant, et je me rendis compte qu'elle était encore plus effrayée que ne l'avait été la biche. J'entendais les autres gars respirer fortement, et j'éprouvais la même chose qu'eux : un froid glacial à l'intérieur, tandis que mon cœur battait si fort qu'il m'empêchait presque d'entendre.

Je regardai Ward. Il était penché au bord, ses doigts traînaient dans l'eau, et il me fit un signe d'acquiescement. Je jetai mon blouson, ôtai mes bottes. Tout en agitant ses mains dans l'eau verte, la fille ne me quittait pas des yeux.

Bon nageur, je plongeai près d'elle, escomptant m'amuser un peu avant de l'empoigner; mais quand je fis surface elle était passée derrière moi et, avant que j'aie pu me retourner, elle me cogna en travers du cou, juste sous l'oreille. Je poussai un petit cri, puis elle fut sur moi et m'enfonça la tête sous l'eau : ayant voulu respirer je bus la tasse et refis surface en toussant, crachant. Milo dut s'agenouiller pour me hisser sur le ciment, et tous s'esclaffèrent.

Ensuite, Tim sauta dans l'eau et je regardai. Tim se débrouille très bien dans l'eau, et il a de grands bras. Il nagea autour, lançant plusieurs fois la main vers elle. Mais elle se contentait de rester hors de portée en le surveillant, sans gaspiller d'énergie. Au moment où il se rua sur elle, elle se laissa couler puis reparut à deux bons mètres de lui. Il se détourna et regagna paresseusement la berge puis sortit de l'eau. Mais sa figure avait un peu rougi.

Milo s'était étendu sur un matelas. Il trimbalait toujours dans sa sacoche un petit poste de radio que, grâce à un long fil en spirale élastique, il pouvait brancher n'importe où, comme il venait de le faire sur une prise qu'il avait repérée sous le patio bordant la piscine de deux côtés. La musique, Milo, ça le fait planer, et son visage s'illumina lorsque, du geste, Ward lui commanda de plonger à son tour. Mais Milo est bâti à peu près comme un singe. Lent au sol, il l'est encore plus dans l'eau, et pour elle ce fut un jeu d'enfant de rester hors de sa portée. En la voyant s'écarter ou rouler sur le dos, on aurait dit qu'elle jouait. En fait, elle économisait simplement ses forces. Et il était visible que les gars commençaient à piger.

Bob ne fit pas mieux que les autres, mais s'acharna plus longtemps et nous vîmes qu'elle se fatiguait.

Ensuite je regardai Neil. Il était assis près de moi, claquant ses doigts au rythme de la musique, et respirant lourdement. Il s'était déjà débarrassé de ses bottes et, lorsque Ward lui fit un signe de tête, il se jeta à l'eau. Pendant les premières passes la fille l'évita, mais ses mouvements étaient plus lents et il lui fallait plus longtemps pour plonger. Puis il réussit à l'encercler à bras; elle devint inerte contre lui, et je crus un instant que la rigolade était terminée. Neil le crut aussi, car il la fit se retourner pour l'examiner. Mais elle reprit vie à la façon d'une bête sauvage, et, lui griffant le visage avec ses ongles, elle lui échappa en un clin d'œil.

Neil porta une main mouillée à son visage, vit le sang sur ses doigts; la colère monta en lui, et il se tourna de nouveau vers la fille. A ce moment, Ward claqua des doigts. Alors Neil sortit lentement de l'eau.

C'était au tour de Ward. Il retira ses bottes, son T-shirt, et nous vîmes la longue estafilade rouge, là où la biche l'avait touché.

Il se glissa dans l'eau avec aisance; les muscles roulaient sous sa peau. Cette fois, personne ne parla. Nous le regardions nager lentement autour d'elle; de temps en temps, il balayait de la main l'eau qui allait la cingler au visage. Soudain il plongea, la heurta et la repoussa d'un côté puis, tout aussi vite, passa de l'autre côté pour la frapper encore.

La troisième fois, cependant, elle était prête à le recevoir. Elle attendit que son visage fût tout proche, et lui flanqua son poing dans la figure, de toutes ses forces. Mais elle était épuisée; de plus, le coup dévia un peu, ne touchant que la joue. Il roula sur le flanc, reparut à trente centimètres d'elle, et nous aperçûmes la marque rouge laissée par le poing de la fille. Tandis qu'il brassait l'eau et chassait l'air de ses poumons, je sentis qu'il bouillait de colère.

Puis il revint sur elle et, quoi qu'elle fît pour se détourner ou pour plonger, il s'arrangea pour rester toujours au-dessus d'elle, mais sans la toucher. Elle finit par revenir lentement à la surface, près du bord où j'étais assis, et ses yeux étaient si grands que j'y lus la terreur. Alors Ward allongea le bras, saisit un bout de sa petite chemise, et l'arracha d'un coup sec.

Elle eut un frisson et, jaillissant vers moi hors de l'eau, sa main saisit une botte et en frappa violemment Ward au visage. Je vis celui-ci glisser sous l'eau, perdant son sang, et son corps se mit à tournoyer lentement.

D'un cri, j'appelai Tim et Bob qui plongèrent ensemble. Bientôt ils ramenèrent Ward vers Milo et Neil. Me penchant au-dessus de la piscine j'attrapai la fille pour la remonter; elle vint sans hésiter, comme si elle n'avait plus la force de lutter.

Puis je vis que Ward commençait à bouger dans l'eau, et je sus qu'il n'était pas sérieusement touché. Je sentis la fille se raidir et avant que j'aie pu réagir, elle m'échappa, courant vers eux. Je poussai un hurlement pour les avertir, mais Tim et Bob étaient dans l'eau, en train de soulever Ward, que Neil et Milo tiraient à eux. Ils ne m'entendirent pas ni ne la virent arriver derrière eux. Elle saisit le poste de Milo dont le fil en spirale s'allongea aisément, et elle regarda Ward juste un instant avant de laisser choir sur lui l'appareil, qui l'atteignit à la tête avant de choir dans l'eau.

Ils ne poussèrent pas même un cri. Ce fut rapide comme l'éclair.

Aussi je n'attendis pas une seconde de plus. Lorsque j'arrivai à hauteur de la fille, elle tourna un peu la tête pour me surveiller. Je fus obligé de passer tout près, mais je ne m'arrêtai pas. Je filai droit vers la clôture. J'avais vu ses yeux, et c'est une chose que je n'oublierai pas de sitôt. Vous a-t-il jamais été donné de voir les yeux d'une femme qui vient de tuer cinq hommes?

The doe and the gantlet
D'après la traduction de P. J. Izabelle

Jour ultime

par

Fay Grissom Stanley

Comme toujours désormais, Sari s'éveilla au ron-ronnement ininterrompu du conditionneur d'air sur le toit, qui se mêlait à la stridulation des cigales dans les sauges et à la respiration rauque, asthmatique, de son mari dans la chambre voisine. Mais ce jour-là un autre bruit s'y ajoutait : en bas, dans la cuisine, Carmen chantait en remuant poêles et casseroles, massa-crant aussi la porcelaine dans sa hâte d'en avoir ter-miné pour se rendre à la fiesta de Santa Fe. Sari remonta les légères couvertures sur ses épaules, se sentant tout à la fois lasse, furieuse et glacée.

— Ce bon sang de conditionneur d'air! pensa-t-elle avec rage.

Ce maudit appareil qui déversait l'air frais et expul-sait l'air vicié, filtrant, purifiant, uniformisant chaque bouffée d'air qu'ils respiraient. Il éliminait tous les pollens avec une inlassable activité, maintenant ainsi Al un jour de plus en vie et elle, un jour de plus dans la même atmosphère que son manteau de vison en garde pour tout l'été chez le fourreur. Oh! si seulement elle pouvait tourner l'interrupteur commandant l'appareil et ne jamais plus entendre ce bruit! Si seulement elle pouvait s'en aller, prendre un train pour ne jamais plus revoir cette région désertique convenant si bien aux asthmatiques!

202

Sari ferma les yeux avec colère, releva l'oreiller de chaque côté de son visage, mais ce fut en vain : le sommeil ne revint pas. Elle s'efforça de patienter encore un moment, puis sa main chercha sous le traversin le petit flacon plat qu'elle gardait toujours là. Elle en dévissa le bouchon et le porta à sa bouche. Après la seconde rasade, elle se sentit mieux et enfin réveillée; alors, brusquement, elle se souvint.

Aujourd'hui, c'était le jour, le jour ultime, le jour que Al lui avait fixé pour connaître sa décision. Eh bien, sa décision était prise, son plan était arrêté, elle était prête.

Et, à la vérité, si elle avait finalement opté pour ce dernier samedi de la fiesta, Al y était pour beaucoup; c'était presque comme s'il l'avait aidé dans ce qu'elle savait maintenant devoir se résoudre à faire, presque comme s'il lui offrait spontanément ce dont elle avait le plus besoin : tout un après-midi sans les domestiques. Mieux encore : c'était Al qui avait dit à Juan qu'il pouvait emprunter la voiture et qui, à la dernière minute, avait résolu le problème du téléphone en expédiant malencontreusement une décharge dans l'appareil alors qu'il nettoyait son fusil. A présent, ils seraient seuls et isolés durant le temps nécessaire; il ne restait plus qu'à préparer les cigares.

Tout d'abord, elle avait eu l'intention d'utiliser l'aconit. Un si joli nom, aconit! L'idée lui en était venue dès qu'elle l'avait lu dans le livre. Elle avait eu l'impression que le mot s'arrachait de la page pour lui sauter aux yeux. Elle l'avait lu et relu, en éprouvant une excitation grandissante.

— Aconit... avait-elle dit à mi-voix. Al, n'est-ce pas ce que le docteur m'avait ordonné pour ma gorge?

Al avait interrompu sa propre lecture, avec cet air de patiente courtoisie signifiant qu'il avait été dérangé, que ça le contrariait d'avoir été dérangé, mais qu'il maîtrisait sa contrariété.

— Je le crois, en effet. C'est une médication couramment prescrite pour les laryngites.

Médication couramment prescrite... Il employait de tels mots avec affectation depuis quelque deux mois, depuis qu'il avait fait la connaissance de sa chère Margaret Langley.

— Médication, oui, sans doute, avait-elle opiné. Mais dans ce roman, on dit aussi que c'est un poison. Tu savais que c'était un poison, Al?

Toujours cet air de patiente exaspération.

— Oui, ma chère, je n'ignorais pas que c'était un poison. Et mortel, de surcroît, à ce qu'il me semble. Mais pourquoi cette question, Sari? Serait-ce que tu caresses à nouveau l'idée d'en finir avec l'existence?

Sari avait senti une lente et brûlante rougeur envahir son visage, tandis que son estomac se nouait de rage. Il ne cesserait donc jamais, jamais, de reparler de ça? Il ne lui laisserait donc jamais, jamais oublier cette nuit du printemps dernier où, stupidement, elle avait voulu l'amener à se montrer plus conciliant, en usant d'un mot d'adieu laissé près d'un flacon de somnifère vide?

Désespérément, Sari avait retenu sa colère, comptant lentement jusqu'à cent tandis qu'elle s'efforçait de faire le vide dans son esprit. Et sur la page, sous sa main, elle avait senti la fraîcheur de ce mot, aconit; alors, elle avait repris le contrôle de soi. Eh bien, il ne lui en reparlerait plus, il ne lui en reparlerait jamais plus, avait-elle pensé et, rien qu'à cette idée, Sari avait presque souri.

— Ne sois pas ridicule, Al... C'est parce qu'on en parle dans ce roman policier, avait-elle répondu au visage poliment hostile qui lui faisait face et elle s'était replongée dans sa lecture. Mais il lui semblait soudain que l'histoire s'était effacée de la page, n'y laissant plus, çà et là, que le mot aconit. Ce mot et tout ce que ce mot pouvait faire. L'aconit et la façon dont elle opérait.

Sari avait pris plaisir à imaginer Al assis dans son fauteuil, sentant le premier symptôme dans sa gorge, puis dans son estomac... sentant l'engourdissement gagner le long de ses nerfs pour le rendre soudain incapable de bouger, de faire quoi que ce soit contre cette chose qui lui arrivait. Sari éprouvait une sorte de volupté à se représenter Al prisonnier dans son fauteuil, conscient, l'esprit lucide, se rendant compte du ralentissement progressif de son pouls, de sa respiration, jusqu'à ce que tout finisse par s'arrêter complètement.

Sari avait fermé les yeux pour emprisonner cette scène derrière ses paupières. Mais l'image n'y était pas resté fixée, se déformant, s'estompant pour faire place à une autre qui avait soudain rendu Sari malade de peur. L'image d'une petite construction en torchis, qui était un poste de police. A son tour, cette image avait disparu, chassée par d'autres se pressant à sa suite : l'intérieur du poste de police, une salle d'assises et, pour finir, la prison. Un jour, quelqu'un avait dit à Sari que, dès leur arrivée en prison, on coupait les cheveux des détenues.

Sari avait porté une main tremblante à l'épaisse natte dorée qui pesait sur sa nuque et, se levant brusquement, elle était montée à l'étage. Elle s'était enfermée dans sa propre salle de bains, où elle avait bu une longue rasade de cognac au goulot de la bouteille qu'elle gardait dans la corbeille à linge. Après quoi, elle s'était sentie mieux, comme toujours. Mais la question n'avait pas reçu de réponse : lui faudrait-il vraiment en arriver là?

C'était la vue de son visage reflété dans la glace au-dessus du lavabo qui l'avait finalement décidée. A l'exception de sa chevelure encore belle, il ne restait plus grand-chose de la femme qu'elle avait été... Elle avait trop attendu... attendu jusqu'à ce qu'il ne lui fût plus possible de remonter sur les planches... attendu jusqu'à ce que plus aucun homme puisse vouloir d'elle — non, pas même Tony — avec juste mille dollars par mois...

Car c'était tout ce qu'elle aurait, lui avait dit Al. Mille dollars par mois, un point c'est tout. Il lui avait dit cela de sa voix sèche, comme s'il discutait d'un puits de pétrole, d'une propriété... Presque comme s'il lui faisait une faveur, comme si mille dollars par mois pouvait compenser cette carrière théâtrale brisée, ce corps qui commençait à s'avachir, ce visage abîmé par le désert — et la boisson —, toutes ces années de patience...

Ce n'est pas juste, pas juste! s'était-elle emportée en regardant le visage dans le miroir, tout comme elle s'était emportée contre Al ce fameux matin, une semaine auparavant...

Al, elle s'en souvenait, était resté posément assis dans son fauteuil, avait croisé les bras et, fermant les yeux d'un air excédé, il lui avait dit :

— Ecoute, nous n'allons pas nous disputer... J'ai mal à la tête et ne suis pas d'humeur à supporter une scène, d'autant que rien de ce que tu pourrais me dire n'altérerait ma décision. Je t'ai fait une offre et je te conseille fortement de l'accepter.

Il lui avait conseillé d'accepter, de s'incliner, et de s'en aller docilement divorcer à Reno, afin de laisser la place libre pour Margaret Langley qui, dans un an, un mois, ou peut-être même une semaine seulement, n'aurait ainsi plus qu'à tendre élégamment la main pour cueillir le magot si longtemps attendu par Sari.

— Et si je ne l'accepte pas? avait-elle rétorqué.

— Dans ce cas, il me faudra simplement demander moi-même le divorce. Et cette fois, bien sûr, sans pension alimentaire. J'ai des preuves, figure-toi.

Pour le coup, c'en avait été trop.

— Des preuves! avait-elle hurlé. Des preuves! Crois-tu que je n'en ai pas, moi aussi? T'imagines-tu être le seul capable de recourir à un détective privé, le seul capable d'ouvrir des lettres et d'écouter aux portes? Penses-tu que je n'ai pas, moi aussi, le genre de preuves dont tu veux parler? Ainsi que d'autres qui intéresseraient certainement beaucoup le contrôle des revenus, et d'autres encore qui écœureraient tellement ta chipie si raffinée qu'elle ne voudrait jamais plus te revoir? Et sois assuré que je n'hésiterais pas à en faire usage si je devais en arriver là...

Elle s'était brusquement interrompue, consciente d'en avoir déjà trop dit. Il s'était levé et elle avait été terrifiée par ce qu'exprimait son visage.

— Non, avait-il dit doucement en s'avançant vers elle. Non, Sari, tu n'en ferais pas usage. En ce moment, tu le crois, oui... Mais quand tu y auras mieux réfléchi, tu verras que tu n'y aurais aucun avantage. Tu verras que même si tu m'attaquais, même si les tribunaux te donnaient raison, ça ne te rapporterait guère plus que ce que je t'offre maintenant; mais, par contre, mes avocats te mettraient en pièces. Et je pense vraiment ce que je te dis, Sari : je suis quelqu'un de trop important pour me laisser impunément traîner en justice. Quel que soit le prix, j'arrive toujours à ce que je veux... Tu le sais, n'est-ce pas, ma chère? Tu sais que j'arrive toujours à mes fins, Sari?

Elle avait acquiescé en silence. Elle le savait. Elle était bien placée pour le savoir.

— Bon... Alors, actuellement, je veux divorcer pour épouser Miss Langley et il est certain que j'y arriverai tôt ou tard. Mais il se trouve que, cette fois, je suis pressé. Tu le sais, Sari, je suis malade, et le docteur m'a dit que mon cœur ne résisterait pas à une autre crise d'asthme comme la dernière que j'ai eue. Je n'ai donc pas beaucoup de temps et c'est pourquoi je te conseille d'accepter mes conditions sans chercher à me créer des complications... Non, ne me réponds pas tout de suite! Réfléchis posément, raisonnablement, et je te poserai de nouveau la question dans une semaine.

Les choses en étaient restées là. Sari avait réfléchi posément, raisonnablement. Elle était arrivée à la conclusion que Al avait raison et qu'elle n'avait donc plus qu'une issue.

L'aconit? Elle y avait repensé, assise sur le coin de la baignoire dont elle sentait sous ses mains la coupante froideur. Peut-être, tout bien pesé, serait-ce vraiment trop risqué de croire le petit médecin local incapable de diagnostiquer un empoisonnement de ce genre. Elle ne savait pas comment, mais si elle pouvait plutôt provoquer une véritable crise... Peut-être avec du poil de chat... ou de vison, ce qui est encore pire...

Ce soir-là, Sari n'avait pas regagné le rez-de-chaussée : elle était restée assise au bord de la baignoire et s'était splendidement cuitée.

Et plus tard, Sari avait jugé absolument hilarant que ce soit le vison de Margaret Langley qui provoquerait la crise... cette pincée de poils qu'elle avait arraché à l'étole de Margaret l'autre jour chez les La Fonda. A présent, elle n'avait plus qu'à insérer ces poils dans le cigare de contrebande que Al avait l'habitude de fumer après les repas... Ensuite, il ne lui resterait plus qu'à attendre tranquillement que Al fasse lui-même le reste.

— Mais je dois m'en occuper tout de suite... pendant qu'il dort encore! pensa-t-elle en rejetant vivement les couvertures pour s'habiller en hâte.

Sari descendit l'escalier sur la pointe des pieds, prit un étui où il y avait trois cigares et sortit de la maison par la porte de la terrasse.

Lorsqu'elle fut en sûreté dans la serre, elle posa devant elle les trois cigares, la minuscule boulette de papier de soie contenant une pincée de fourrure, et un long crochet, de ceux que l'on utilise pour de délicats ouvrages. Comme elle l'avait craint, Sari abîma le premier cigare, mais avec le second, elle s'en tira parfaitement. Il ne lui restait donc qu'à fumer le troisième, pensa-t-elle en frissonnant légèrement. Plus tard, quand tout serait terminé, elle substituerait ce cigare à l'autre, celui qu'elle retirerait d'entre les doigts inertes d'Al.

C'était presque ce qui lui répugnait le plus, mais il fallait s'y résoudre. Sari avait déjà frotté une allumette lorsqu'elle vit une ombre se profiler sur la porte vitrée de la serre. Prise de panique, elle se tapit derrière des plantes vertes. Mais l'ombre bougea et elle vit alors que c'était Juan, rangeant ses outils avec une méticuleuse lenteur.

Elle n'aurait pu dire combien de temps elle resta ainsi coincée dans la serre, mais lorsqu'elle regagna la maison, Al était déjà levé et prenait son petit déjeuner. Il tourna aussitôt la tête vers elle :

— Quoi, ma chère, déjà dehors? Il y a des fois où tu me surprends vraiment, Sari... Je n'aurais jamais cru que tu aimais faire des promenades aussi matinales. Quoi qu'il en soit, viens prendre une tasse de café, et laisse-moi ôter le noir que tu as sur le bout du nez.

Il se leva et alla vers elle, la tasse à la main. S'il la rejoignait, il allait sûrement sentir cette horrible odeur de cigare qui l'environnait. Murmurant une vague excuse, elle s'enfuit à l'étage, presque en courant.

Lorsqu'elle se fut lavée, changée, et soigneusement brossé les dents, Sari redescendit. Voyant alors que Carmen avait mis la table pour le déjeuner, elle s'empressa de substituer au cigare posé près de l'assiette d'Al celui qu'elle avait trafiqué.

— A présent, c'est fait, pensa-t-elle avant d'aller payer Juan et Carmen en leur disant qu'ils pouvaient disposer de leur journée.

Comme elle revenait, un bruit de voix provenant du bureau la cloua sur place. Qui diable était-ce? Et s'il s'agissait de quelqu'un qui resterait déjeuner? Devait-elle aller de nouveau échanger les cigares?

Lentement, elle se força à avancer dans le couloir, jusqu'au bureau, où elle entra.

C'était Marcy Hunt, la pire commère et le plus mauvais peintre de Santa Fe. Elle accueillit gaiement Sari et lui fit place près d'elle sur le canapé, avant de se lancer dans le tout dernier « scandale ». Visiblement, Marcy n'était pas pressée.

Combien de temps celui dura-t-il. Une heure? Deux heures? Sari n'en avait aucune idée, consciente seulement de la progression du soleil sur le parquet, du battement de l'horloge dans l'angle de la pièce et de Marcy qui parlait, parlait, parlait, l'acculant au moment où elle serait prise à son propre piège.

Juste comme elle désespérait, ce fut Al qui la sauva :

— Mais, dites-moi, Marcy, n'allez-vous pas manquer la fiesta? Bien sûr, nous ne demandons pas mieux que de vous garder à déjeuner, mais ce sera certainement plus gai pour vous d'aller en ville, d'autant que c'est le jour de repos de notre cuisinière et que nous n'avons rien de décent à vous offrir...

Après ça, même Marcy ne pouvait demeurer. Elle prit son sac, gagna la porte, se retourna pour une dernière remarque caustique et, enfin, se laissa raccompagner par Al jusqu'à sa voiture.

— Seigneur, soupira-t-il en revenant.

— Ça, tu peux le dire! acquiesça Sari en se hâtant vers la cuisine pour y chercher ce que Carmen avait préparé à leur intention.

Elle comptait s'octroyer un verre de quelque chose avant le déjeuner mais, quand elle arriva avec la salade mixte, elle vit que Al se trouvait déjà dans la salle à manger, occupé à préparer un cocktail. Jamais encore pareille chose ne lui était arrivée, car il n'aimait pas la voir boire avant le déjeuner. Elle s'immobilisa sur le seuil de la pièce, haussant les sourcils d'un air interrogateur.

— Pour toi, ma chère! dit-il en posant le verre près de l'assiette de Sari et tirant la chaise pour qu'elle s'asseye. Après tout, ce n'est pas un jour comme les autres, n'est-il pas vrai?

Sari servit la salade tandis qu'il s'asseyait en face d'elle, attendant la suite.

— Ne te rappelles-tu pas, Sari, que c'est notre dernier jour ensemble? car, tu vas, je présume, consentir au divorce que je te demande... N'est-ce pas, ma chère?

Sari regarda en face d'elle ce visage glacial, tellement sûr de soi. Elle but le cocktail d'un trait, avant de répondre :

— Non, Al, pas question.

Il demeura un long moment silencieux, mais se leva en prenant le verre de Sari pour aller le remplir de nouveau. Elle regarda le verre avec envie, sachant très bien qu'elle ne devrait pas, que Al cherchait uniquement à l'enivrer, mais finalement elle ne put résister à la tentation. De nouveau, elle vida le verre d'un trait et s'enquit, en réprimant un léger frisson :

— Eh bien?

— Eh bien quoi, Sari? Tu m'as donné ta réponse, mais tu ne penses quand même pas que cela va changer mes plans? Tu aurais dû m'écouter plus attentivement, ma chère... Je t'ai dit que j'arrive toujours à ce que je veux. Tu t'en souviens, n'est-ce pas, Sari?

Sari s'en souvenait, mais comme à travers une sorte de brume léthargique au point que ça lui était indifférent. Elle éprouvait un sentiment d'étrange et plaisante lassitude qui pesait sur les épaules, coulait le long de ses bras tandis qu'il lui semblait avoir déjà connu ce picotement dans la gorge. Levant la tête, elle regarda Al, mais sa vision était brouillée, déformée. Alors, elle comprit.

Elle voulut se lever, courir, appeler au secours, mais se découvrit incapable de bouger. Même si elle avait trouvé la force de le faire, c'eût été sans importance. Elle avait trop bien préparé le piège... Ou bien était-ce Al qui, depuis le début, l'avait menée par le bout du nez? Cela lui paraissait maintenant étrangement dépourvu d'importance, si ce n'était que, une fois de plus, Al avait gagné.

— Mais ils t'auront, Al! Ils t'auront et ils te prendront, si bien que tu auras quand même perdu, dit-elle dans un murmure, en forçant les mots à franchir sa gorge contractée, et luttant pour se redresser afin de distinguer le visage d'Al.

Il souriait, sûr de lui.

— Non, ma chère, on ne me prendra pas car il se trouve que tu m'as simplement rendu le service de te suicider... comme tu avais déjà essayé de le faire une fois... en laissant un mot d'adieu qui va m'être fort utile...

Sari ne percevait plus ce que disait Al, mais elle voyait le cigare, voyait Al en couper l'extrémité, l'allumer avec soin puis, se laissant aller confortablement contre le dossier de sa chaise, le porter à ses lèvres. Alors, satisfaite, elle s'affaissa sur la table en se disant que même payer de sa vie une telle satisfaction en valait la peine...

The last day of all
Traduit par Maurice Bernard Endrèbe
Reproduit avec l'autorisation de l'auteur

L'oracle et le clou

par

Theodore Sturgeon

Le progrès n'y avait rien changé. Le Pentagone de 1990 restait le Pentagone. Les places assises y étaient toujours aussi chères. Non que Jones eût à récriminer sur le fond. Pour les trois jours qu'il comptait y passer lorsqu'il était arrivé, la cellule sans air où on l'avait installé aurait pu être plus exiguë encore sans que cela le gêne outre mesure. Mais après trois semaines, il s'y sentait aussi à l'aise qu'un adulte dans sa première barboteuse ou ses souliers de communiant. Annie était comme chaque fois impatiente de le voir rentrer, mais ses appels téléphoniques commençaient à ressembler à des appels au secours, et sa concentration s'en ressentait. A l'hôtel, on avait voulu le faire changer de chambre, il avait refusé par principe, et s'était retrouvé aussi déplacé qu'un caillou dans une tisane, perdu au milieu des délégués à la convention de la Ligue d'Opposition aux Ligues d'Opposition au Non-Contrôle des Naissances, ou quelque chose comme ça. Il avait dû s'acheter des chemises, il avait dû s'acheter des chaussures, il avait dû se faire vacciner contre un rhume de cerveau de puissance 4, et pour couronner le tout, ORACLE renâclait toujours.

Jones et son équipe l'avaient démonté jusqu'au dernier rivet, avaient examiné ses centaines de kilomètres de fils, ausculté ses milliers de circuits intégrés, bref avaient mis leur nez partout — sauf dans son inestimable et intouchable banque de mémoire. Ils l'avaient ensuite remonté, pièce à pièce, en vérifiant à l'envers, avec le même soin, ce qu'ils avaient déjà une fois vérifié à l'endroit. Puis ils l'avaient fait fonctionner pendant quatre jours à plein régime, en priorité absolue, pendant qu'une bonne moitié des techniciens du pays tordaient leurs mouchoirs et qu'au moins un tiers des militaires mouillaient leurs vieilles culottes de peau. A la suite de quoi, Jones avait annoncé aux trois hommes que la machine n'avait rien, qu'elle n'avait jamais rien eu, et qu'il n'y avait aucune raison de supposer qu'elle puisse un jour avoir quelque chose. L'un après l'autre, ils étaient entrés (une fois de plus) dans le sanctuaire, avaient verrouillé la porte derrière eux, activé les circuits codés, puis étaient ressortis, l'un après l'autre, avec le même visage pincé, en déclarant à Jones qu'ORACLE refusait de leur répondre. C'était un vieil amiral, un colonel sans âge et une espèce de monument historique que Jones — dans son for intérieur — appelait le Civil.

Après avoir brûlé ses vaisseaux en renvoyant toute son équipe — vingt-trois programmateurs et mathématiciens, plus le génial Jacquard — Jones poussa un soupir, décrocha à nouveau le téléphone et pria les trois hommes de venir le rejoindre. Lorsqu'il reposa le combiné, il n'était pas mécontent de lui. Ou plutôt d'eux. Il aimait que les événements, agréables ou non, fussent d'abord cohérents, et les réponses de ses interlocuteurs avaient été dans l'ordre des choses, du moins dans l'ordre des choses qu'ils avaient faites depuis qu'il avait été appelé au chevet d'ORACLE. L'amiral s'était arrangé pour qu'une ligne directe, connue de lui seul, le relie en permanence à son bureau. Pris de court, mais non dénué de ressources, le colonel s'était contenté d'un code téléphonique spécial, qui avait mis la pagaille dans tous les standards. Quant au Civil, il s'était carrément installé sur les lieux du crime, dormant et mangeant et fulminant sur place, jusqu'à ce qu'un accident stupide — il s'était pris la cheville dans un câble — fournisse à Jones une excuse valable pour le mettre dehors. En bref, et toutes choses demeurant égales par ailleurs, ils avaient prouvé tous les trois qu'ils n'attendaient pas seulement un diagnostic, mais qu'ils en avaient besoin.

Il était donc logique qu'ils accourent au premier appel. Et ils accoururent. L'amiral, avec ses sourcils d'écume et ses yeux d'outremer; le colonel, aussi raide que s'il avait été amidonné en même temps que sa chemise, la peau labourée comme un polygone de tir à la fin d'un exercice; le Civil, boitant un brin, la tête un brin inclinée, un brin tournée vers la gauche, juste ce qu'il fallait pour que ceux qui ne le connaissaient pas — et qui le connaissait vraiment? — aient l'impression en le regardant que l'Histoire, avec un h majuscule, les guignait du coin de l'œil. Jones les pria aimablement de s'asseoir. L'amiral, qui avait passé sa vie à monter en grade jusqu'à ce qu'il n'y ait plus de grade suffisant pour lui, et dont la vieille main ne se remettait pas d'avoir dû abandonner à d'autres la barre du navire de l'Etat; le colonel, qui se plaisait à demeurer colonel parce que cela lui permettait de mépriser tout le monde et qui dormait sur un lit de camp dans un appartement assez vaste pour accueillir une division; le Civil, enfin, ancien universitaire, ancien député, ancien sénateur, ancien ministre, qui avait expérimenté tous les coups bas, fourrés ou tordus de la politique et évoluait dans les maquis de la procédure avec la souplesse d'échine, la sûreté de pied et le sourire commercial d'un funambule.

— Messieurs, dit Jones, ceci est probablement notre dernière réunion. Il va de soi qu'un rapport écrit vous sera remis ultérieurement, mais je comprends les — euh — particularités de la situation, et je ne crois pas que ce rapport doive nécessairement faire état de toutes les informations que nous pourrions échanger ici et là, au cours de discussions plus ou moins informelles...

Puis il regarda les trois hommes et se félicita de sa petite tirade. C'était exactement ce qu'ils attendaient. Tout ceci reste entre nous, les gars. Personne ne viendra fourrer son nez dans vos affaires.

— Vous avez renvoyé votre équipe, fit remarquer le Civil.

L'amiral tressaillit, les yeux du colonel s'étrécirent, une brève lueur d'admiration brilla dans le regard de Jones. Celui-là disposait de moyens d'investigation que les services secrets eux-mêmes n'avaient pas encore inventés.

— J'espère que c'est bon signe.

— Peut-être, répondit Jones. Et peut-être pas. Mais c'est en tout cas un signe. Ça veut dire que mes gars ont fait le maximum. En d'autres termes, ils ont mis le paquet, chacun dans sa spécialité, sans découvrir la moindre avarie. Et leurs spécialités recouvrent tout ce qu'un ordinateur peut être ou faire. En d'autres termes encore : ORACLE n'a rien.

— Vous nous aviez dit la même chose hier, grinça le colonel. Et j'attends toujours. Vous croyez que je n'ai que ça à faire?

Il avait prononcé cette dernière phrase d'une voix plus forte, comme une formule magique dont le simple énoncé aurait dû suffire à faire rentrer sous terre cet imbécile de Jones.

— J'ai scrupuleusement suivi le mode d'emploi, intervint l'amiral sur le ton d'un homme annonçant qu'il a toujours respecté les enseignements de la Bible, et je n'ai pas obtenu de réponse non plus.

Il leva un doigt, suspendant toute activité dans la pièce pendant qu'il recherchait ce qu'il avait eu l'intention de dire ensuite :

— Si je n'avais pas agi ainsi, ORACLE m'aurait répondu « Données insuffisantes ». Exact?

— Exact, répondit Jones.

— Il ne l'a pas fait.

— Même chose pour moi, appuya le Civil.

Le colonel se contenta de hocher la tête.

— Messieurs, dit Jones, ni moi ni mon équipe — et vous savez que nous sommes les meilleurs sur la place — n'avons été capables d'imaginer une question à laquelle ORACLE ne puisse répondre. Si...

— Ce n'est pas ça ce qu'on vous demandait! aboya le colonel. Pour ça, on n'avait pas besoin de vous!

Jones l'ignora.

— Si je m'en tiens aux faits, à savoir d'une part ma conclusion — qui est que la machine fonctionne — et d'autre part vos rapports négatifs — qu'il ne me viendrait pas à l'idée de mettre en doute — une investigation plus poussée ne me paraît possible que dans une seule direction. Et la décision ne dépend que de vous. Je veux parler de ce que vous n'avez pas jugé utile de me révéler.

Il s'arrêta. Deux des hommes remuèrent leurs pieds. Le colonel serra les mâchoires.

— Je ne peux pas divulguer ma question, dit l'amiral d'une voix douce, mais sur un ton définitif.

Le colonel et le Civil parlèrent en même temps.

— Le Secret d'Etat...

— C'est une question de...

Puis ils se turent. Un silence clouté de points de suspension retomba sur la petite pièce.

Le Secret d'Etat, pensa Jones en étendant les mains devant lui. Si vous voulez empêcher que des informations vitales pour la sécurité du pays tombent entre des mains malintentionnées, ou simplement trop innocentes pour être honnêtes, faites confiance au Secret d'Etat! Fermez vos yeux et vos oreilles! Ne cherchez pas à savoir! Résultat : le manteau du Secret d'Etat devient un paravent pour toutes les combines. Un hélicoptère officiel est utilisé pour des escapades inavouables? Secret d'Etat. Un colis compromettant est découvert dans le casier d'un honorable membre du Congrès? Secret d'Etat. Un officier entretient des relations coupables avec Dieu sait qui? Secret d'Etat. Mon œil. Charité bien ordonnée... Si ces trois-là veillent sur une sécurité quelconque, c'est d'abord sur la leur, et ensuite, quand ils en ont le temps, sur celle du pays. Mais ça ne coûte rien d'essayer.

— Il y a une cinquantaine d'années, dit-il, un écrivain nommé William Tenn écrivit une brillante nouvelle que l'un d'entre vous a peut-être lue. Il y était question d'un module de l'*US Air Force* qui atteignait la lune; ses occupants découvraient un dôme habité, d'origine inconnue, et l'un d'eux était envoyé en reconnaissance. Il partait la mort dans l'âme, persuadé que les Russes, ou — pourquoi pas? — les Martiens allaient le mettre en pièces, et revenait en se tenant les côtes, incapable de s'arrêter de rire. Vous savez pourquoi, Parce que le dôme avait été construit par l'*US Navy*.

L'amiral émit deux borborygmes et marmonna : « Bien joué, les gars. » Le colonel prit un air outragé. Le Civil eut un bref hochement de tête : un point pour vous, Jones.

Encouragé, Jones se composa un sourire de vendeur de voitures d'occasion.

— Honnêtement, Messieurs, j'ai presque honte d'avoir rappelé cette petite histoire. Je suis persuadé, je veux dire réellement persuadé que chacun de vous ne pense qu'à l'intérêt national. Comment pourrait-il en être autrement? De mon côté, vous n'avez rien à craindre non plus, je suis aussi sûr qu'on peut l'être. Les Services de Sécurité vous le diront : aucun de mes ancêtres, depuis *Pithecanthropus Erectus,* n'a jamais été soupçonné d'Activités Anti-Américaines.

« Voilà pour vous et pour moi. Reste ORACLE. ORACLE, vous le savez, n'est pas un ordinateur ordinaire. Il n'a pas été conçu pour traiter des problèmes mathématiques ou relevant des sciences physiques, bien qu'il en soit tout à fait capable, mais pour digérer et informatiser la pensée humaine. Tout ce qui se lit à la Bibliothèque du Congrès — et ailleurs — a été déversé dans sa mémoire : romans, traités philosophiques, magazines, recueils de poésie, manuels, brochures de propagande religieuse, bandes dessinées, archives person-

218

nelles, vous m'excuserez si j'en passe, bref tout ce qu'une armée de mille techniciens travaillant jour et nuit a pu microfilmer en un peu plus de dix ans. Aucun courant de pensée, aucun style d'écriture, aucune école littéraire ne lui sont étrangers. Il peut lire directement en cinq langues, anglais, allemand, russe, français et japonais, et comprendre, par le biais de l'esperanto, une centaine de langues moins importantes d'Afrique ou d'Asie. Jamais, depuis que l'homme existe, une histoire aussi complète de l'intelligence et des comportements humains n'a été mise à la disposition d'un gouvernement pour l'empêcher de commettre des erreurs. Car c'est là, évidemment, la première qualité d'ORACLE : connaissant non seulement tous les faits, mais aussi toutes les opinions s'y rapportant, il ne peut pas se tromper.

« Ajoutez à cela son aptitude à extrapoler — à prévoir jusqu'à son terme la cascade d'événements pouvant résulter d'une décision, si mineure soit-elle — et une certaine faiblesse, délibérée, de sa mémoire — il répond aux questions, mais ne peut ni se souvenir ni, à plus forte raison, révéler qui les lui a posées — et vous avez cette merveilleuse machine, la seule — je dis bien la seule — qui puisse résoudre votre problème, non en le prenant d'un point de vue partiel, ou partiellement général, mais en le confrontant au plus vaste ensemble de problèmes qui se puisse concevoir : l'histoire passée, présente et future de l'humanité.

— J'en suis fort aise, dit doucement le Civil, et je regrette d'autant plus vivement que ce soit justement celle-là qui refuse de me répondre.

— Elle ne refuse pas de vous répondre, elle refuse de répondre à votre question. Ce qui ne vous laisse pas le choix : si vous voulez votre réponse, vous devez me dire qu'elle était votre question.

Jones surprit un début de sourire sur le visage des deux autres et enchaîna rapidement.

— Et vous aussi. Et vous aussi. Comprenez-moi bien : vous avez vos problèmes, moi j'ai ORACLE.

Je veux savoir ce qui se passe. Si je ne connais qu'une des questions, je trouverai peut-être la réponse, mais je ne serai pas plus avancé pour autant. Il me les faut toutes les trois, pour que je puisse trouver un dénominateur commun; j'en ai déjà un, bien sûr, mais il ne me suffit pas : vous êtes tous les trois haut placés, tous les trois habilités à prendre des décisions importantes, vous appartenez tous les trois à la même génération (vous n'en avez plus pour longtemps, mes cocos!) et tous les trois désireux de servir au mieux votre pays (à condition que votre pays vous serve!).

Il fit une pause, changeant brusquement de tactique pour arborer un sourire enfantin.

— Mettez-vous un instant à ma place, Messieurs : ORACLE est tout pour moi. Je ne l'ai pas quitté depuis trois semaines. Et maintenant que la solution est là, presque sous mes yeux, vous me demandez de m'en détourner, d'abandonner mes recherches pour penser à autre chose! Vous ne vous rendez donc pas compte que vous m'arrachez le cœur?

— Vous avez toute ma sympathie, dit le Civil, une brève lueur d'admiration dans le regard. Puis il poursuivit, d'un ton à congeler de l'hélium : Mais ce que vous me demandez est impossible.

Jones le regarda, puis regarda les deux autres, murés dans un silence de béton.

—Très bien! explosa-t-il, avec toute la violence calculée dont il était capable. J'abandonne! J'en ai plein le dos de cet endroit, et mon amie en a plein le dos de m'attendre, salut! Et n'espérez pas me trouver un remplaçant! ORACLE a été construit par ma compagnie, il n'y a que mon équipe qui le connaisse, et je suis le seul à pouvoir la diriger! Messieurs...

Ce langage était de ceux qui pouvaient atteindre directement le cerveau du colonel. Un grondement roula dans sa poitrine, puis les mots prirent forme humaine et jaillirent comme des boulets :

— Vous êtes ici pour obéir! Vous accomplirez votre mission jusqu'à ce que nous soyons satisfaits, ou je veillerai à ce que vous en supportiez les conséquences!

— Les conséquences? rugit Jones. Quelles conséquences? Vous voulez me faire flanquer dehors? Ne vous gênez pas! Je n'aurai aucun mal à prouver que vous m'avez empêché de faire mon travail. Quant à vos ordres, vous savez ce que vous pouvez en faire! Elles ne vous plaisent peut-être pas, mais je vous rappelle qu'il existe des traditions dans ce pays, et que ceci — il agrippa l'étroit revers de sa veste de sport — me donne le droit d'envoyer paître, si je le désire, tous les militaires du Pentagone, du simple planton au général le plus chamarré d'étoiles!

Surprenant un léger sourire sur les lèvres du Civil, il modifia brusquement son angle d'attaque, par pur souci d'équité :

— Si vous vous obstinez, ce n'est pas moi, c'est vous, c'est le pays tout entier qui les supportera, vos conséquences! Parce que vous n'aurez pas les réponses à vos questions! Vous m'avez assuré qu'elles étaient vitales, mais je commence à en douter, ou plutôt à croire qu'il y a quelque chose de plus vital encore, que vous mettez au-dessus d'elles sans oser l'avouer! Dans ces conditions...

Il se leva. Les officiers l'imitèrent. Le Civil ne bougea pas.

— Je vous en prie, Messieurs, dit-il d'une voix ferme. Je suis persuadé que nous pouvons arriver à nous entendre sans avoir besoin de hausser si désagréablement le ton. Monsieur Jones, seriez-vous à même de parvenir à un résultat si vous connaissiez deux — ou disons une seule — de ces questions?

— Pourquoi pas? haleta Jones.

Le Civil ouvrit ses longues mains blanches.

— Dans ce cas, je ne vois pas où est le problème. Il suffit qu'un de mes collègues...

— Vous rigolez, dit l'amiral.

— Ne me prenez pas pour un imbécile, grinça le colonel. Vous voulez que quelqu'un se mouille à votre place, mais je ne suis pas tombé de la dernière pluie.

— Je me serais volontiers mouillé, répondit suavement le Civil, mais il se trouve que ma question, si je la lui révélais, n'apporterait aucun élément nouveau, je veux dire utile, à Monsieur Jones. (Cabotin, pensa Jones. Le vieux pirate n'a eu besoin que de deux mots pour dire la même chose.) Amiral, accepteriez-vous de me laisser décider si votre question peut être divulguée sans nuire à la sécurité du pays?

— Jamais.

Le Civil se tourna vers le colonel, jeta un rapide coup d'œil à son visage de marbre et renonça à poser sa question. Un point pour les restrictions de crédit dans l'Armée, pensa Jones. Ils arrivent même à se passer de mots.

Il se tourna vers le Civil.

— Votre tentative était méritoire, mais la situation est sans issue. Si je devais la résumer en quelques mots, je dirais que je suis le seul homme à pouvoir réparer ORACLE, mais que je ne peux le faire sans les outils dont vous disposez et que vous semblez bien décidés à ne pas me donner. En conséquence, il est inutile que nous continuions à perdre notre temps. Je me serais d'ailleurs fait un plaisir de vous reconduire, n'en doutez pas, si je n'avais pas été dans l'obligation de me rendre immédiatement aux toilettes.

Puis il sortit d'un pas vif, après avoir inscrit dans sa mémoire, pour la joie de ses vieux jours et au moyen d'un long regard circulaire, les trois visages qu'il laissait derrière lui. L'amiral, d'ordinaire impassible, béait d'étonnement. Le colonel semblait sur le point d'exploser. Le Civil avait un large sourire.

Un large sourire?

C'est vrai, quoi! pensa-t-il en claquant derrière lui la porte des toilettes — qui, pour la première fois en trois semaines, refusa de claquer. On a tous nos problèmes, nos petites frustrations qui remontent à la surface pour un oui pour un non! Peut-être aurais-je dû me mettre en colère sans perdre vraiment mon calme?

La porte s'ouvrit, une ombre occupa l'urinoir voisin.

Jones lui jeta un coup d'œil, puis répéta à voix haute :

— Peut-être aurais-je dû me mettre en colère sans perdre vraiment mon calme?

— Peut-être aurions-nous tous dû conserver notre sang-froid, répondit le Civil.

Puis il accomplit quatre choses étonnantes avec sa main libre, très rapidement : il posa un doigt sur ses lèvres, désigna le mur, mit un doigt dans son oreille, sortit un carré de papier de sa poche de poitrine et le tendit à Jones. Après quoi, il termina paisiblement ce qu'il avait à faire et commença à se laver les mains.

Silence. Les murs. Ont des oreilles. Prenez ceci.

— L'Histoire, dit-il en se penchant sur le lavabo, sa voix rauque de vieil orateur répercutée par les murs carrelés de la pièce, est jalonnée d'impasses. La plupart de celles qui sont mentionnées dans les manuels n'étaient pas de vraies impasses, puisque quelqu'un a fini par trouver une solution, et c'est pour cela qu'elles peuvent être mentionnées, parce qu'elles n'ont rien arrêté du tout. Mais je suis persuadé qu'il y en a eu des milliers d'autres, dont personne n'a pu sortir, et qui ne sont citées nulle part, parce que le propre d'une impasse est d'interdire l'avènement du futur dans lequel elle aurait pu être dépassée. Résultat : il n'y a rien à écrire dans le Grand Livre. Vous me comprenez, je suppose. Dans ce cas, vous comprendrez que nous venons de vivre un de ces événements sans avenir. Croyez que j'en suis aussi désolé que vous.

La vieille crapule de sa mère! songea Jones.

— Votre sollicitude me touche énormément, dit-il en faisant disparaître le carré de papier.

Le vieil homme s'essuya les mains, lui fit un clin d'œil et sortit.

*
**

De retour dans son bureau, qui lui semblait trois fois plus grand depuis que ses trois visiteurs s'étaient éclipsés, Jones se laissa tomber dans un fauteuil. Il s'amusait avec le carré de papier, le pliant et le dépliant de toutes les manières possibles, en prenant un malin plaisir à ne pas le lire. C'était sans doute la question que le Civil avait posée à ORACLE. Soit. Mais dans ce cas, pourquoi avait-il paru si pressé de le lui remettre, alors que trois minutes plus tôt, il avait refusé de le faire avec un entêtement... un entêtement quoi? (Eh, Jones, si tu laissais tomber les détails, vieux?) Bon. Qu'est-ce qui avait changé pendant ces trois minutes?

Ils étaient sortis du bureau pour aller aux toilettes? Excellent. Il n'y avait pas de micros dans le bureau, alors que les toilettes, à en croire la mimique du vieillard (et la logique du Pentagone) en étaient truffées? Négatif. Cela, ça ne menait à rien. Autre chose. Il y avait des témoins oculaires dans le bureau, et seulement des oreilles dans les toilettes? Meilleur. Qu'en penses-tu, Jones? Le Civil voulait bien divulguer sa question, mais il tenait à ce que personne ne puisse l'accuser de l'avoir fait. D'où le coup du papier et du baratin sur les impasses. Très, très bon, Jones.

Autre chose encore : c'est toi qui racontes ça. Le Civil, lui, ne l'a jamais dit, ne le dira probablement jamais et se retournera presque certainement contre toi si tu t'avises de le dire à qui que ce soit. En somme, il n'a aucune envie de te révéler sa question, mais il a tellement besoin d'en connaître la réponse qu'il est prêt à prendre tous les risques — sauf celui qui consisterait à laisser les deux autres mettre leur nez dans ses affaires. Le second volet, la partie cachée de son message est donc : Je suis assis sur de la dynamite, Monsieur Jones, et je vous tends le détonateur. Plus brièvement : J'ai confiance en vous.

Message reçu, vieux frère.

Content de lui, il ferma les yeux et réexamina l'ensemble de la situation à la lumière de cette explication, afin de s'assurer qu'aucun détail important ne lui avait échappé. Mais il ne trouva rien de plus, à l'exception d'une vague idée, qu'il aurait pu formuler ainsi : ce qui a marché avec l'un pourrait aussi bien marcher avec les autres. Il n'y croyait pas encore vraiment lorsque la porte du bureau s'ouvrit, livrant passage à un commandant au visage affable, qui marqua le pas, claironna « Excusez-moi, c'est une erreur », effectua un demi-tour impeccable et disparut avant même qu'il ait eu le temps de répondre : « Il n'y a pas de mal. » Cette intrusion le laissa rêveur. Le commandant était un des hommes du colonel; son « erreur » sentait la grosse manœuvre à plein nez : il n'était donc pas entré dans le bureau pas hasard, mais avec une mission précise. Laquelle? Il n'avait rien apporté ni emporté. Il était par conséquent venu se renseigner. Mais sur quoi? La seule chose qu'il avait eu le temps de constater, entre deux claquements de talons, c'était que Jones éatit bien là. Ah oui! et aussi qu'il était seul.

L'hypothèse était facile à vérifier. Il lui suffisait d'attendre. Pas longtemps. Même un commandant ne peut pas faire des miracles. Il peut dire : cet homme était seul quand je l'ai quitté. Mais il ne peut pas affirmer : cet homme sera seul dans dix minutes, ou même dans cinq.

Deux minutes plus tard, le colonel pénétrait dans la pièce. Il arborait son expression grand teint : « Je ne vous aime pas, jeune homme. » Il posa ses mains hâlées couturées de cicatrices sur le bureau de Jones et se pencha en avant comme une vague sur le point de se briser.

— Ce sera votre parole contre la mienne et je n'hésiterai pas à vous traiter de menteur! Vous me rendrez compte de l'opération, personnellement! Et exclusivement!

— Entendu, fit Jones en tendant la main.

Le colonel riva son regard au sien pendant une seconde qui lui parut durer un siècle — un siècle pendant lequel il eut tout le temps de se rémémorer la légende de la Méduse et de se demander s'il s'agissait vraiment d'une légende — puis sortit un carré de papier de sa poche et le déposa dans sa paume.

— Vous comprenez joliment vite, pour un civil. Bonsoir, Monsieur!

Puis le colonel se redressa, fit demi-tour et sortit sans se retourner.

Jones regardait les deux messages pliés posés devant lui sur le bureau et se disait qu'il voulait bien être pendu.

Il en manquait encore un.

Il prit les papiers et les laissa retomber, aussi fier de lui que lorsque, jeune écolier, il mangeait son pain sec en gardant le chocolat pour la fin. Puis il se dit que le troisième roi mage était peut-être aussi désireux que les autres de lui délivrer son cadeau, mais ne savait simplement pas comment s'y prendre.

Il décrocha le téléphone et composa le numéro qui le reliait directement à l'amiral en se demandant si celui-ci n'avait pas eu l'idée saugrenue de faire couper la ligne.

Il ne l'avait pas eue. Il attendait même auprès du téléphone, et décrocha avant la fin de la première sonnerie. Mais comme il ne pouvait avoir qu'un seul interlocuteur au bout du fil, il ne jugea pas utile de parler le premier.

— Il y avait beaucoup de monde chez moi tout à l'heure, lança-t-il en guise d'introduction.

— C'est bien mon avis, répondit l'amiral en émettant une série de grognements qui ne le cédaient en rien aux grondements du colonel. Puis, après un lourd silence : Vous n'avez pas appelé les autres, au moins?

En trois syllabes, Jones parvint à imiter le cri d'indignation d'un soprano (mâle) accusé de viol.

— Amiral!

— Très bien. Vous avez de l'initiative, mon garçon.

La remarque amusa Jones, qui faillit un instant lui demander s'il pouvait espérer une promotion, mais il se reprit à temps et chercha ce qu'il allait dire ensuite. Il était plutôt facile de converser avec l'amiral, à condition de tenir soi-même les deux bouts du crachoir. Il lui vint à l'idée que son interlocuteur n'envisagerait pas sans réticence de lui rendre visite — à l'inverse du colonel, il n'était pas à demeure au Pentagone — et n'accepterait pas plus, étant donné les circonstances, de le recevoir dans son bureau.

— Je ne l'aurais pas mentionné autrement, dit-il de sa voix la plus neutre, mais je suis sur le départ, et je ne pense pas que nous aurons l'occasion de nous revoir. Je crois que vous avez emporté mon briquet.

— Oh, fit l'amiral.

— Par manque de chance, je suis aussi à court d'allumettes, poursuivit Jones. Bon, je vous laisse. Je descends voir ORACLE. Heureux d'avoir fait votre connaissance, Monsieur.

Puis il raccrocha, glissa une cigarette entre ses lèvres — sans l'allumer — mit les deux billets dans la poche gauche de son pantalon et descendit d'un pas allègre vers les souterrains que les indigènes du Pentagone s'obstinaient à appeler des couloirs.

A l'angle de celui qui conduisait à ORACLE, un jeune enseigne de vaisseau qui avait l'air d'être là pour tout autre chose s'approcha de lui en souriant de toutes ses dents.

— Du feu, Monsieur?

— Avec plaisir.

L'officier lui tendit un briquet qu'il oublia d'allumer. Jones le prit, se donna du feu et l'enfouit dans sa poche.

— Je vous remercie.

— Il n'y a pas de quoi, répondit l'enseigne en s'éloignant.

Au poste de contrôle, il questionna le garde.

— Des visiteurs?

— Pas un chat, Monsieur Jones.

— C'est la meilleure nouvelle de la journée.

Il signa le registre, puis gagna le fond du couloir, le garde sur ses talons. Ils produisirent chacun une clé et ouvrirent la porte. Il pensa qu'il se sentirait mieux quand la journée serait finie.

— A qui le dites-vous! répondit le garde, et il comprit qu'il s'était exprimé à haute voix.

Il verrouilla la porte derrière lui, traversa rapidement la petite entrée, poussa les battants qui donnaient accès au Sanctuaire. Seul dans le saint des saints, il regarda l'ordinateur. L'ordinateur le regarda.

— Au risque de me répéter, dit-il comme s'il reprenait une conversation interrompue, je trouve que tu n'as pas la tête de l'emploi. Avec les ennuis que tu nous fais, tu pourrais au moins essayer de ne pas ressembler à n'importe quoi!

L'ordinateur ne répondit pas. Il pouvait lire et effectuer des opérations extrêmement complexes, mais il n'avait pas, du moins à proprement parler, d'organes sensitifs. En conséquence, il ignorait que Jones se trouvait dans la pièce, en train de remâcher sa rancœur. Cela mis à part, il ressemblait effectivement à n'importe quoi quand on le regardait sous cet angle. Ses transmetteurs, ses récepteurs, ses câbles et ses circuits intégrés occupaient un espace considérable, qui incitait naturellement au respect, mais cette petite pièce banale ne donnait aucune idée de leur étendue; un homme pouvait facilement ne connaître de lui que cette vitrine, en ignorant totalement quel monstre tentaculaire se déployait derrière (ce qui était d'ailleurs presque toujours le cas). Le Sanctuaire — que d'aucuns appelaient également *Suburbia Delphi,* la Banlieue de Delphes — n'était en dernière analyse qu'une vulgaire paroi métallique, aussi peu impressionnante que la face externe d'une cuisinière électrique encastrée. Il y avait une ampoule ambrée qui ne s'éteignait jamais (parce qu'elle indiquait qu'ORACLE était en service — et ORACLE était *toujours* en service), une console avec sa chaise, une machine à écrire spéciale écrivant en caractères Bodoni (où l'opérateur tapait les questions), un tableau à glissières entouré de lentilles (où l'ordinateur les lisait) et un gros bouton de mise à feu (qui disait « vas-y, petit, à toi de causer »). Mais placer une feuille sur le tableau de lecture et presser le bouton — gestes triviaux par excellence — était toujours une expérience fantastique, car ORACLE travaillait si vite que la réponse, quelle que fût la question, commençait à apparaître avant même que le doigt de l'opérateur eût lâché le bouton.

Enfin, presque toujours.

Jones prit place derrière la console, donna de la lumière, sortit le briquet de l'amiral, un briquet carré qui se démontait facilement, trouva le petit rouleau de papier coincé entre le réservoir et la coque. L'essence avait légèrement brouillé les lettres, mais le texte demeurait lisible. Puis il récupéra les deux carrés enfouis dans sa poche, lissa les trois messages du plat de la main, les posa devant lui, en fit un petit tas bien net et lança à l'ordinateur, aussi joyeusement qu'un jeune marié le soir de ses noces :

— A nous deux, Charlie!

Quelques secondes plus tard, les noces étaient oubliées. Jones commença par retenir son souffle, puis jura tout ce qu'il savait, puis cessa de jurer parce que c'était idiot. Secouant la tête comme pour se morigéner lui-même — ce qui était le cas — il reprit les trois messages et les tapa en caractères Bodoni, en respectant les alignements et les interlignages réglementaires et en faisant précéder les questions des numéros d'identification du Civil, de l'amiral et du colonel. Ces numéros codés avaient été attribués aux « personnes autorisées » par l'ordinateur lui-même, qui les associait automatiquement, dans sa mémoire, au dossier des intéressés; ainsi, lorsqu'un de ces codes était frappé, la machine savait quelles étaient les références et la situation de l'individu qui la questionnait. Ces codes n'étaient pas nécessaires pour les questions d'ordre général, mais devaient être obligatoirement mentionnées pour les questions d'ordre personnel, comportant le mot « Je » ou l'un quelconque de ses succédanés.

Les textes tapés, il déchira la feuille, la découpa, posa le premier message sur le tableau de lecture, retint son souffle et appuya sur le bouton.

Le tableau de lecture s'illumina un bref instant, un relais cliqueta, une langue de papier jaillit de la paroi. Il l'arracha d'un geste sec. Elle était blanche.

Il remplaça le premier message par le second, puis le second par le troisième. Une fois, la machine parut hésiter, mais cette hésitation n'eut pas de suites : la langue de papier était aussi vierge que les deux autres.

— Ne viens pas te plaindre après ça que tu as la langue chargée! marmonna-t-il à l'ordinateur qui le fixait en silence de son œil glauque.

Revenant à la machine à écrire, il tapa son propre code suivi de la première question :

QUEL HOMME DEVRAIS-JE ELIMINER POUR ETRE ASSURE DE DEVENIR PRESIDENT?

Puis il déchira à nouveau la feuille, assura la question sur le tableau et pressa le bouton. Le tableau s'éclaira, le relais cliqueta, la langue jaillit. Il l'arracha d'un geste sec et lut (guillemets compris) :

« JOHN DOE [1]. »

Il grommela « Bien vu, Charlie », puis tapa et présenta la seconde question de la même manière :

SI J'ELIMINE LE PRESIDENT, QUE DEVRAI-JE FAIRE ENSUITE POUR DEVENIR L'HOMME LE PLUS PUISSANT DU PAYS?

L'ordinateur répondit immédiatement :

SURVEILLER VOTRE REGIME JUSQU'AU JOUR DE VOTRE EXECUTION.

Jones regarda alternativement les deux feuillets, cependant que la réponse se frayait un chemin dans son esprit, puis éclata d'un rire énorme, à la limite de la crise d'hystérie. Il riait encore en posant la troisième question, toujours précédée de son code personnel :

MON RALLIEMENT A HENNY RENFORCERA-T-IL LE CAMP DE LA PAIX?

Cette fois-ci, la réponse fut un NON sec et catégorique, et il ne songea pas à rire.

---

1. Monsieur Tout le Monde. Equivalent américain de Durand, Dupont, etc. (N. de la T.)

— Toi non plus tu ne trouves pas ça drôle, dit-il presque affectueusement à l'ordinateur, un frisson glacé lui courant dans le dos.

Pour Jones (et ses semblables), Henny était tout ce qu'on voulait sauf un sujet de plaisanterie. Il se réveillait parfois au milieu de la nuit, trempé de sueur, le cœur battant, sachant qu'il venait de rêver de Henny et préférant demeurer éveillé jusqu'à l'aube plutôt que retrouver dans un nouveau cauchemar le visage de saint naturiste, la voix mélodieuse et la longue chevelure blanche (quel merveilleux artiste avait pu composer ce chef-d'œuvre ?) de l'Honorable Oswaldus Deeming Henny, génial inventeur, promoteur, vendeur et débiteur du non moins génial « Plan pour la Paix ». Il y avait eu autrefois dans le pays un homme qui avait rassemblé derrière lui une partie de la population en lançant le slogan « Vous êtes tous des chefs », mais il n'avait pas réussi à prendre le pouvoir parce qu'un slogan ne suffit pas à faire une philosophie politique. Un autre avait dressé les gens les uns contre les autres et les avait forcés à se battre avant de s'offrir en arbitre et protecteur, mais il avait également échoué, parce que la peur ne fait pas marcher l'économie. Henny, lui, employait simultanément ces deux tactiques, sans parler de toutes celles qu'il avait inventées sans l'aide de personne. Son physique seul lui valait plus d'admirateurs — parmi les électeurs qui votent avec leurs chaussettes — que Rudolph Valentino et Albert Schweitzer réunis. Ses prises de position en faveur de l'isolationnisme absolu séduisaient la droite. Son idée de désarmement unilatéral, inconditionnel et immédiat, ravissait la gauche. En proposant d'allouer à la recherche un tiers du budget de la défense, de supprimer le commerce extérieur et de confier aux laboratoires le soin d'inventer tout ce qui manquait à la nation pour qu'elle puisse vivre en totale autarcie, il attirait à lui les scientifiques et les techniciens. Quant aux autres, les hommes qui n'étaient ni de Cro-Magnon, ni de droite, ni de gauche, ni de science, il les appâtait en promettant tout simplement une réduction générale des impôts. Mais le meilleur — ou le pire — était son « Plan pour la Paix », que les Faucons et les Colombes soutenaient avec la même ardeur farouche, et qui consistait à menacer — dissuasion suprême! — de faire sauter le pays à la moindre alerte, pour n'offrir à l'agresseur que des cendres et des ruines sans intérêt. Tel quel (et un développement ultérieur était toujours à craindre), son programme était le plus fantastique pot-pourri de tous les temps, un mélange d'apocalypse et de monde meilleur, de « Unissez-vous » et de « Chacun pour soi », de non-violence et de xénophobie, de « Laissez-les vivre » et de « Tuez-les tous », où la chatte la plus perspicace n'aurait pas retrouvé ses petits.

— C'est bien beau ton histoire, dit Jones à l'ordinateur lorsqu'il eut repris ses esprits, mais ça ne me dit pas pourquoi tu as refusé de répondre à mes clients. Note que je comprends, dans un certain sens...

Il alla chercher la chaise, l'installa en face de la paroi, au centre du Sanctuaire, s'assit et croisa les bras. Pendant un long moment, l'homme et la machine se firent face, immobiles et silencieux.

— Bon, finit par dire Jones. Si tu étais une personne, une vraie personne vivante, comment m'y prendrais-je avec toi? Est-ce que je me dirais, par exemple : ce gars-là est intelligent, mais quelle tête de mule, quelle stupide tête de mule?

« Comment est-ce que je m'y prends avec les gens? se demanda-t-il. Comment est-ce que je m'y prends vraiment? Pourquoi cette question? Je le sais bien : je dis ce qu'il faut dire, je pose les questions qu'il faut poser. Comme avec ORACLE. Je lui demande ce qui ne va pas, et il me répond que tout va bien. Quelle stupide tête de mule!

« Non, c'est faux. Je me mets à leur place. Je me glisse dans leur peau, j'entends avec leurs oreilles, je vois avec leurs yeux.

« Je vois avec leurs yeux.

Il repoussa sa chaise, prit la question de l'amiral — la question qui portait le numéro d'identification de l'amiral — la fixa sur le tableau de lecture, puis s'accroupit, le dos contre la paroi, interposant sa tête entre la feuille et les lentilles. Il voyait ce que voyait ORACLE. Il voyait avec les yeux d'ORACLE. Le tableau de lecture. La feuille de papier. La pièce nue, rébarbative. Le mur opposé. L'...

Il en eut le souffle coupé. Ses yeux s'arrondirent. Lorsqu'il fut à nouveau capable de parler, il dit la seule chose qu'il était capable de penser :

— Ça alors, Charlie! Je veux bien être pendu!

✶✶

L'amiral arriva le premier. Jones avait eu fort à faire depuis qu'il avait quitté ORACLE, mais il était nettement plus fringant que son visiteur et son léger essoufflement aurait pu passer pour celui d'un homme qui sort d'un sauna ou d'une salle de massage.

— Asseyez-vous, Amiral.

— Jones, avez-vous...

— Je vous demande de vous asseoir.

— Mais dites-moi...

— Oui. J'ai votre réponse. Mais je ne peux pas vous la donner tout de suite.

Il balaya la pièce d'un geste aussi large qu'imprécis.

— Il faut que des choses se passent d'abord. Faites-moi confiance.

Confiance! L'amiral la lui aurait volontiers assénée en un seul coup, sa confiance, mais le colonel choisit cet instant précis pour faire son entrée. Non mais, regardez-le, pensa Jones, raide comme une baïonnette, aussi discret qu'un mirador, vindicatif comme un coq de bataille! D'un autre côté, il n'avait pas tout à fait tort. Pour un homme qui ne quittait jamais Washington, c'était le seul moyen de se faire une réputation de vaillant guerrier. Le colonel avait déjà fait deux pas dans la pièce quand il aperçut l'amiral. Il s'immobilisa, amorça un demi-tour réglementaire et lança par-dessus son épaulette gauche :

— Je ne pensais pas...

— Prenez un siège, Colonel, dit Jones en réussissant à donner à sa voix les résonances métalliques de celle de l'officier.

Cette imitation parfaite agit sur les muscles du colonel sans passer par son cerveau. Il s'assit docilement, puis reprit ses esprits et se tourna vers l'amiral, les dents sorties.

— L'idée ne vient pas de moi, dit celui-ci en s'arrangeant pour que sa phrase sonne comme une insulte.

La porte s'ouvrit à nouveau, et l'Histoire fit son entrée, la tête légèrement penchée, les yeux prêts à voir et à comprendre, la bouche esquissant un sourire presque aussi célèbre que celui de la Joconde. Mais à la vue des militaires, les yeux descendirent de leur piédestal, la bouche se durcit et le Civil dit :

— Je ne pensais pas...

— Asseyez-vous, Monsieur.

Voyant que l'autre hésitait, Jones se mit à parler, racontant n'importe quoi, le plus vite possible, sans s'arrêter une seconde pour lui laisser le temps de penser. Le Civil hésita, sembla peser le pour et le contre, puis posa ses fesses anguleuses sur le rebord d'un siège, comme prêt à bondir à la moindre alerte.

— Messieurs, commença Jones, je suis heureux de vous annoncer que je sais pourquoi ORACLE refuse obstinément de vous répondre. Il n'y a plus de mystère. Une coopération que je n'espérais plus m'a permis d'en venir à bout. (Bien joué, Jones. Fais-les mousser. Qu'ils croient t'avoir aidé. Ils tomberont d'un peu plus haut.) Cela dit, j'ai un avion à prendre, et les affaires du pays vous attendent. Je serai donc bref, et je vous serais reconnaissant de ne pas m'interrompre à tout instant.

En regardant les trois visages avides, furieux, bornés qu'il avait devant lui, Jones comprit soudain pourquoi, dans les romans policiers, il y a toujours une scène où le détective rassemble tous les suspects et les oblige à supporter un long discours. Pourquoi il le fait toujours *lui-même,* au lieu de s'en décharger sur un quelconque acolyte. Pourquoi l'auteur, qui s'identifie à son héros, s'attarde toujours longuement sur cette rencontre, au lieu de se contenter de la mentionner. Pourquoi le lecteur, qui ne s'identifie pas moins, trouve un grand plaisir à la lire, même si elle ne fait nullement progresser l'enquête : parce que c'est une situation prodigieusement amusante.

— Cet objet — il prit un paquet plat enveloppé de papier brun, long d'un mètre, large d'une quarantaine de centimètres — est l'unique cause de tous vos soucis. C'est le fétiche de ma compagnie. Depuis qu'elle a été fondée, il y a maintenant un demi-siècle, il a été lié à son histoire. Vous ne trouverez pas de lieu où elle ait opéré sans que cet objet — ou un de ses semblables — ait été présent, pas de matériel lourd, grue, camion, bulldozer, qu'elle ait utilisé qui n'ait porté un objet de ce genre. Il y en a dans chacun de ses bureaux, ainsi que dans la plupart de ses cafétérias.

Il posa le paquet devant lui et se mit à le caresser avec amour, sans cesser de parler.

— Je n'ai pas l'intention de discuter avec vous du point central de l'affaire, à savoir si oui ou non, et si oui, dans quelle mesure un ordinateur peut être conscient de ce qu'il fait. Mais j'aimerais, avant d'en venir à des considérations plus précises, vous rappeler brièvement une petite comptine : faute de clou, le fer ne put être mis; faute de fer, le cheval ne put être monté; faute de cheval, le message ne put être transmis; faute de message, la bataille ne put être gagnée : faute de victoire, le royaume ne put être sauvé; et tout ça parce qu'on n'avait pas trouvé le clou du fer à cheval.

— Monsieur Jones, coupa l'amiral, je — nous — votre...

— Je l'ai dit avant vous, répondit Jones sans élever le ton, et il continua de parler jusqu'à ce que l'amiral eût cessé de bougonner. Ceci — il posa un doigt sur le paquet — est le clou du fer à cheval d'ORACLE. Ce n'est pas un clou commun, parce qu'ORACLE n'est pas un ordinateur commun. Il n'a pas été conçu pour résoudre des problèmes ordinaires d'une manière ordinaire, en ne tenant compte que des données propres à ces problèmes. D'autres machines moins élaborées peuvent accomplir ce travail. ORACLE réfléchit comme le fait un homme civilisé, en utilisant tout ce qui a été emmagasiné dans son cerveau. Je veux dire dans sa mémoire. Mais si je lui retire ce clou, alors... (il désigna une nouvelle fois le paquet) alors il peut répondre à vos questions. C'est d'ailleurs ce qu'il a fait.

Un léger sourire apparut sur ses lèvres.

— A l'origine, il n'était sans doute pas comme ça. Je crois qu'il est... qu'il s'est transformé.

Le sourire disparut :

— Je disais que j'avais vos réponses.

A partir de là, il pouvait s'offrir de souffler quand il le voulait. Les poissons étaient ferrés, les suspects suspendus à ses lèvres. Pour les faire sortir de la pièce avant qu'il eût fini de parler, il aurait fallu les haler avec une grue ou les découper à la scie électrique.

Il concentra son attention sur le colonel.

— D'un point de vue strictement professionnel, votre question est indiscutablement la plus intéressante. Elle permet de mettre en relief les étonnantes possibilités d'ORACLE. On pourrait même soutenir — je parle évidemment de la réponse — qu'il s'agit d'une véritable pensée, au sens le plus large du terme, bien qu'une hypothèse de ce genre soulève des questions que mes collègues et moi-même ne sommes pas prêts d'avoir résolues. Que se passe-t-il lorsqu'un robot qui a été conçu pour obéir, et qui n'a pas d'autre choix, se voit intimer l'ordre de devenir intelligent? A partir de quel moment l'imitation de l'intelligence devient-elle un acte lui-même intelligent?

— Ma question ne sera pas discutée ici! aboya le colonel.

— Elle le sera, que cela vous plaise ou non! répliqua Jones en haussant brusquement le ton. Et vous allez me faire le plaisir de retirer immédiatement cette main de votre poche! Je ne plaisante pas, Colonel! Je n'ai pas peur de vous! Avant de vous convoquer, j'ai rédigé deux rapports détaillés sur toute cette affaire, et je suis allé les poster en ville, de manière qu'aucun de vous ne puisse les intercepter! Le premier est adressé à mon patron. C'est un ami fidèle et un homme influent, qui a autant de relations que la compagnie a de machines en exploitation, ce qui signifie qu'il a le bras assez long pour vous poursuivre jusqu'au bout de la Terre, et même sur la Lune s'il le faut! Le second est destiné à un homme tout aussi sûr, dont je vous dirai simplement qu'il a les moyens d'alerter en moins de deux heures plus de journaux et d'agences de presse que vous ne pourriez rassembler de crétins pour vous soutenir, dussiez-vous y passer toute votre vie! Naturellement, ces rapports sont scellés, et leurs destinataires ne les ouvriront que si je ne les ai pas appelés avant une certaine heure, d'un certain endroit et d'une certaine manière, et je vous conseille de me croire si je vous dis que vous n'avez aucune chance de les tromper! En d'autres termes, vous ne pouvez rien contre moi, sauf me rendre plus méchant encore en me faisant rater mon avion, *Assis, Amiral*!

— Je n'entendrai pas un mot de...

— A votre aise. Jones désigna les deux momies figées dans leurs fauteuils. Mais *eux* entendront!

L'amiral se rassit. Le Civil parla d'une voix posée, savamment voilée par un profond désappointement :

— Monsieur Jones, j'avais cru comprendre que votre parole...

— Il y a des considérations plus importantes que ma parole. Des considérations qui l'emportent sur tout le reste.

Il brandit une des feuilles tapées sur la machine d'ORACLE.

— Dois-je vous faire un dessin, Monsieur?

Le Civil se tassa sur son siège.

— Laissez-le terminer, grinça le colonel. Qu'il aille jusqu'au bout et... qu'il aille jusqu'au bout!

Jones traduisit immédiatement, l'esprit travaillant aussi rapidement qu'ORACLE : *Et après ça, il n'ira plus jamais nulle part.* Il se tourna vers le colonel.

— Un peu de courage, que diable! Vous l'avez dit vous-même : ce sera votre parole contre la mienne. Auriez-vous renoncé à me traiter de menteur?

Puis, sans attendre la réponse, il prit un des feuillets posés devant lui et lut à voix haute :

SI J'ELIMINE LE PRESIDENT,
QUE DEVRAI-JE FAIRE ENSUITE
POUR DEVENIR L'HOMME LE PLUS PUISSANT DU PAYS?

Le visage du colonel était devenu aussi minéral que les faces de pierre du Mont Rushmore [1]. Le Civil eut un hoquet et se mordit les doigts. L'amiral oublia de plisser ses yeux d'outremer et parut tout bête.

— La réponse d'ORACLE, poursuivit Jones, est une merveille de pensée logique, je dirais même d'imagination créatrice. Ecoutez : FAITES ECLATER UNE BOMBE DANS LE Q.G. SOUTERRAIN ET PASSEZ ENSUITE LE RESTE DE VOTRE TEMPS A EN RECHERCHER D'AUTRES.

Il reposa le feuillet sur son bureau et, ignorant délibérément le colonel, s'adressa avec véhémence au Civil et à l'amiral.

— Saisissez-vous ce que cela signifie, Messieurs? Le Q.G. souterrain dont parle ORACLE est évidemment l'abri anti-antomique enfoui dans les montagnes où le gouvernement est censé trouver refuge en cas de guerre nucléaire. Que le président actuellement en exercice s'y trouve ou ne s'y trouve pas au moment de l'explosion de la bombe n'est qu'un aspect secondaire de la question. Il y a mille autres moyens de se

1. Célèbre montagne américaine où sont sculptés dans le roc les visages de plusieurs présidents des Etats-Unis. (N. de la T.)

débarrasser d'un président. Ce qui est important, c'est que l'homme qui a posé cette question à ORACLE, après avoir organisé lui-même l'attentat, saisisse la balle au bond et se présente aussitôt comme le sauveur de la nation, le seul individu capable de la protéger, le seul responsable qui ait assez de courage, et surtout de fermeté, pour déjouer les plans machiavéliques d'un ennemi devenu brusquement omniprésent, tentaculaire, prêt à frapper à chaque seconde, mais hélas toujours insaisissable — et pour cause! Vous devinez aisément la suite : psychose de l'attentat, journaux et chaînes de télévision distillant la peur, chasse aux sorcières, contrôles policiers, institutionnalisation de la délation, lois d'urgence, censure, abolition des libertés, et pour finir, élection de l'homme providentiel au poste suprême!

La voix de Jones monta d'un degré. Sa colère fit place à une rage froide, déterminée, glacée comme une lame.

— Regardez ce guerrier, Messieurs, regardez-le bien! Il agite ses petits plans mesquins dans sa petite tête mesquine, mais d'où tire-t-il sa force? Qu'est-ce qui fait tressaillir jusqu'au plus infime de ses muscles? L'*esprit de corps* [1] le plus parfait, le plus achevé que le monde ait jamais connu. Je ne plaisante pas, je vous ai prévenus que je n'étais pas d'humeur à rire! Cet esprit de corps est au-delà de l'obéissance, au-delà de la dévotion et de la foi, au-delà même de l'amour. C'est une vertu rare, je dirais même rarissime, qui n'a pas de prix dans le monde où nous sommes obligés de vivre. Et voilà la faute impardonnable, inexpiable que cet homme a failli, que dis-je a failli; a tenté de commettre! Vouloir égorger le président pour devenir le maître d'un peuple d'esclaves, les fesses posées sur un trône d'or, n'est qu'une bagatelle tout au plus passible de la cour martiale. Mais utiliser cette inestimable vertu, en faire un vice, une chose banale et méprisable!

1. En français dans le texte.

Instinctivement, sans quitter Jones des yeux, le Civil avait écarté son fauteuil de celui du colonel. Le regard de l'amiral était aussi froid et implacable qu'une sentence. « Douze balles dans la peau. » Jones se tourna vers lui.

— Avez-vous remarqué, Amiral, que le colonel, en rédigeant sa question, a employé le mot « éliminer »? Il aurait pu écrire « écarter », ou « supplanter », mais il ne l'a pas fait. Pourquoi?

Il laissa à ses paroles le temps de parcourir leur chemin, puis reprit :

— Je vous pose cette question parce que vous avez utilisé le même mot, et parce qu'il me paraît évident que vous l'avez choisi pour la même raison. Vous ne comprenez pas?

Il prit un des feuillets :

— Je vais vous rafraîchir la mémoire : QUEL HOMME DEVRAIS-JE ELIMINER POUR ETRE ASSURE DE DEVENIR PRESIDENT?

— Quel homme? murmura le Civil, et Jones ne put s'empêcher d'admirer une fois de plus son extraordinaire sang-froid. Il aurait dû écrire *combien* d'hommes...

— Détrompez-vous, le coupa Jones. ORACLE n'a donné qu'un seul nom. Le vôtre.

Sans se presser, le Civil se tourna vers l'amiral.

— Espèce de vieille ordure, dit-il posément. Je suis sûr que vous n'auriez pas hésité une seconde.

— Ma question était purement théorique, affirma l'amiral, mais personne ne prêta la moindre attention à sa réponse.

— Quant à vous, reprit Jones en se tournant vers le Civil, son ton exprimant, à sa grande surprise, plus de regret que de colère, je suis persuadé que vous étiez sincère lorsque vous avez posé votre question. Vous êtes parvenu au terme de votre vie, vous n'aimez pas la guerre, et vous désirez laisser derrière vous un monde pacifié et pacifique. Mais — vous l'avez dit tout à l'heure en pénétrant dans cette pièce, et le colonel l'avait dit également quelques instants avant vous : « Je ne pensais pas... » Voyez-vous, Monsieur, les deux hommes qui sont assis à côté de vous sont des assassins; je veux dire qu'ils ont déjà pris la décision de tuer, qu'ils s'en sont donné les moyens et qu'ils n'attendent plus que l'occasion. Mais ce que vous projetiez vous-même en questionnant ORACLE est infiniment pire.

Il prit le dernier feuillet et lut :

— MON RALLIEMENT A HENNY RENFOR-CERA-T-IL LE CAMP DE LA PAIX?

— Sachez — mais vous le saviez déjà, n'est-ce pas? Vous ne désiriez qu'une confirmation? — que la réponse d'ORACLE est OUI. La position d'Henny est aujourd'hui si forte que votre ralliement à sa cause le porterait inévitablement au pouvoir. La paix l'emporterait sur la guerre. Mais avez-vous *pensé* un seul instant — non, vous ne pensez pas, vous l'avez dit vous-même — à ce que serait cette paix? Désarmement unilatéral, isolationnisme absolu et ordre moral! Bien sûr, notre nation pourrait survivre avec une paix de ce genre, mais il faudrait pour cela que nous le voulions tous, sans exception, que chaque homme, chaque femme, chaque enfant de notre pays pense la même chose, au même moment, de la même manière! Et pour parvenir à ce résultat, votre cher Henny, ce bon vieux démago de Henny, s'empresserait de créer la police politique la plus puissante, la plus effrayante, la plus impitoyable qui ait jamais sévi sur notre malheureuse planète! Bien sûr, nous aurions la paix, mais je préférerais affronter un ours Kodiak avec des gants de boxe plutôt qu'avoir à vivre une seule heure dans cette paix-là!

Il désigna les deux officiers immobiles, une profonde expression de dégoût sur le visage :

— Eux étaient prêts à tuer plusieurs milliers d'individus pour parvenir à leurs fins. Mais vous, vous vous prépariez à massacrer tout ce qui respire et vit librement dans ce pays! Vous vouliez assassiner la liberté!

Il se leva.

— C'est tout ce que j'avais à dire. Je vous laisse le paquet. L'objet qu'il contient a été placé dans le Sanctuaire — en même temps qu'ORACLE, dans l'alignement exact de son tableau de lecture. Il s'ensuit que tout ce que l'ordinateur a fait jusqu'à ce jour a été lié à cet objet. Je vous conseille de le remettre en place sans tarder, faute de quoi ORACLE ne sera plus qu'une machine comme les autres, ne résolvant les problèmes que dans la logique étroite des questions qui lui sont posées. Je vous conseille également d'installer des objets semblables dans vos propres bureaux, ainsi que dans tous les endroits où vous avez l'habitude de travailler. Et de cesser de poser des questions dont la réponse ne peut être donnée qu'en fonction de vous-mêmes. Des questions qui demeurent sans réponse parce qu'il faudrait cesser de *penser* pour pouvoir les comprendre.

Le Civil jaillit de son fauteuil et fit un geste inattendu, dont Jones devait se souvenir par la suite avec émotion comme d'une des plus belles démonstrations de dignité et de courage dont il ait jamais été témoin. Le vieillard lui tendit la main et dit :

— Vous avez eu raison. J'avais besoin de cette leçon. Il fallait que quelqu'un m'arrête. Mais qui les arrêtera, *eux* ?

Jones serra la main tendue.

— C'est déjà fait. J'ai agi sur les conseils d'ORACLE, et ORACLE ne se trompe jamais.

Puis il eut un bref sourire et sortit, après avoir jeté un dernier regard sur les dos rigides des officiers. Le Civil, penché sur le bureau, commençait déjà à défaire le paquet. Il se força à marcher d'un pas égal en suivant l'un après l'autre les interminables couloirs du Pentagone. ORACLE l'avait assuré qu'il n'avait rien à craindre, mais personne n'est jamais totalement à l'abri des considérations-qui-l'emportent-sur-tout-le-reste, et une petite sueur désagréable coulait entre ses omoplates. Tout se passa pourtant bien, et il fut bientôt dehors, vivant et libre. Merveilleusement libre et merveilleusement vivant.

Il s'engouffra dans la première cabine téléphonique qu'il trouva sur son chemin, entendit la voix d'Annie, déclara d'un ton péremptoire :

— Le monde est beau, tu savais ça? Le monde est beau!

— Jones, oh Jones! La dernière fois que je t'ai appelé, tu m'as dit que tu travaillais dans un endroit horrible, avec des gens qui passaient leur temps à se fusiller et à sentir des pieds!

— C'est simplement que je viens de couper les pattes à trois horribles cauchemars, expliqua-t-il sobrement.

Annie n'aurait pas été ce qu'elle était pour lui si elle n'avait pas su deviner quand elle pouvait insister et quand il valait mieux ne pas le faire. Elle dit : « Ça, c'est chouette », puis il lui annonça qu'il rentrait.

— Tu as réparé ta machine?

— Elle n'avait rien. J'ai juste enlevé l'écriteau « PENSEZ ».

— Tu te moques encore de moi. Quand tu es comme ça, je ne sais jamais si tu plaisantes ou si tu penses à ce que tu dis.

The Nail and the Oracle
Traduction de Chantal Jayat,
reproduite avec l'autorisation de Robert P. Mills.

Oui, docteur

par

John F. Sutter

J'ai mal. J'ai mal partout. Non, pas partout, mais
j'ai des élancements même là où je n'ai pas véritablement mal. Maintenant je ne ressens qu'une douleur
sourde et une immense fatigue, mais on dirait qu'il n'y
a plus ni temps ni espace, qu'il n'y a plus que ce mal.
Je me sens déjà un peu plus forte que je ne l'étais. A
peine, mais je suis plus forte. Il faut que je me rétablisse. Je veux me rétablir. Je vais me rétablir.

— Monsieur Shaw, je pense qu'elle s'en sortira bien.
Comme vous savez, pendant quelque temps, c'était ou
lui ou elle. Mais elle va mieux, je vous l'assure. Bien
sûr, il y aura toujours ce handicap mais malheureusement, nous n'y pouvons rien.

— Je comprends. Mais tout ce que je demande, c'est
qu'elle se rétablisse.

Je ferais mieux d'ouvrir les yeux. Jeff n'est pas là. Je
sens qu'il n'est pas là. Mais maintenant j'arrive à supporter cette pièce toute blanche. Je n'ai plus cette envie
de mourir. Bien qu'il n'ait pas vécu. Je pourrais pleurer
— pleurer — pleurer... c'est d'ailleurs ce que je voulais
faire quand Jeff m'a dit ce qui s'était passé. Mais ces
lamentations ne mènent à rien. Je vais me rétablir.

— Vous lui avez bien dit que l'enfant était mort?

— Oui, docteur. Elle a eu du mal à l'accepter au
début. Beaucoup de mal. Après je lui ai dit que c'était

un garçon. Cela lui a fait plaisir malgré... malgré ce qui est arrivé.

Voilà. Ça y est. Le monde est de retour. Il y a tellement de soleil dans la chambre. Tellement de fleurs. Je me demande si Jeff...

— Lui avez-vous dit que l'enfant est déjà enterré?

— Pas encore. Si vous pensez qu'elle va mieux, je le lui dirai aujourd'hui.

— Vous ne croyez pas qu'elle va vous en vouloir d'avoir procédé aux obsèques, monsieur Shaw?

— Jessie est pleine de bon sens, docteur. Elle comprendra que nous ne pouvions pas attendre. Et puis — même si ça paraît un peu ridicule à dire — nous nous aimons.

Je suis sûre que Jeff a fait au mieux. Si seulement cet enfant — ce garçon — avait vécu jusqu'à ce que je puisse le voir... Depuis combien de temps suis-je ici? Où est Jeff? Est-il raisonnable au moins? Je l'ai supplié d'être raisonnable. Est-il à son travail? Sinon, il risque de perdre sa place. C'est si important pour lui. Oh! je l'aime. Je l'aime. J'ai tellement envie de lui donner de beaux enfants.

— Alors, peut-être vaudrait-il mieux que ce soit vous qui lui disiez le reste plutôt que moi, monsieur Shaw. Il lui serait sans doute plus facile de croire quelqu'un qui l'aime. Parfois les malades ont l'impression que le médecin n'en sait pas autant qu'elles.

— Ça, cela ne va pas être facile.

J'espère que les enfants ressembleront à Jeff. Je ne suis pas laide bien sûr, mais je suis si... quelconque. Jeff est beau pour deux. C'est pour ça, entre autres, qu'ils disent tous qu'il n'en voulait qu'à mon argent. Mais il ne m'a pas laissé l'aider. Il est indépendant. Il travaille dur pour gérer le rayon sports alors que si nous le voulions, nous n'aurions plus besoin de travailler ni l'un ni l'autre. Il faut que je me rétablisse — pour lui. Je vais me rétablir.

— Facile ou difficile, monsieur Shaw, il faut le faire. Quelqu'un doit le lui dire. Et c'est vous qui êtes le mieux placé pour lui annoncer ça. Elle ne doit plus jamais essayer d'avoir un enfant. Plus jamais. Cela la tuerait. Ne vous y trompez pas! Attendre un autre enfant la tuerait.

— J'en prends la responsabilité, docteur. Ce n'est pas la peine que vous lui disiez quoi que ce soit. Je crois que j'arriverai à la convaincre. Peut-être même réussirai-je à la persuader de changer d'air pour quelque temps, afin qu'elle ne soit pas la proie de mauvais souvenirs.

Je suis contente d'avoir fait mon testament en faveur de Jeff avant de venir à l'hôpital. Il ne le sait pas et, en fin de compte, ça s'est avéré inutile. Mais je suis contente quand même. Il a été si gentil avec moi que je suis sûre de lui maintenant...

La porte s'ouvrit, sans bruit. Elle tourna la tête — lentement — et un sourire fatigué passa sur son visage blême. Un jeune homme élancé aux cheveux blonds et bouclés se tenait dans l'encadrement de la porte.

— Jeff.

Déjà il était à son chevet, couvrant de baisers le creux de sa main.

— Jessie.

Quand ils purent enfin parler, elle lui saisit la main :

— Jeff, pendant que j'étais couchée j'ai eu le temps de réfléchir. Tout le monde a sa part d'ennuis. Nous pouvons surmonter celui-ci. Je vais retrouver mes forces, très vite. Et puis après, nous aurons un autre bébé aussi rapidement que nous le pourrons... D'accord?

Il sourit fièrement. La bonne réponse, c'était simplement la vérité.

— J'y compte bien, mon cœur. J'y compte bien.

Doctor's Orders
Traduction de S. Lemerle

Mort sur décision du tribunal

par

FRANCIS BEEDING

M. Guy Partridge replia machinalement son journal, la première édition de l'*Evening News*, avec la
minutie qui le caractérisait. Puis il se leva en vacillant
alors que le train de douze heures trente-cinq en provenance de Waterloo (arrivée une heure quinze à
Leatherhead) commençait à ralentir le long du quai.
Comme le train s'arrêtait, il prit son chapeau haut de
forme posé sur le siège à côté de lui, et se prépara à
quitter son compartiment de première classe.

Un visage rieur apparut à la fenêtre. Derek attendait
sur le quai, Molly juste derrière lui. Comme il faisait
plaisir à voir, ce fils aîné! Il dépassait son père d'au
moins une tête, et carré avec ça. Et puis il y avait
Molly, quinze ans et souple comme une dryade — c'est
bien ça? — une de ces déesses sveltes qui couraient
à travers les bois de la Grèce antique. Bien sûr, ils
tenaient leur beauté de leur mère — leur intelligence
aussi d'ailleurs. Il n'avait jamais pu savoir ce que Gertrude avait bien pu lui trouver quand elle l'avait
épousé pour le meilleur et pour le pire. Sa famille
avait toujours été tout à fait franche avec lui à ce
sujet. Elle l'avait épousé pour son argent, disaient-ils.

Peut-être pas uniquement pour son argent, car Gertrude n'était pas une femme intéressée. Peut-être, après
tout, l'avait-elle épousé par amour. L'amour est une

chose mystérieuse et tout à fait imprévisible. Les gens les plus différents se mariaient par amour. De toute façon, Gertrude était très attachée à lui. Les enfants aussi. A vrai dire, il avait toujours fait tout ce qu'il pouvait pour eux, cela avait été son unique souci. Quant à Gertrude, de sa vie il n'avait regardé une autre femme, et à sa connaissance, nulle autre femme ne s'était jamais intéressée à lui.

Il y avait un mot qui lui trottait désagréablement dans la tête. Lequel, déjà? Ah, oui, Gertrude, d'après eux, l'avait épousé pour son argent. Pourquoi fallait-il soudain qu'il eût cet étrange sentiment que quelque chose n'allait pas? Son week-end commençait, et il y avait certaines choses auxquelles il ne pensait jamais pendant ses week-ends. Ces actions de pétroles roumains par exemple. La maison les avait achetées à 81; la veille, elles étaient descendues à 73 et ce matin, elles étaient cotées à 69 3/8. Mais ça c'était les affaires, et Derek était là, le visage dans l'encadrement de la fenêtre, bien décidé à passer un bon moment.

— Hello, Bones! A quoi pensez-vous? Pas content de nous voir?

C'était Derek. Les enfants avaient toujours appelé leur père Bones — pas très respectueux peut-être mais à la maison on ne l'appelait jamais que « Bones » ou « p'tit père ».

— 81, dit M. Partridge en descendant du compartiment, sans se rendre compte qu'il parlait à haute voix.

— Pauvre Bones! (à présent c'était Molly qui parlait) toujours à la City. Réveillez-vous, P'tit Père. Après le déjeuner, on va faire un golf en famille tous les quatre.

Entraîné par son fils et sa fille, il marcha vivement vers la sortie de la gare. Le contrôleur salua avec affabilité quand ils passèrent devant lui. C'était M. Partridge des Cèdres qui avait un abonnement de première classe, et lui donnait deux livres pour étrennes le lendemain de Noël.

— Nous sommes venus vous chercher avec la Terreur, Bones (c'était Molly qui parlait), Derek l'a poussée à 95 en venant. Ça, c'est de la machine, hein, P'tit Père!

M. Partridge s'efforça d'être gai.

— Jeune bandit! dit-il, s'adressant à son fils qui grimpait dans une ridicule petite voiture de trois places avec un minuscule pare-brise de vingt centimètres, sans garde-boue — une Bugatti 1927, modèle sport. — Tu vas te retrouver en taule un de ces jours, et n'espère pas que je paie la caution.

« En taule! » Pourquoi avait-il dit cela? Encore une fois, il eut ce sentiment que quelque chose se préparait. Mais c'était absurde. La situation n'était pas des plus confortables mais Bentham y veillerait. Où allait-on si on ne pouvait plus faire confiance à son associé?

L'air de la course le ragaillardit. Il était libéré de tous ses soucis de bureau jusqu'à lundi au moins. Et toute sa famille était là, tous si gais et si contents de le voir. Et ils avaient combiné exprès pour lui une partie en famille, parce qu'ils savaient qu'il raffolait de golf? C'était très gentil à eux, surtout de la part de Derek dont le handicap n'était que de trois, alors que le sien était de vingt-quatre. Mais ce garçon avait un don pour le sport.

— C'est vous qui jouez avec moi, vous savez, P'tit Père, dit une voix douce dans son oreille par-dessus le vrombissement aigu du moteur, et il ne nous donne qu'un tiers! Il va vous falloir jouer comme Bobbie Jones.

Il tourna légèrement la tête et sentit aussitôt la chaude pression de lèvres contre sa joue.

Dieu, comme il les aimait tous! Derek, Molly, Joan et le dernier de tous, Dick, le bébé, leur benjamin, né bien après les autres.

La voiture vira brusquement à gauche, et il dut s'agripper à la portière. Ils remontaient l'allée principale à toute allure. Elle était là, Gertrude, sa femme, élancée et délicate, qui l'attendait sous le porche. Dix-huit ans de vie commune, et jamais une dispute... Dix-huit ans d'amour, de dévouement et de bonheur. Et les ans ne semblaient pas l'avoir touchée. Elle était toujours la même, plus jeune fille que femme, avec ses cheveux coupés à la garçonne et ses jupes courtes.

— Vous voilà enfin, Bones! dit-elle tandis que la voiture s'arrêtait avec une secousse et qu'il commençait à s'en extirper. Dépêchez-vous et débarrassez-vous de ces horribles vêtements! On déjeune dans dix minutes et nous commençons le golf à deux heures un quart précises, sinon nous perdons nos places.

Oui, bien sûr, tout allait bien, parfaitement bien. Il n'y avait vraiment pas de quoi s'inquiéter. Les pétroles roumains étaient aussi sûrs que l'immobilier; même si on ne pouvait jamais vraiment dire à l'avance. bien sûr, comment les choses allaient tourner dans ces pays où la politique a le don de venir se mêler tout d'un coup aux affaires. Une chance, la situation politique, pour autant qu'il y comprît quelque chose, était pour le moment telle qu'elle devait être. Ce dictateur était un homme fort, qui savait ce qu'il faisait et à qui on pouvait faire confiance.

Pendant ce temps, ils étaient là, tous à égalité au seizième trou et Derek venait de réussir un coup magistral, au moins deux cent cinquante mètres. Quel garçon, ce Derek! A peine dix-sept ans et déjà dans le rugby à XV. Fort comme un jeune lion, bien sûr.

Mais ça ne pouvait pas continuer. Il lui fallait se concentrer.

Il visa la balle avec soin.

— Bon sang! Superbe, P'tit Père! Ça, c'est un beau coup.

M. Partridge en rougit de satisfaction. Il appréciait le compliment sans penser à se formaliser qu'il lui vînt d'un spécialiste de dix-sept ans. C'était bien naturel. Derek jouait mieux que lui, et c'était dans l'ordre des choses.

— Rien à voir avec le tien, Derek, dit-il en regardant sa balle sautiller le long du fairway quelque cent trente mètres plus loin. Mais pas si mal pour un vieux comme moi.

— Ne dites pas ça Guy, intervint sa femme alors qu'ils s'avançaient tous plus avant sur le terrain. Ça n'est pas gentil pour moi. J'ai presque le même âge que vous, or cet après-midi j'ai l'impression d'avoir seize ans!

— Et l'on s'y tromperait, ma chérie, ajouta M. Partridge galamment.

Une demi-heure plus tard, il prenait un gin-vermouth au club. Oldsby parlait. Oldsby était au ministère des Affaires étrangères et s'y connaissait en politique.

— Il n'a pas l'air en pleine forme, ce Roumain, disait Oldsby. On a dû l'opérer et c'est la deuxième fois.

M. Partridge ouvrit la bouche pour parler, mais à ce moment-là sa famille arriva et ils se dirigèrent tous vers la voiture, pas la Bugatti cette fois, mais la Vauxhall où Sheldon attendait au volant.

Il garda le silence pendant le court trajet du retour. Ils pensèrent qu'il était fatigué et le laissèrent tranquille.

Sur la table du hall un télégramme l'attendait. Il l'ouvrit d'une main assurée.

Le télégramme venait de son associé. Il le lut deux fois attentivement. Ainsi donc, le ministre roumain était mort.

« Voilà qui est de mauvais augure », se dit-il, et il monta se changer dans son cabinet de toilette.

Ce fut seulement le lundi suivant, en arrivant au bureau, qu'il découvrit qu'il était ruiné.

Deux jours plus tard, M. Partridge était assis seul dans son bureau. Il y avait longtemps que l'heure à laquelle il partait d'ordinaire était passée. Il avait manqué tous ses trains, et maintenant il n'y en avait plus un seul pour le ramener chez lui à temps pour dîner. Gertrude allait se demander ce qui avait bien pu arriver. Il faudrait qu'il explique et il ne lui avait encore rien dit. En dix-huit ans il n'avait pas été une seule fois en retard pour le dîner, sans avoir téléphoné au préalable pour prévenir sa famille. Cela prouvait à quel point la situation était grave.

Il refusait encore d'envisager le pire. Il était ruiné, certes, mais il y avait des choses bien plus terribles encore que la ruine.

Aujourd'hui on était mercredi. Depuis lundi, quand les actions des pétroles roumains étaient descendues en flèche, il avait vécu volontairement dans une sorte de brouillard. Il n'avait rien vu clairement, avait souhaité ne rien voir clairement. Il avait peur des faits et de quiconque pouvait les imposer à son attention. Il y avait son vieil employé Walker, par exemple, qui était dans la maison depuis trente ans et qui maintenant, le visage hagard et les traits tirés, le regardait de ses yeux marron pleins de compassion. Walker avait risqué quelques maladroites paroles de consolation, mais M. Partridge en avait été plus terrorisé que consolé. En effet, l'attitude de Walker laissait supposer que les choses pouvaient être pires qu'il ne voulait encore l'admettre.

Et puis aussi, il y avait son associé, Bentham, à qui il s'était fié complètement, trop complètement. L'attitude de Bentham l'effrayait plus encore que celle de son employé, car on la sentait forcée. Bentham était enjoué et sournois à la fois. La chaîne en or qui s'étirait en travers de son gilet lui paraissait indécente tout à coup. Bentham parlait encore de redresser la situation, mais M. Partridge savait qu'il ne pensait pas vraiment ce qu'il disait. Bentham était trop malin pour se laisser tromper par de faux espoirs de ce genre. Bentham en savait trop. Chaque instant apportait de nouvelles preuves que Bentham avait connaissance de certains aspects de leurs récentes transactions qui avaient entièrement échappé à l'attention de son principal associé.

Il s'était trop reposé sur Bentham. Bien souvent, il n'avait pas parfaitement compris les obligations auxquelles il avait souscrit. Leur association avait si bien marché. Bentham avait gagné de l'argent, gagné de l'argent pour eux deux, mais apparemment, une bonne partie de cet argent avait cessé de figurer à l'actif de la maison Partridge & Bentham. De plus, sur un ton désinvolte, Bentham avait parlé de disparaître et de commencer une nouvelle vie dans un autre pays si la situation devait empirer.

Et puis encore, il y avait eu ce dernier effort désespéré pour combler le déficit en engageant certaines valeurs que la maison avait en dépôt. Il n'avait pas parfaitement compris cette dernière manœuvre. Il avait donné carte blanche à Bentham. En effet lundi, ce dernier avait promis qu'il pourrait tout arranger et redresser la situation — et il fallait bien sûr que la situation soit redressée. Sinon, qu'adviendrait-il de Gertrude et des enfants?

Mais comment repousser davantage l'heure fatidique? Il lui fallait savoir exactement où il en était. Walker lui avait laissé les registres et, seul dans son bureau, M. Partridge s'efforçait de les comprendre tout comme l'administrateur judiciaire les comprendrait.

Enfin, tout était clair.

Bentham était un filou. Les chiffres ne trompaient pas. Bentham avait escroqué son associé et déshonoré la maison. Ces valeurs par exemple, engagées à la onzième heure.

Ça, c'était un cas flagrant de détournement de fonds. Et maintenant Bentham se proposait de filer et de repartir de zéro, en le laissant seul, lui Guy Partridge, face à l'administrateur judiciaire.

M. Partridge, les mains crispées sur son imposant bureau y voyait clair à présent. Il avait déjà oublié Bentham. Qu'importait Bentham? Qui est-ce qui importait en dehors de sa famille? Ce serait la fin de tout. Gertrude serait sans le sou. Cela signifiait un travail de gratte-papier dans un bureau pour Derek et pour les filles le collège commercial de Hewitt. Bien sûr, Gertrude avait toujours son piano. Il voyait déjà la plaque de cuivre sur la porte d'entrée écaillée d'un méchant bungalow de West Kensington : *Gertrude Partridge. Leçons de piano.* Ou bien peut-être, préférerait-elle louer des chambres à des pensionnaires. Quant à lui bien sûr, il purgerait sa peine à Wormwood Scrubs. C'était là, croyait-il, qu'ils envoyaient les délinquants primaires. Cela, il le tenait du directeur de la prison qui était un de ses amis. Chic type, ce directeur. Ils avaient souvent parlé ensemble des réformes qu'il y avait eu dans la façon de traiter les prisonniers. Apparemment, il n'aurait pas à porter une de ces tenues à larges rayures et il pourrait garder son nom. Il y avait eu de gros progrès. Et ils étaient très gentils, en fait, envers les délinquants primaires.

M. Patridge gémit et enfouit son maigre visage dans ses mains. Qu'importait ce qu'il porterait en prison ou s'il aurait un nom ou un numéro. C'était sa famille, les siens seuls qui comptaient. Il avait passé sa vie à leur service. C'était devenu chez lui une seconde nature de penser d'abord à eux, de ne se considérer lui, Guy Partridge, que comme un moyen pour satisfaire leurs désirs. Ils l'aimaient énormément bien sûr, mais ce n'était que leur gentillesse et leur affection qui les faisaient l'estimer tant. Leur procurer ce que la vie offrait de mieux avait toujours fait son bonheur et sa fierté. Derek, bien sûr, allait à Oxford. Gertrude avait opté pour le collège de Christ Church (The House) de préférence au collège de Magdalen. Molly irait à Girton ou à Newnham. Et il fallait qu'ils aient un petit quelque chose à eux, juste de quoi les rendre indépendants et leur donner toujours cet air de s'attendre à obtenir ce qu'ils voulaient, ce qui était la meilleure façon — en fait, d'après son expérience, la seule façon sûre — de l'obtenir. C'était pour cela qu'il avait vécu : pour qu'ils puissent démarrer dans la vie en ayant tous les atouts de leur côté.

Et maintenant...

Il avait manqué à tous ses devoirs envers eux. Ils étaient bien en droit de le maudire. Gertrude, par exemple, il lui avait pris sa jeunesse et sa beauté, et il avait toujours eu l'impression d'avoir une dette envers elle. Il avait consacré sa vie à payer cette dette, et jusqu'à présent il avait été à la hauteur de sa tâche. Mais maintenant il était sans le sou, complètement déshonoré et il avait cinquante et un ans. Qu'est-ce qu'elle avait dit samedi dernier encore? Qu'ils avaient tous les deux le même âge. Mais c'était ridicule. Gertrude était de dix ans sa cadette. Mais c'était bien d'elle de dire quelque chose comme ça. En effet, elle l'aimait. Oui, aussi bizarre que cela puisse paraître, elle l'aimait. Mais ça, bien sûr, c'était fini et bien fini. Elle ne pouvait plus l'aimer maintenant. Il ne le méritait pas. Elle ne voudrait jamais le revoir quand il lui aurait dit ce qui était arrivé. Par sa négligence, il avait brisé l'avenir des enfants qui étaient tout pour eux deux et en qui ils retrouvaient leur propre jeunesse.

Non, elle ne voudrait plus jamais le revoir, à moins que d'une façon ou d'une autre, il réussisse à sauver ses enfants du désastre. N'y avait-il pas d'issue pour un homme désespéré à qui peu importait ce qui pouvait lui arriver et qui n'était plus d'aucune utilité à personne?

Il lui fallait se ressaisir. Il devait y avoir quelque chose à faire, et il devait le trouver. Il était déshonoré, mais ils l'oublieraient facilement avec le temps, si seulement il pouvait les laisser en sécurité — les arracher à la ruine qu'il avait attirée sur sa propre tête. Ou peut-être se souviendraient-ils et lui pardonneraient-ils, pensant à lui avec tendresse, si seulement il pouvait s'éclipser, disparaître en douce de leur vie en les laissant hors de danger.

Se penchant en avant, il ouvrit le tiroir inférieur de son bureau, celui qui était toujours fermé à clef. C'était là qu'il gardait ses papiers personnels que même son secrétaire particulier n'était pas autorisé à voir. Il trouva son testament et le déplia, riant amèrement en le parcourant du regard. Maintenant il ne valait pas le papier sur lequel il était écrit. Mais à côté, il y avait autre chose, dans une longue enveloppe. C'était sa police d'assurance-vie. Il la prit et la sortit de l'enveloppe, les mains tremblantes. Elle était là, bien en règle, et dans un petit compartiment à part, là en bas dans le tiroir, étaient rangés tous les reçus des primes qu'il avait payées.

C'était la seule chose sûre qu'il lui restât. Cette police représentait 30 000 livres sterling, une somme rondelette. Mais aussi n'avait-il jamais fait d'économie. Il avait préféré investir son argent comme cela, payer une grosse prime et avoir une grosse assurance-vie. C'était une opération parfaitement saine et sûre et le résultat était là : 30 000 livres, une petite fortune.

Cela permettrait à Derek d'aller à Oxford, à Molly d'aller à Newnham, et Gertrude les verrait tous prendre un bon départ dans la vie.

Oui, mais pour qu'ils aient l'argent, il devait mourir. C'était la seule façon de les aider. La seule chose qu'il puisse faire pour eux était de mourir. Ce serait la fin de la société Partridge & Bentham.

Un petit rire amer lui échappa. Ainsi, c'était à cela qu'il en était arrivé : il rapportait plus à sa famille mort que vivant. Pendant un moment, il resta assis, fixant d'un regard vide le papier avec son en-tête en relief « Compagnie d'Assurance La Centenaire ».

Alors son cœur commença à battre plus fort. La solution était aveuglante de simplicité. Apparemment, il valait mieux pour tout le monde qu'il soit mort et ça, bien sûr, pouvait se faire facilement. Alors Gertrude aurait l'argent. Rien de plus simple. Cet argent serait la propriété de Gertrude. Ils ne pourraient pas le saisir ni le faire passer dans ses biens à lui. Il avait même pris un soin curieux à s'en assurer. L'argent était bien à l'abri, et il y en avait assez : 30 000 livres bien investies à 6 % ou à 7 % — on pouvait obtenir du 7 % maintenant en toute sécurité — cela faisait 2 000 livres par an ou plus — non, pas tout à fait, bien sûr, parce qu'il y aurait les impôts à payer. Enfin, disons 1 700 livres par an. Ce n'était pas si mal. Les enfants prendraient un bon départ avec ça et ils n'auraient pas besoin de beaucoup changer leur mode de vie. Bien sûr, il leur faudrait vendre les voitures et s'installer dans une maison plus petite, mais ça n'aurait pas d'importance. Gertrude n'y verrait pas d'inconvénient.

Il ouvrit un autre tiroir et en tira le petit revolver qui s'y trouvait depuis des années. Il l'avait acheté pour faire plaisir au vieux Walker, qui avait semblé penser qu'il était bon d'avoir une arme à portée de main en cas de besoin. Walker aimait bien avoir les choses à portée de main en cas de besoin. Il avait acheté ce revolver, pour complaire à Walker, le lendemain de ce vol qui avait fait sensation à l'époque. Ça s'était passé en plein jour dans Grace Church Street, quand le vieux Hanson avait été tenu en respect dans son propre bureau par deux cambrioleurs. Comme il s'était moqué de Walker! Pourtant il avait acheté le revolver, et il était là avec la petite boîte de cartouches à côté. Il l'ouvrit avec un claquement sec et le trouva chargé. Mais ça faisait au moins dix ans qu'il était chargé comme ça. Les cartouches étaient probablement humides. Il ferait mieux de s'en assurer.

Il fit hâtivement glisser les six cartouches dans sa main et les mis sur la table. Puis il en choisit six autres dans la boîte, rechargea son arme, la referma avec un claquement sec et la posa devant lui.

Elle reposait sur la police d'assurance, le bout de son canon luisant était au milieu de la page.

Machinalement, il se mit à lire les mots que désignaient le revolver. Il les lut une fois, deux fois, puis encore une troisième fois. A présent il était rivé à sa lecture et, à mesure qu'il lisait, tout espoir s'éteignait en lui. Qu'est-ce que c'était que ça?

« Cette police n'est valable qu'à la condition que l'assuré ne se suicide pas. »

C'était là, écrit noir sur blanc. Ainsi, il ne pouvait pas se tuer. S'il le faisait, la police perdrait toute valeur. Il devait donc mourir de mort naturelle ou par accident. Mourir de mort naturelle était hors de question. Il était encore d'attaque pour dix ans au moins.

Il avait bon pied bon œil, comme disait le dicton. Et les accidents étaient difficiles à combiner. La Compagnie d'Assurance « La Centenaire » avait tout prévu et si un accident arrivait à un client qui représentait 30 000 livres pour ses héritiers, et qui avait les meilleures raisons du monde de quitter cette vie aussi vite que possible, il y aurait une enquête. Cela ne servirait à rien de tomber d'un quai de métro ou de se pencher un peu trop à une fenêtre ou quoi que ce fût de ce genre. Il fallait qu'il y réfléchisse sérieusement.

Il resta longtemps assis sans bouger à essayer de trouver un accident vraiment plausible, un accident qui serait si évidemment fortuit que personne ne trouverait étrange qu'un homme ruiné et déshonoré comme lui soit mort précisément de cette façon. Mais ça n'allait pas. Aucune de ses idées ne semblait avoir une chance d'échapper à leur détection. Il y aurait certainement une enquête. La compagnie d'assurance voudrait mettre son nez dans ses affaires, et il y avait toujours la possibilité que, en conséquence, ils refusent d'honorer le contrat. Gertrude aurait peut-être à porter l'affaire en justice. Il y aurait litige, délais, et pour finir, peut-être échec.

C'est alors que l'idée lui vint pour la première fois. Ses mains se crispèrent sur les bras du fauteuil et il s'appuya à son dossier. Des gouttes de sueur perlèrent à son front, mais il ne s'en rendit pas compte. Il y était, maintenant. Pourquoi donc n'y avait-il pas pensé plus tôt?

Il s'empara de la police d'assurance et la lut attentivement de bout en bout. Puis il se renversa de nouveau dans son fauteuil. Mais oui, bien sûr! C'était le bon moyen. Pas une faille, pas une. Ça marcherait à coup sûr.

M. Partridge se mit à rire. Il y avait presque une lueur de triomphe dans son regard. Quelles étaient les objections possibles? D'abord, bien sûr, il y avait la disgrâce. Mais de toute façon il n'y échapperait pas, et les enfants pourraient toujours changer de nom.

On peut faire pas mal de choses en ce bas monde avec 30 000 livres, déshonneur compris, mais rien du tout sans argent.

Soudain, d'un geste décidé, il empoigna le téléphone. Il éprouva quelques difficultés avec le maître d'hôtel de Bentham, mais après ça, tout marcha comme sur des roulettes. Bien sûr, tout d'abord Bentham refusa de revenir au bureau. Mais M. Partridge, l'esprit pétillant d'un étrange humour dépourvu de gaieté, informa son associé qu'il venait juste d'avoir un extraordinaire coup de chance. Bien sûr, il ne pouvait pas tout expliquer au téléphone, mais cela redressait complètement la situation. En fait, Partridge & Bentham était tirée d'affaire. Puis il explique à Bentham que contre toute attente, il avait découvert un moyen de mettre la main sur 30 000 livres.

— Plus qu'il n'en faut, dit-il avec un petite rire, plus qu'il n'en faut, n'est-ce pas, pour nos besoins immédiats?

M. Partridge attendit, assis sans bouger dans son fauteuil. Il se perdit dans ses rêveries. Il revivait son voyage de noces, à Amalfi : la mer rieuse, les douces falaises avec leurs couronnes d'oliviers et Ravello derrière eux, haut perché dans les montagnes, tranquille sous le soleil. Comme ils avaient ri, Gertrude et lui, devant cette mosaïque de Jonas et de la baleine dans l'église là-bas, si étrangement belle.

Tout à coup, il y eut un bruit de pas.

— Eh bien? dit une voix depuis le seuil.

M. Partridge se leva.

— C'est vous, Bentham? demanda-t-il.

Oui, c'était bel et bien Bentham debout dans l'encadrement de la porte. C'était lui avec sa chaîne de montre en or qui franchissait avec difficulté la distance entre les poches de son veston.

M. Partridge avança tranquillement vers lui, leva

son revolver, et sans rancune, tua bien proprement son associé d'une balle en pleine tête.

Puis il retourna vers son bureau, décrocha le téléphone et demanda le poste de police le plus proche.

M. Partridge fut très affligé du comportement de son avocat. Pour commencer, il n'avait pas voulu d'avocat. En fait, il avait même refusé de faire quelque démarche que ce fût, si ce n'était plaider coupable. Cependant, et bien naturellement, un avocat avait été commis d'office à sa dépense. Il risquait une condamnation à mort, ce qui signifiait que l'accusé n'était pas autorisé à mener sa propre défense. Ils avaient trouvé quelqu'un pour le défendre, un jeune homme, un dénommé Tomlinson... Tomkimson... enfin, un nom comme ça. Il était venu poser des questions à M. Partridge dans sa cellule à Holloway.

M. Partridge avait reçu son avocat plutôt froidement, et n'avait rien fait du tout pour aider à sa défense. A quoi bon? Il avait plaidé coupable, et n'avait rien à ajouter à la déclaration qu'il avait faite au moment de son arrestation. Assurément, il avait été assez clair. Il s'était querellé avec son associé, James Bentham, qui avait quitté le bureau à l'heure habituelle, dix-sept heures environ. Lui, M. Partridge, était resté jusqu'à dix-neuf heures passées à ruminer cette querelle, et petit à petit, il avait décidé de se débarrasser de Bentham. A 19 h 10, il avait téléphoné à Bentham et, sous de faux prétextes, l'avait persuadé de revenir au bureau. M. Partridge avait tué Bentham dès son arrivée, puis s'était livré à la police.

Quoi de plus simple? Maintenant la justice n'avait plus qu'à suivre son cours aussi vite que possible. Il avait appris qu'on laissait s'écouler trois semaines entières entre le moment où une condamnation était prononcée et son exécution.

Mais à présent, voilà que ce jeune empêcheur de tourner en rond voulait à tout prix parler au jury. Quel intérêt? L'accusé avait plaidé coupable, et était sans excuses. Il avait commis un meurtre délibérément et de sang-froid. Il était prêt à recevoir sa sentence.

Mais qu'était-ce donc? A présent, l'avocat de la défense revenait sans cesse sur la personnalité de Bentham et sur ses méfaits.

— Je regrette à avoir à parler si crûment d'un défunt, mais les faits montrent de façon incontestable qu'il a escroqué mon client, lui dérobant jusqu'à son dernier sou. Bentham a ruiné ce malheureux ainsi que sa famille... Je prétends que mon client a agi sous la plus grande des provocations...

Comment l'avocat avait-il réussi à se procurer tous ces renseignements sur Bentham? Lui-même n'avait rien dit à ce sujet, absolument rien. Se pouvait-il par hasard que Gertrude ait parlé? Gertrude. Son cœur fit un bond dans sa poitrine. Il ne l'avait vue qu'une fois depuis son arrestation.

Quoi qu'il en fût, cela ne pouvait pas durer. Il fallait arrêter ce jeune imbécile d'une façon ou d'une autre.

M. Partridge griffonna quelques mots à la hâte et le billet fut transmis sur-le-champ à son avocat. Celui-ci marqua un temps d'arrêt, le lut et continua comme si de rien n'était. Toutefois, l'homme en avait terminé. Il avait parlé presque une demi-heure — pure perte de temps tout ça. C'était quand même plutôt inquiétant, toutes ces histoires sur Bentham, cette façon de minimiser son geste pour le jury... Mais eux, de toute façon, ils n'avaient pas le choix en l'occurrence. Ils seraient bien obligés de le reconnaître coupable, et le juge serait bien obligé d'appliquer la loi. C'était un pas de plus dans la bonne direction.

M. Partridge poussa un soupir de soulagement.

Une main était apparue derrière la tête du juge et avait déposé un petit carré de tissu noir sur la perruque.

— Accusé, levez-vous! Vous risquez la peine de mort. Avez-vous quelque chose à ajouter pour votre défense?

L'un des solides gardiens entre lesquels se tenait

M. Partridge, lui donna un coup de coude. Il y eut un moment de silence total.

— Absolument rien, déclara M. Partridge avec un étrange petit sourire.

Il souriait encore quand ils le conduisirent au sous-sol après qu'on eut prononcé la peine capitale.

*
**

Pendant la première semaine dans sa cellule de condamné, M. Partridge fut à son aise. Un homme de loi était venu le voir le troisième jour pour lui parler de sa faillite. Tous ses biens avaient maintenant été réalisés, et apparemment, il pouvait payer au moins 18 shillings par livre, peut-être même un peu plus. Ceci, en un sens, était satisfaisant, très satisfaisant même. Bien sûr, cela laissait Gertrude et les enfants complètement démunis — mais pas pour longtemps, Dieu merci, seulement pour quelques jours. L'exécution ne pourrait pas être retardée bien longtemps, car il avait refusé de faire appel, et cela bien sûr avait considérablement activé le processus. Entre-temps, Gertrude avait ses perles. Elle en tirerait une bonne somme, 400 livres au moins, de quoi vivre confortablement jusqu'à ce que la compagnie d'assurance La Centenaire ait versé la prime. Ils toucheraient 30 000 livres le lendemain de sa pendaison. Cela ne faisait aucun doute. S'il s'était suicidé, ils n'auraient rien eu du tout, mais il n'y avait aucune clause dans la police concernant une mort sur décision du tribunal.

Oui, il avait arrangé les choses très astucieusement, vraiment très astucieusement. Dire que ces amis — tous ceux qui croyaient encore pouvoir avouer le connaître — pensaient qu'il était fou. M. Partridge sourit doucement et continua de sourire, ce qui ne fut pas sans étonner le gardien de sa cellule. En effet, ils ne le laissaient jamais seul maintenant. Il était surveillé nuit et jour. C'était ennuyeux mais cela faisait partie de ce qu'il devait endurer : c'était là la conséquence de ce qu'il avait choisi délibérément. Il le comprenait et l'acceptait. Il faisait tout cela pour sa famille. En fin de compte, il n'avait pas failli à son devoir envers eux et ils seraient à présent bientôt délivrés de lui — libres d'envisager l'avenir avec une petite fortune en poche et le monde entier devant eux.

Il n'avait pas du tout peur de mourir. En fait, une seule chose le tracassait vraiment maintenant. Le jour approchait où il devrait dire adieu à Gertrude. Ce serait terrible. Plus les jours passaient, plus il redoutait celui-là. Cela lui ferait certainement plus ou moins mal. Elle serait cent fois mieux quand elle serait débarrassée de lui, mais peut-être ne s'en rendrait-elle pas compte. Cela prendrait du temps, et de toute façon cela devrait être assez douloureux pour une femme de devoir dire adieu à un mari sur le point d'être pendu. Ils avaient été de tels compagnons. Cela lui ferait terriblement mal à lui, aussi, c'était sûr. Il la verrait passer la porte et puis il ne la reverrait plus jamais. C'était horrible de penser cela.

Comment l'aborderait-elle ? La seule fois où ils s'étaient rencontrés depuis son arrestation, elle avait eu l'air hébété. Oui, c'était bien le mot — hébété. Ou bien essayait-elle simplement de se maîtriser ? Elle était venue à lui les yeux secs et, extérieurement du moins, tout à fait calme. Elle n'avait paru émue qu'au moment du départ quand elle l'avait embrassé avec plus de passion qu'elle n'en avait l'habitude. Il souhaitait de tout cœur qu'elle se comportât de la même façon lors de leurs derniers adieux. Sinon il ne savait vraiment pas ce qu'il ferait.

Bien sûr, il ne pourrait jamais lui dire ou même faire la moindre allusion à la véritable raison pour laquelle il avait tué Bentham, car cela ferait d'elle sa complice. Il fallait absolument qu'elle ne sache rien. Il fallait qu'elle pense à lui comme à quelqu'un que la trahison de son associé avait soudainement déséquilibré, ou bien qu'elle partage le point de vue des plus charitables de ses amis, lesquels estimaient qu'il avait agi dans un soudain accès de folie.

Des deux hypothèses M. Partridge espérait que Gertrude préférerait la première. Il ne fallait pas qu'elle le croit fou, si elle pouvait s'en empêcher. Sinon, elle chercherait constamment à déceler les premiers signes d'une tare héréditaire chez les enfants. D'ailleurs, il n'était pas fou. Au contraire, nul n'aurait pu agir plus sagement ni plus astucieusement.

En attendant, il ne lui restait plus qu'à tenir jusqu'au bout et faire bonne contenance. Gertrude croirait qu'il était allé à la mort pour un acte de folie ou de vengeance, comme elle préférerait. Il ne la détromperait pas. Il fallait qu'elle puisse croire ce qu'elle voulait. C'était le moins qu'il puisse faire, le moins qu'il puisse donner en retour de dix-huit ans d'amour et de bonheur comme peu d'hommes, il le sentait bien, pouvaient en avoir connu.

Les véritables adieux ne furent pas aussi terribles qu'il l'avait craint. Le directeur de la prison vint à neuf heures du matin et lui annonça tranquillement qu'il devait mourir le lendemain matin à huit heures.

Il sourit gaiement au gardien, qui le regarda d'un air surpris et hocha la tête comme s'il ne savait que penser de son prisonnier. M. Partridge n'était pas affecté par l'attitude de son gardien. Celui-ci, bien sûr, comme tant d'autres, le croyait fou. C'était inhabituel, supposait-il, de voir les gens sourire quand on venait leur annoncer de but en blanc qu'ils devaient être pendus dans les vingt-quatre heures. Mais lui, d'un autre côté, avait toutes les raisons de sourire. Son grand projet avait réussi. Maintenant plus rien ne pouvait aller de travers. Le message du directeur était définitif et lui avait ôté toute anxiété quant à l'avenir. Il avait connu des moments de réelle inquiétude. Ce type, Tomlinson ou Tomkinson par exemple, lui avait fait passer de sales moments à une ou deux reprises avec ses « circonstances atténuantes » et sa « provocation intolérable ». Heureusement le jury et le juge s'étaient montrés tout à fait raisonnables et s'étaient même très bien comportés — pas d'appel à la clémence ou quoi que ce soit de tel de la part de ces douze braves et honnêtes gens, et une condamnation à mort pure et simple de la part du juge. Et maintenant il allait être exécuté. L'heure était fixée.

M. Partridge était assis au bord de son lit ou marchait de long en large dans sa cellule. De temps à autre, il levait la tête et écoutait un bruit de marteau qui résonnait par intermittence. Au bout de quelque temps, il se tourna vers le gardien de service dans la cellule et lui demanda ce que ça pouvait bien être. Le gardien sembla embarrassé par la question, mais finit par répondre qu'ils étaient simplement en train de tout préparer.

— Pour demain, vous voulez dire? fit M. Partridge.

Le gardien hocha la tête.

— Dites-moi, poursuivit M. Partridge d'un air soucieux, je suppose qu'il n'y a pas de problème pour demain matin? J'imagine qu'il n'y aura pas de bavures?

— N'ayez crainte, lui assura le gardien. Il n'y a jamais d'accrocs. Vous n'avez pas besoin de vous en faire pour ça.

— Ce que je veux dire, reprit M. Partridge, c'est que si, d'après ce que j'ai compris, la corde casse ou la trappe reste coincée, ou si quelque chose de ce genre arrive, ils essaient trois fois, et alors, si on est encore en vie, ils sont obligés de surseoir à l'exécution.

— Ne vous en faites pas pour ça, dit le gardien d'un ton rassurant, ça n'est pas arrivé plus d'une fois ou deux ces cent dernières années.

— Bien! dit M. Partridge et de nouveau il sourit.

« Drôle de type! » pensa le gardien.

— Je me souviens, dit M. Partridge sur le ton de la conversation, je me souviens d'avoir lu quelque part l'histoire d'un charpentier qui fut pendu. Au moment où il arrivait à la potence — c'est ainsi qu'on l'appelle, n'est-ce pas? — il dit au directeur : « Vous savez, je crois devoir vous signaler que ces planches ne sont pas sûres du tout. » Plutôt amusant, vous ne trouvez pas?

Le gardien ne répondit rien, car il ne savait trop quoi dire. De plus, à ce moment précis, on frappa et la porte de la cellule s'ouvrit brusquement.

M. Partridge se retourna et Gertrude était là, attendant pour lui dire adieu. Il resta un instant immobile, l'esprit vide. Il ne pouvait que la regarder, la regarder, la regarder. Comme elle avait l'air adorable, comme elle valait tout ce qu'il faisait pour elle, et plus encore! Elle avait toujours paru à son avantage en gris. Ils restèrent ainsi un moment à se regarder l'un l'autre.

Mais à la fin, M. Partridge s'aperçut qu'elle pleurait. Ça n'arrangerait rien du tout. Il la prit dans ses bras et essaya de la consoler.

— Il ne faut pas pleurer comme ça.

C'est tout ce qu'il trouvait à dire. Par-dessus l'épaule de sa femme il vit le gardien qui s'était détourné. « C'est bien délicat de sa part », pensa-t-il.

— Essayez de penser que je pars pour un long voyage, ma chérie, dit M. Partridge en se demandant pourquoi il proférait de telles inepties.

Mais sa femme ne pouvait que répéter : « Guy, chéri, je vous aime. » Et c'était bien gentil de sa part, d'autant plus qu'elle pensait vraiment ce qu'elle disait. Enfin, il se rendait compte que Gertrude l'aimait réellement et c'était une raison supplémentaire de tout faire pour la sauver de la ruine dans laquelle il les avait tous entraînés par sa négligence et son incapacité. Il lui devait tout. Il ne pourrait jamais s'acquitter envers elle de tout l'amour qu'elle lui avait si généreusement prodigué, dût-il vivre centenaire. Et il était bien loin de devoir vivre jusque-là, car il ne lui restait que quelques heures. Mais faute de vivre, du moins pouvait-il mourir pour elle, mourir pour son bonheur et son confort, pour la sécurité et la réussite des enfants qu'ils chérissaient tous deux si tendrement.

Ils le réveillèrent à six heures du matin. Il avait bien dormi et eut de la peine à se tirer du sommeil. Six heures, ce n'était pas une heure pour réveiller les gens. Ne pouvaient-ils procéder à leurs exécutions à une heure plus raisonnable? Il en fut si contrarié qu'il bougonna vaguement tout en se lavant et s'habillant.

Il mit ses propres vêtements, mais sans son faux col ni sa cravate, et il refusa le petit déjeuner. Une tasse de thé, c'était tout ce dont il avait besoin de si bon matin. Il se souvint d'avoir entendu dire que certains criminels déjeunaient de bel appétit, mais vraiment il n'avait pas envie d'en faire autant.

Il était prêt et attendait depuis quelque temps déjà quand des bruits de pas se firent entendre le long du couloir.

— Ce doit être l'aumônier, dit le gardien.

Mais apparemment, le gardien s'était trompé, car lorsque la porte s'ouvrit d'un coup, le directeur apparut suivi du docteur, l'aumônier venant en dernier.

Le gardien s'écarta à leur entrée et M. Partridge chercha avidement quelqu'un d'autre. La seule personne vraiment importante semblait manquer à l'appel. En un mot, où donc était le bourreau?

Mais ce dernier avait encore le temps d'arriver, car il était à peine sept heures trente et peut-être y avait-il certaines formalités à observer avant d'en venir véritablement aux choses sérieuses.

Oui, il avait vu juste à propos de ces formalités. En effet, tout le monde avait les yeux fixés sur le directeur qui, le visage assez solennel, lisait un papier qu'il avait apporté avec lui dans la cellule.

Ce papier devait être important car tout le monde avait l'air très sérieux. De temps en temps, le directeur jetait un coup d'œil par-dessus son papier, comme s'il voulait s'assurer que la personne que ce papier concernait apparemment en comprenait bien la teneur.

M. Partridge se reprit. Il lui fallait prêter attention à ce que disait le directeur. Qu'est-ce que c'était que ces mots? Où les avait-il déjà entendus?

« ... crime commis sous la plus grande des provocations... circonstances atténuantes... la condamnation à mort est par la présente commuée en peine de prison à perpétuité... Signé : William Ingleby, ministre de l'Intérieur. »

M. Partridge regardait fixement devant lui.

— Je suis désolé, Partridge, disait le directeur. Je n'ai pas pu vous informer plus tôt de cette grâce. J'ai moi-même reçu la lettre voici à peine une demi-heure.

M. Partridge regardait toujours dans le vide. L'aumônier vint à lui alors que le directeur s'apprêtait à quitter la cellule et, avec bienveillance, lui posa une main sur le bras.

— Allons, Partridge; dit l'aumônier, le ministère de l'Intérieur a plié devant la très importante pétition organisée en votre faveur. Dieu tout-puissant vous a donné une autre chance!

Puis, comme M. Partridge demeurait immobile, il ajouta avec bonté :

— Vous pouvez faire appel, vous savez.

Le regard de M. Partridge s'illumina soudain d'une lueur d'espoir.

— Appel? répéta-t-il.

— Oui, dit l'aumônier d'un ton encore plus bienveillant. Vous pouvez faire appel pour votre mise en liberté conditionnelle... au bout de treize ans.

Death by judicial hanging
Traduction de Sylvette Lemerle

Insoupçonné

par

Jay Wilson

Une des caractéristiques du meurtre, c'est qu'on y joue son va-tout... et seul. Il n'y a pas de répétitions, de seconde représentation, de retouches apportées à la mise en scène si elle ne colle pas bien, ni de changements dans la distribution. Quand la victime rend son dernier soupir, le rideau se lève. L'assassin se trouve alors au milieu de la scène, et seul face à des partenaires qui ne connaissent pas son rôle.

M. Piper était parfaitement conscient de tout cela. Il y avait réfléchi avec beaucoup d'attention. Parce que le meurtre lui semblait vraiment être la plus simple, la plus rapide — et aussi celle présentant le moins de risques — des solutions pouvant être apportées à un problème devenu de plus en plus pressant au cours de ces dernières années.

A cinquante-cinq ans, M. Piper se trouvait proche de la retraite. Extérieurement, c'était un petit homme affable, avec des joues roses et un tout petit peu de ventre, qui paraissait quelques années de moins que son âge. S'il était ainsi, c'est parce qu'il avait mené une existence agréable. Célibataire, il achetait du bon Scotch, aimait aller au théâtre, jouer au golf durant le week-end, et avoir un petit appartement mieux que celui de la moyenne des gens. Un homme n'ayant à s'occuper que de lui-même pouvait s'offrir ces petits luxes et plaisirs avec simplement le salaire d'un caissier de banque. Mais, bien sûr, la majeure partie de ce salaire y passait. Les quelques avantages supplémentaires qu'il pouvait avoir — dus notamment à son ancienneté comme chef-caissier au siège central de la New Amsterdam Trust Company — lui permettaient de petits extras, comme tenter sa chance aux courses ou recourir aux soins — beaucoup plus satisfaisants — des belles de nuit.

On s'habitue très vite à ces choses, si bien que M. Piper en était arrivé à les considérer simplement comme une juste compensation à la monotonie de sa carrière dans la banque, carrière qui avait atteint son point culminant bien moins haut qu'il ne l'avait espéré au départ. Son problème était de continuer à s'offrir ces menus plaisirs sur la maigre retraite qui constituerait bientôt son unique revenu.

M. Piper avait souvent envisagé de puiser dans la caisse pour faire de rapides petits profits en Bourse, sans que cela tirât à conséquence, aussi longtemps qu'il restituait l'argent avant que « l'emprunt » pût être constaté. S'il réalisait suffisamment de ces petits profits, il arriverait à disposer d'un certain capital qui, à son tour, pourrait être employé à d'autres spéculations jusqu'à ce que, faisant boule de neige, ce capital devînt suffisamment important pour lui permettre, la retraite venue, de combler la différence entre une vie où tout serait chichement compté et celle dont il avait pris l'habitude. Mais l'éventualité d'un contrôle inopiné l'avait toujours retenu de se lancer dans une telle entreprise.

Ce fut après avoir pris conscience des dépôts et des retraits faits par George Manetti à son guichet, que le meurtre apparut à M. Piper comme une solution moins risquée au problème qui l'obsédait. L'erreur de Manetti fut de se laisser aller à trop parler, parce qu'il s'était pris de sympathie pour M. Piper. Le tout étant conséquence du fait que la cupidité calculatrice de M. Piper ne perçait pas à travers son extérieur affable, et aussi que, durant ses heures de « travail », Manetti avait intérêt à parler le moins possible et ne pouvait se permettre alors d'éprouver de la sympathie pour qui que ce fût. Cela eût fortement ébranlé le peu de confiance que Manetti avait en l'espèce humaine, s'il avait su que M. Piper ne voyait en lui, avec une froide objectivité, qu'un moyen d'assurer le confort de ses vieux jours.

La profession de Manetti mentionnée sur les registres de la banque, était celle de mandataire en fruits et légumes. M. Piper remarqua vite le mécanisme des dépôts et retraits effectués par Manetti. Les retraits avaient généralement lieu le vendredi après-midi, juste avant l'heure de fermeture. Manetti présentait alors un chèque à son ordre de cinq, dix ou quinze mille dollars. Et c'était ordinairement le lundi matin qu'avaient lieu les versements, toujours supérieurs aux retraits.

— Vendredi, vous ne m'avez donné que des billets neufs, dit un lundi matin Manetti à M. Piper. Ils collaient les uns aux autres, si bien que je mettais au pot plus que je ne voulais. Ne me donnez jamais que des coupures de cinquante usagées.

M. Piper regarda le jeune homme solidement bâti, au teint légèrement olivâtre, qui se tenait de l'autre côté du guichet.

— Vous êtes joueur? questionna-t-il.

Le visage affable de Manetti se fendit d'un large sourire :

— Un scientifique du jeu, monsieur Piper. Les simples joueurs pensent que l'argent parle. Les scientifiques, eux, sont à l'écoute des cartes. Je suis un joueur de poker scientifique qui gagne sa vie en ayant de simples joueurs comme adversaires.

L'instinct de protection régissant les gens du même bord poussa M. Piper à jeter aussitôt un coup d'œil de côté, pour voir si le caissier voisin avait entendu. Apparemment pas.

— Si vous tenez à garder votre compte dans cette

banque, monsieur Manetti, dit-il alors, vous feriez bien de ne pas parler trop haut de vos... euh... problèmes.

Le sourire de Manetti s'accentua et, dès cet instant, il fut entre les mains de M. Piper.

— Oui, c'est juste. Je me suis oublié. Merci, monsieur Piper. Vous êtes un type bien. Si j'ai ouvert un compte ici, c'est parce qu'il ne viendrait à l'idée de personne que je puisse avoir choisi une banque comme celle-ci. Quand je fais des dépôts ou des retraits, je ne tiens pas à tomber sur des gens de connaissance.

Manetti, malheureusement pour lui, continua de tenir M. Piper pour « un type bien »... et de parler. Comme la plupart des gens qui réussissent, il éprouvait le besoin d'en étaler un peu.

— L'un de mes secrets, monsieur Piper, c'est que je veille à rester en forme. Presque tous ceux avec qui je suis en rapport, sont des hommes qui boivent. Moi non. D'ici, je rentre directement chez moi où je fais toujours un petit somme avant d'aller les retrouver. Quand eux ne sont plus en état de distinguer un trois d'un as, moi je continue de fonctionner à plein rendement, et je les plume.

Ce qui suscita chez M. Piper l'idée de tuer Manetti et l'entretint en lui, ce fut l'envie. Le caissier voyait grossir le compte de Manetti. Voilà un jeune type qui amassait posément et sans mal une petite fortune, alors que lui, Piper, après plus de trente ans de service exemplaire passés à veiller sur plus d'argent que Manetti n'en rêverait jamais, allait devoir s'en aller avec une retraite de misère. Et de surcroît, on escomptait qu'il se retire avec autant de bonne grâce que de reconnaissance, à l'issue du banquet traditionnel, au cours duquel lui serait remis la tout aussi traditionnelle montre avec une inscription gravée, accompagnée de la non moins traditionnelle plaisanterie que cette montre lui servirait à mesurer les heures qu'il passerait à ne rien faire tandis que ses collègues continueraient de turbiner à la banque en lorgnant la pendule.

M. Piper se demanda combien de temps durerait la

chance que Manetti avait au jeu? Combien de temps encore s'écoulerait avant qu'un type qu'il aurait « plumé » une fois de trop, lui règle son compte dans quelque rue obscure? Et l'argent que Manetti avait amassé ne lui serait plus alors d'aucune utilité... tandis qu'il pourrait rendre grand service à M. Piper.

Une fois que cette idée lui fut entrée dans la tête, elle ne voulut plus en sortir. Et, à vrai dire, M. Piper ne tenait pas à l'en chasser. Tout au contraire, le soir, lorsqu'il était confortablement assis dans son fauteuil à savourer un whisky-soda, cette idée lui tenait très agréablement compagnie. Lorsqu'il serait à la retraite, s'il disposait de dix ou quinze mille dollars, il pourrait apporter une commandite à quelque petite entreprise en plein développement, qui aurait besoin de capitaux pour poursuivre son extension. Et le rapport de cet argent viendrait compléter sa retraite. C'était tout ce que demandait M. Piper : avoir les moyens de continuer à mener l'agréable petite existence qui était la sienne. M. Piper avait une certaine connaissance des contrats d'association. Il veillerait à ce que celui qu'il signerait avec la petite entreprise en plein développement, lui donne la possibilité de supplanter son associé si jamais ce développement prenait de grandes proportions, ou s'il devenait indiqué de liquider rapidement l'association.

Pour se procurer l'argent nécessaire, bien sûr, il lui fallait commencer par liquider Manetti. Et voir, avant tout, s'il pouvait ou non le faire sans risque. Par exemple : y aurait-il moyen d'avoir accès à l'appartement de Manetti pendant que celui-ci ferait son petit somme avant d'aller jouer au poker?

M. Piper alla étudier les abords. Depuis le trottoir d'en face, il détailla l'immeuble qu'habitait Manetti. C'était un immeuble moyennement bourgeois. Un immeuble sans portier, ni même concierge. Pour y pénétrer, les gens se servaient d'une clef ou bien sonnaient dans le hall. De cinq heures et demie à six heures et demie, M. Piper ne vit pratiquement entrer ni sortir personne. Les petits-bourgeois qui vivaient là devaient être en train de lire le journal du soir, regarder la télé, ou dîner.

M. Piper traversa la rue et pénétra dans le hall. George Manetti était marqué comme occupant un appartement du second étage. Alors que M. Piger se trouvait là, un homme sortit en ouvrant la porte du hall et se hâta de gagner la rue sans même jeter un coup d'œil au caissier. Ce devait être un de ces immeubles où l'on ne se connaît pas entre voisins, où l'on préfère même s'ignorer. Donc, entrer et en sortir ne présenterait guère de difficulté.

Et le plan continua de s'échafauder dans le fauteuil de M. Piper, en buvant un bon Scotch. Certains points étaient de nature à le servir. Chose particulièrement importante, Manetti avait confiance en lui. Manetti goberait donc n'importe quel plausible prétexte qu'imaginerait M. Piper pour venir le voir. M. Piper saurait aussi à quel moment agir. Ce serait après que Manetti aurait opéré un de ses plus gros retraits. M. Piper possédait un petit revolver qui ne permettrait à aucun expert en balistique de remonter jusqu'à lui. Il l'avait acheté plusieurs années auparavant, alors qu'il passait des vacances dans un autre Etat. S'il tirait en pressant fortement le canon contre Manetti, cela ferait peu de bruit. Après quoi, il pourrait le jeter à l'eau en empruntant un des ferry-boats qui font la navette d'une rive à l'autre de l'Hudson. Il se trouverait certainement, parmi les joueurs que fréquentait Manetti, nombre de gens beaucoup plus soupçonnables qu'un respectable caissier, à qui l'on n'avait jamais rien eu à reprocher depuis plus de trente ans qu'il travaillait à la New Amsterdam Trust Company. La police y regarderait à plusieurs fois avant de se risquer à provoquer l'ire d'une aussi puissante institution, surtout s'agissant du décès d'un joueur à la petite semaine. Parce que Manetti n'était que menu fretin, ça ne ferait pas de vagues lorsque la police classerait simplement l'affaire, ce qui paraissait probable, estima M. Piper, si les enquêteurs ne découvraient pas très vite parmi les relations de Manetti quelque individu peu recommandable et dans l'impossibilité de fournir un alibi.

En contrepartie, les risques étaient peu nombreux, et particulièrement minime celui d'être vu entrant ou sortant et, dans ce cas, d'être ensuite identifié. Un assassin n'ayant aucun lien avec la banque n'aurait évidemment pas l'idée de faire disparaître carnets de chèques ou relevés de compte susceptibles de rattacher Manetti à cette banque. Donc, il valait mieux que M. Piper s'abstienne de les faire disparaître. En conséquence de quoi, la police apprendrait vite que M. Piper était au courant de la grosse somme en espèces que Manetti avait retirée de son compte, et qui ne serait pas retrouvée au domicile de la victime. Mais, après tout, c'était le travail de M. Piper d'être au courant de ce retrait, comme de tous ceux que Manetti avait pu effectuer précédemment. Alors, mieux vaudrait y aller carrément. D'ailleurs, la banque serait obligatoirement informée du décès de Manetti, vérifierait son compte, et signalerait le retrait à la police. On eût été tenté d'incriminer quelque employé de la banque si l'on n'avait rien retrouvé chez Manetti indiquant qu'il avait un compte dans cette banque. Mais le contraire tendrait à mettre hors de cause quiconque travaillait à la banque. De même, M. Piper ne pouvait courir le risque de s'assurer un alibi. S'il était interrogé, il déclarerait simplement avoir été chez lui, en train de lire. Sans effort, il apparaîtrait comme un innocent contre qui rien ne pouvait être prouvé. En définitive, sa force lui viendrait d'une faiblesse ou deux que comportait sa position.

C'était ça l'important : se trouver en mesure de faire aisément face à n'importe quelle question de routine qu'on lui poserait. Pouvoir répondre en toute sincérité à tout ce qu'on lui demanderait, au prix d'un mensonge tout simple : prétendre qu'il était chez lui au moment du meurtre.

Il lui faudrait aussi savoir quoi faire de l'argent. M. Piper étudia soigneusement ce point. Un compartiment de coffre dans une banque de banlieue lui parut être encore la meilleure solution. Bien entendu, il faudrait louer ce coffre à l'avance. Il ouvrirait un petit compte d'épargne sous un nom d'emprunt et, ayant ainsi noué des relations avec cette banque, il pourrait ensuite louer un compartiment de coffre sans qu'on se pose la moindre question à son sujet. Mais il devrait penser à passer payer le renouvellement annuel du coffre avant qu'on n'envoie un avis d'échéance à une personne n'existant pas. Et il ne toucherait pas à l'argent avant d'avoir pris sa retraite.

Ceci réglé, il ne subsistait plus qu'un problème : que faire de l'argent jusqu'à ce qu'il puisse le déposer dans le compartiment de coffre? Si le grand événement prenait place un vendredi soir, il ne serait pas en mesure de porter l'argent dans cette cachette avant le lundi matin. Mais il serait encore bien plus important que, ce lundi matin-là, M. Piper fût ponctuellement à son poste, comme il l'avait toujours été depuis des années. Tout changement dans ses habitudes risquait de paraître suspect si on le rattachait à d'autres éléments de l'affaire. Il devrait donc attendre pour se rendre dans cette banque de la périphérie, et attendre peut-être même plusieurs jours. S'il devait s'y résoudre, ce serait dangereux de laisser une si forte somme sans surveillance dans son appartement. Lorsqu'il trouva soudain le moyen de résoudre cet ultime problème, M. Piper émit un gloussement et se servit un autre whisky. Mis parmi les autres billets de son encaisse à la New Amsterdam Trust Company, l'argent en question deviendrait pratiquement invisible. Et dès qu'il n'y aurait plus aucun risque, M. Piper l'emporterait dans le coffre de banlieue.

M. Piper était fasciné par son plan, comme par le script d'une pièce qu'il aurait écrite lui-même. L'intrigue en était toute simple, le dialogue facile et réduit au minimum. Manetti y devenait un élément ne relevant plus du genre humain, un simple accessoire indispensable au rôle principal qu'interpréterait M. Piper.

C'était vraiment dommage qu'il n'y eût pas de spectateurs pour applaudir.

Deux semaines plus tard, Manetti opéra son plus gros retrait. Le chèque qu'il poussa vers M. Piper dans l'ouverture du guichet, était de vingt-cinq mille dollars. Comme le caissier ne pouvait s'empêcher de regarder fixement le rectangle de papier, George Manetti lui dit en riant :

— Il en restera encore deux ou trois cents en compte, monsieur Piper. Comme d'habitude, faites-moi un paquet, des coupures de cinquante usagées.

— Je... Je vais être obligé d'aller en chercher au coffre, monsieur Manetti.

Souriant toujours, l'autre lui lança :

— Portez-moi chance, monsieur Piper. Ce soir, je vais jouer avec un gros ponte de Wall Street. Quelqu'un de vraiment plein aux as. Je me retirerai quand j'aurai doublé ce petit magot et laisserai alors les autres joueurs se battre pour le reste.

Il le doublerait ou ne le doublerait pas, réfléchit M. Piper tout en se rendant au coffre. S'il y parvenait, cinquante mille dollars avaient de quoi inciter quelqu'un à suivre ensuite Manetti jusque chez lui. Manetti pouvait être mort ou sans le sou — ou les deux — avant le lever du soleil. Mais avant que tout cela risque de se produire, Manetti serait chez lui avec dix mille dollars en liquide de plus que la somme fixée par M. Piper pour déclencher son action.

M. Piper comprit que si sa pièce devait être jouée, c'était le moment ou jamais de lever le rideau.

Ce soir-là, à six heures très exactement, l'index ganté de M. Piper pressa le bouton de sonnette correspondant à l'appartement de Manetti.

La voix quelque peu endormie du joueur se manifesta dans l'interphone :

— Oui? Qui c'est?

— Piper. Vous savez : Piper, de la banque. Je suis vraiment désolé de vous déranger, mais il faut que je vous voie un instant.

— Piper? De la banque? Oh! oui... Que se passe-t-il donc?

— Je crois que je vous ai trop donné tantôt. Puis-je monter vérifier avec vous? Je veux dire : j'ai un trou dans mon encaisse, et comme je dois avoir une vérification lundi matin à l'ouverture...

— Oh! mais oui, monsieur Piper, montez donc! Je presse le bouton pour vous ouvrir la porte intérieure.

Tout en suivant le corridor menant à l'ascenseur sans liftier, M. Piper retira ses gants de coton. Des bruits de télévision filtraient de toutes les portes devant lesquelles il passait : des cris, des détonations, des voix tonitruantes. Le western que l'on diffusait ce jour-là était apparemment très apprécié dans l'immeuble. C'était un atout de plus que M. Piper se voyait distribuer par le hasard.

Manetti l'attendait à la porte de son appartement. Il était en T-shirt et pantalon de pyjama. L'espace d'un instant, M. Piper fut la proie du doute : une petite balle de revolver pourrait-elle tuer un tel colosse? C'est-à-dire : suffisamment vite pour qu'il n'y ait pas lutte?

— Entrez, monsieur Piper! fit Manetti avec une cordialité sonore.

— De grâce, monsieur Manetti! protesta le caissier en se hâtant de pénétrer dans l'appartement. Pas si fort! Je veux dire : vous savez comment c'est avec les banques... Je ne devrais absolument pas être ici.

— Hein? Oh! oui, oui, bien sûr, approuva Manetti en riant et refermant la porte. Vous menez vraiment une vie de chien, monsieur Piper.

M. Piper sourit :

— Elle a ses avantages, monsieur Manetti. Notamment le fait qu'un chien peut mordre.

Manetti passa son bras vigoureux autour des épaules maigrichonnes de M. Piper :

— Ne me mordez pas, monsieur Piper! dit-il d'un ton de sincère excuse. Je ne voulais rien dire de désobligeant. Alors, vous avez un trou dans votre encaisse?

— Oui... Je pense que j'ai dû mettre une liasse de

278

mille dollars en trop dans le paquet que je vous ai préparé. J'ai compté très vite... et comme il me manque mille dollars...

— Eh bien, c'est facile à vérifier, monsieur Piper. L'argent est encore tel que vous me l'avez remis. Nous allons compter les liasses.

*
* *

Nul ne vit M. Piper s'en aller. Il laissait Manetti mort, tué de deux balles dans la nuque. Cela n'avait fait pour ainsi dire aucun bruit : juste un grognement de surprise lorsque M. Piper avait pressé fortement le canon de son arme contre la nuque de Manetti, puis deux détonations étouffées qui s'étaient noyées dans celles provenant des postes de télévision. Comme M. Piper avait remis ses gants de coton, il ne laissait aucune empreinte.

De retour chez lui, M. Piper rangea dans un tiroir de sa commode le revolver et les liasses enveloppées de papier brun. Il ne se donna pas la peine de compter l'argent, sachant bien que tout était là. Il avait besoin d'un whisky bien tassé. Il se le prépara avant de s'effondrer dans son fauteuil préféré. L'épreuve avait été rude pour ses nerfs et il lui fallait se ressaisir. Pour l'instant, il avait besoin de se saouler, se saouler pour oublier l'horrible tranquillité avec laquelle Manetti s'était effondré par terre.

Quand M. Piper se réveilla, le lendemain matin, il était tout habillé, étendu en travers de son lit. Souffrant d'un abominable mal de tête, il n'avait aucune souvenance de la façon dont il était arrivé jusque-là. Il demeura totalement immobile, luttant contre une vertigineuse impression de vide intérieur et une cauchemardesque appréhension d'avoir franchi un point de non-retour. Puis la mémoire lui revint avec soudaineté.

M. Piper demeura encore immobile sur son lit, reculant d'instinct le moment où il lui faudrait endurer pleinement sa détresse physique et faire le point de sa situation. Enfin, après avoir plusieurs fois visionné dans sa tête le film des événements, il mit un pied par terre, se leva, et alla d'un pas chancelant jusqu'à la commode. L'argent et le revolver étaient dans le tiroir. Il n'avait donc pas rêvé.

Une douche. Il avait besoin d'une douche et de se raser... Il lui fallait prendre son petit déjeuner et boire... Non, non, pas boire! se dit M. Piper en réprimant un frisson. Il devait d'abord raisonner en toute lucidité.

Avec une faiblesse de convalescent, M. Piper s'installa une fois de plus dans son fauteuil préféré et entreprit de faire posément le point de la situation. Il avait beau tout se remémorer, il ne voyait aucun moment où quelque chose fût allé de travers. Manetti était mort, sans difficulté aucune, dès qu'il avait tourné le dos à M. Piper; cela s'était passé si facilement que M. Piper ne tarderait sans doute pas à pouvoir chasser cette scène de son esprit. Maintenant, il ne lui restait plus qu'à emprunter le ferry-boat jusqu'à New Jersey et, de l'arrière, lorsqu'il serait au beau milieu de l'Hudson, il laisserait tomber à l'eau le revolver qu'il avait mis dans un sac en papier. Lundi matin, il joindrait l'argent à son encaisse. A présent, ça y était! Il disposait de vingt-cinq mille dollars pour continuer à mener la vie qu'il aimait!

M. Piper se remit debout et alla se préparer un Bloody Mary. Il le but en portant un toast silencieux au succès de son plan et à la façon dont il l'avait exécuté.

Le Journal du Dimanche parlait de la mort de Manetti. Juste un entrefilet dans une page intérieure. La veille au soir dans son appartement, George Manetti, un joueur de poker bien connu, avait été découvert, tué de deux balles de revolver. Un cocker que l'on emmenait promener avait flairé et gratté en gémissant à la porte de Manetti. Le maître du chien avait téléphoné au gérant de l'immeuble, qui avait ouvert l'appartement. D'après la police, le meurtre aurait eu le vol pour mobile.

M. Piper relut attentivement le court article. Ils avaient donc retrouvé le chéquier indiquant le retrait de fonds effectué vendredi et, bien sûr, pas l'argent. Il eut un haussement d'épaules. Cela, il l'avait prévu. Ça signifiait simplement que la police viendrait à la banque pour avoir confirmation du retrait. M. Piper, lui, n'avait rien à cacher. Et c'est ce qui faisait toute la beauté de son plan : il pouvait dire la vérité, presque toute la vérité, et quasi rien que la vérité.

M. Piper passa à la page des sports, car il convenait avant tout de renouer avec la routine habituelle. Cet après-midi, il y avait deux courses intéressantes. Très intéressantes même. Et ce soir, musa-t-il, Fern serait peut-être libre. Avec un petit gloussement, M. Piper se dit que, décidément, la vie était belle.

A la banque, apparemment personne n'avait remarqué l'entrefilet dans le *Journal du Dimanche*. M. Piper n'eut aucune difficulté, le lundi matin, pour ajouter l'argent à celui de son encaisse.

Le sergent-détective Henderson se présenta dès l'ouverture des portes aux clients. Quelques minutes plus tard, M. Piper fut appelé dans le bureau du directeur. Le directeur, M. Farnsworth, avait le style « jeune-loup-sorti-des-grandes-écoles » et espérait être rapidement nommé vice-président. Lorsque M. Piper entra, il ne broncha pas derrière son bureau : il avait l'air un peu hébété d'un commandant qui, lors d'une première traversée, aurait endommagé son paquebot sur un invisible écueil. Du geste, il indiqua le solide gaillard assis dans le fauteuil réservé aux visiteurs :

— Piper, voici le sergent Henderson. Un policier. Il... il semblerait que l'un de nos clients ait été assassiné!

Le sergent Henderson demeura vissé sur son fauteuil, esquissant seulement un vague hochement de tête à l'adresse de M. Piper. S'il doit y avoir un moment critique, pensa ce dernier, ça va être maintenant. Impossible de déchiffrer quoi que ce soit sur le visage de Henderson. Il sentit les paumes de ses mains devenir légèrement moites et se força à soutenir un instant le regard du policier, avant de faire de nouveau face à M. Farnsworth. La vérité, se rappela-t-il; juste un petit mensonge, et il s'en tirerait.

— Oui, monsieur, dit-il. J'ai lu ça dans le journal d'hier. Le nom m'a sauté aux yeux, car j'avais souvent affaire avec Manetti. Je me proposais justement de venir vous en parler quand vous m'avez fait appeler.

— Nous avons découvert un chéquier de cette banque, dit Henderson, dont le dernier talon porte mention d'un retrait de vingt-cinq mille dollars. Cet argent n'était nulle part dans l'appartement.

M. Piper opina :

— Oui, monsieur. Il a encaissé un chèque de cette somme vendredi après-midi. Je lui ai remis l'argent en coupures de cinquante. Il ne doit guère lui rester qu'une centaine de dollars au compte.

— Avez-vous les numéros de ces billets? Se suivent-ils?

— Non, monsieur. Je veux dire que M. Manetti faisait de fréquents dépôts et retraits. Quand il prenait de l'argent, il préférait qu'on lui donne des billets usagés, « pour qu'ils ne collent pas ensemble », m'avait-il un jour précisé. Nous faisons des liasses de cinq cents et de mille dollars mais, sauf demande spéciale, nous ne notons pas les numéros.

Le sergent Henderson eut un soupir expressif :

— Enfin, nous avons du moins établi qu'il est parti d'ici, vendredi après-midi, avec vingt-cinq mille dollars sur lui.

Son regard se porta sur M. Piper :

— Et, pour l'instant du moins, vous êtes le seul que nous sachions avoir été au courant de ce retrait.

Ça y était! M. Piper se raidit dans une attitude indignée :

— Je ne vois pas comment j'aurais pu l'ignorer! Si vous allez par là, je connais encore plusieurs autres clients qui s'en vont d'ici avec de très grosses sommes sur eux!

Le sergent Henderson leva une grande main en un geste apaisant :

— O.K., O.K.! Ne vous mettez pas en colère. Un policier se doit de rassembler des faits. Par exemple, où étiez-vous vendredi soir, disons entre 17 et 22 heures?

— Chez moi, en train de lire un livre! lui rétorqua M. Piper.

— Un instant! intervint Farnsworth. Piper est dans cette banque depuis plus de trente ans! Il n'a jamais encouru le moindre blâme et il va bientôt jouir d'une confortable retraite. Certes, comme il vous l'a dit lui-même, il ne pouvait ignorer que ce client s'en allait avec une telle somme sur lui. C'était son travail. Et pourquoi n'aurait-il pas été chez lui en train de lire? Voudriez-vous insinuer, par hasard, que Piper pourrait être l'auteur de ce meurtre? Si c'était le cas, aurait-il laissé sur les lieux ce chéquier qui vous a mené tout droit ici? Par ailleurs, vous m'avez dit que Manetti était un joueur. Voilà qui doit vous offrir tout un assortiment de suspects!

M. Piper exultait intérieurement que M. Farnsworth se chargeât ainsi de souligner toutes ces choses à Henderson.

Le policier sourit :

— Ne vous emportez pas, monsieur Farnsworth. Dans l'immeuble de Manetti, personne n'a rien vu, rien entendu. Le service de la balistique n'arrivera probablement pas à identifier l'arme. Pour ce que nous en savons actuellement, M. Piper pourrait donc être l'assassin aussi bien que n'importe qui. Mais il n'est pas coupable. On n'imagine pas qu'un caissier de banque ayant trente ans de service, puisse oublier un détail comme celui du chéquier. Nous allons donc procéder comme toujours en pareil cas : demander à être aussitôt informés si quelqu'un se met à dépenser sans compter des billets de cinquante dollars.

Henderson se mit debout, gratifia M. Piper d'une inclination de tête :

— Eh bien, merci pour les renseignements... Et croyez bien que je ne voulais pas vous causer un choc... C'était une question de pure routine...

— Mais je vous en prie! fit M. Piper, très homme du monde. Simplement, je veillerai désormais à avoir un témoin pour tout ce que je fais.

— C'est alors que je vous aurai sérieusement à l'œil, monsieur Piper.

— Euh... intervint M. Farnsworth. Serait-il possible de ne pas mentionner le nom de la banque à propos de cette affaire? Je suis sûr que nous trouverons un moyen de vous en exprimer notre reconnaissance...

— Je ne vois vraiment pas quel moyen vous pourriez trouver, monsieur Farnsworth, rétorqua Henderson avec une extrême froideur. S'il n'était pas nécessaire de mentionner le nom de la banque, nous n'aurions aucune raison de le faire. Mais quand nous arrêterons l'assassin, il nous faudra bien établir que Manetti avait cet argent... et le nom de la banque sera alors obligatoirement prononcé. Au revoir, messieurs.

Et voilà! pensa M. Piper avec jubilation. Les flics vont assaillir de questions tous ceux que fréquentait Manetti, jusqu'à ce qu'ils en aient assez et estiment l'affaire trop peu importante pour qu'on lui consacre davantage de temps et d'argent.

Quand il se retourna vers son supérieur, M. Piper vit que, par-dessus son large bureau, le directeur le regardait d'un air extrêmement mécontent.

— Mauvais ça, Piper, dit-il. Très mauvais pour notre réputation que d'avoir ouvert un compte à un type pareil!

Alors là, c'était vraiment le dernier souci de M. Piper.

— Mais c'était un bon compte, monsieur Farnsworth.

— Non, Piper, non : la preuve! Et si ce détective s'en va raconter que j'ai essayé de l'acheter?

— Il n'en fera rien, voyons.

Dans son for intérieur, M. Piper s'amusait de voir

M. Farnsworth beaucoup plus bouleversé pour des détails de ce genre, que lui, Piper, ne l'était pour le meurtre lui-même.

— Peut-être n'arriveront-ils jamais à trouver le coupable. Auquel cas, si nous n'en parlons pas nous-mêmes, personne ne saura rien de cette affaire.

— Ne soyez pas stupide, Piper! Vous n'ignorez pas que je suis obligé de signaler la chose au Siège... et je vais devoir essayer de leur expliquer pourquoi nous avions accepté d'ouvrir un compte à ce type! Ça ne va pas favoriser mon avancement!

— Oh! monsieur Farnsworth! Je suis sûr que vous vous faites une montagne d'une taupinière!

M. Farnsworth le foudroya du regard.

— Ah! vous croyez? Pensez-vous qu'ils choisissent leurs vice-présidents parmi les directeurs d'agence dont les clients se font assassiner? Et ce qui va encore aggraver les choses, c'est que nous l'avions sur nos livres comme « négociant en fruits et légumes »!

M. Piper estima qu'il était temps d'en finir pour revenir à la routine habituelle.

— Mais il l'était aussi... à ses moments perdus. Alors, au Siège, ils comprendront bien que vous ne pouviez le faire suivre pour savoir si...

— Ils ne comprendront rien! coupa M. Farnsworth. Tout ce qu'ils verront, c'est que je ne sais pas au juste avec qui je fais des affaires!

Les yeux du directeur s'étrécirent :

— Vous avez dit qu'il venait toujours à votre guichet. Me ferez-vous croire qu'il n'a jamais rien fait qui pût vous mettre la puce à l'oreille? N'auriez-vous pas déjà dû trouver bizarre qu'il vous demande toujours des coupures de cinquante dollars et usagées?

M. Piper réfléchit rapidement. Le directeur pouvait examiner le compte et voir la régularité avec laquelle Manetti opérait dépôts et retraits. Dans l'état d'esprit où il se trouvait, il sauterait immédiatement à la conclusion qu'il fallait être vraiment un demeuré pour ne rien trouver là d'anormal, et ne pas estimer que ça méritait d'être au moins signalé à l'échelon supérieur. Or, pendant plus de trente ans, M. Piper avait été noté pour la sagacité et les scrupules dont il faisait preuve concernant les intérêts de la banque.

— Piper! Je vous ai posé une question! Je veux une réponse!

M. Piper prit un air légèrement blessé :

— Il est possible que j'aie remarqué certaines choses, monsieur Farnsworth. Manetti a pu laisser échapper des paroles susceptibles de me rendre légèrement soupçonneux. Mais c'était un bon compte, qui ne cessait de croître; donc une assise pour l'agence, une bonne note pour vous, monsieur Farnsworth... Pour vous qui, bien entendu, auriez été obligé de fermer ce compte si je vous avais fait part de mes soupçons. En les gardant pour moi, j'ai peut-être eu tort, mais je l'ai fait dans une bonne intention.

Cette déclaration n'impressionna nullement M. Farnsworth, qui rétorqua :

— Vous savez de quoi est pavé l'enfer, n'est-ce pas?

M. Piper commençait à en avoir assez. Ce freluquet ne pouvait rien lui faire et il était temps de le lui signifier :

— Je trouve, monsieur Farnsworth, que vous dépassez les limites de la bienséance et de votre autorité. Cela fait plus de trente ans que je travaille à la New Amsterdam Company, et vous venez de dire vous-même que je n'avais jamais encouru aucun blâme. Si j'en mérite un en l'occurrence, je suis prêt à l'accepter, mais de la part de ceux qui me connaissent depuis plus longtemps que vous.

Colle-toi ça dans les gencives! pensa M. Piper.

Le jeune Farnsworth le regarda avec fureur :

— Si je vous comprends bien : vous avez peut-être commis une erreur en ne signalant pas un compte qui vous inspirait des soupçons, mais vous vous targuez de vos antécédents, pour revendiquer le droit à cette erreur. C'est bien ça, hein?

Se couchant à demi sur son bureau, Farnsworth agita un long index en direction de M. Piper :

— Eh bien, il vous reste à apprendre les dernières nouvelles! Je n'ai absolument rien à perdre, mais peut-être beaucoup à gagner, si je prends une décision énergique maintenant que j'ai découvert ce qu'il en était du compte Manetti! Piper, vous êtes congédié!

— Vous ne pourrez rien trouver contre moi! s'exclama M. Piper qui, devant cette brusque agression, éprouvait une certaine confusion d'esprit. Mes antécédents...

— Je me fous de vos antécédents! tonna M. Farnsworth. Ah! je ne pourrai rien trouver! Eh bien, c'est ce que nous allons voir! Ce toupet de prétendre avoir voulu me rendre service en ne signalant pas un compte douteux!

Empoignant le combiné du téléphone posé sur son bureau, le directeur regarda froidement M. Piper tout en disant à la standardiste :

— Passez-moi Martinson... Allô, Martinson? A compter de cet instant, vous êtes chef-caissier. Allez me vérifier l'encaisse de Piper!

The unsuspected
Traduit par Maurice Bernard Endrèbe

TABLE DES MATIÈRES

IMPRIMÉ EN FRANCE PAR BRODARD ET TAUPIN
58, rue Jean Bleuzen - Vanves.
Usine de La Flèche, le 15-03-1985.
1819-5 - N° d'Éditeur 1691, 4e trimestre 1980.

PRESSES POCKET - 8, rue Garancière - 75006 Paris
Tél. 634.12.80